最低キャラに
転生した俺は生き残りたい 1
霜月雹花 Shimotsuki Hyouka
イラスト：キッカイキ

ユリウス
フィアリス
ジン
登場人物紹介
Characters

リカルド
フィーネ
フローラ
クロエ

「ジン君、危ない！」
「大丈夫だ」
俺は突進してきた
ハイオークの攻撃を軽々と避《よ》け、
魔力で強化した剣で斬り倒す。

CONTENTS

第一章　ゲーム世界

聖剣勇者と七人の戦女。

魔王を討つため聖剣に選ばれた勇者と、勇者と共に戦うために力を与えられた七人の少女が戦うゲーム。

ギャルゲーなのにストーリーがかなり作り込まれており、悪役キャラでさえも一人一人個性のある物語。

「なのに何で俺は、悪役キャラの中で一番人気のない最低キャラに転生してんだよ……」

俺、堂島仁《どうじまじん》。

交通事故で意識が飛ぶと、生前にかなりやり込んでいたゲームの世界のキャラに転生していた。

正直、まだ二十歳《はたち》になったばかりで死んだという事実は受け入れ難かったが、そんなことを悩んでいる暇は俺にはなかった。

ここが〝聖剣勇者と七人の戦女〟の世界だと気付いた時は、ベッドから飛び跳ねるほどに興奮した。

しかし、その次に自分の姿を見て気絶するほど、俺はショックを受けた。

ジン・フォン・ラージニア。

金髪碧眼《へきがん》で整った出で立ちで、体を鍛えたらそこそこモテそうな雰囲気の顔だ。

前世の名と同じ名前のキャラだが、こいつはこのゲームの悪役キャラの中で断トツで人気がなく、最低なキャラとして知られていた。

ラージニア侯爵家の長男として生まれたこいつだが、色々と問題を詰め込まれたキャラだ。

「って待て、今の俺は何歳だ？　そこはかなり重要だぞっ」

急いで俺は、この世界がゲームならと思い、「ステータス」と小声を発した。

すると、俺の前には透明のボードが現れ、俺の情報が詳細に書かれていた。

◆
名　前：ジン・フォン・ラージニア
年　齢：12
種　族：ヒューマン
身　分：ラージニア侯爵家・長男
性　別：男
属　性：火・水・風・土・光

レベル：28
筋　力：４４２
魔　力：１０３６
運　　：76

スキル：【鑑定：2】【状態異常耐性：2】【剣術：3】
【魔力強化：3】【火属性魔法：3】【水属性魔法：3】
【風属性魔法：3】【土属性魔法：2】【光属性魔法：4】
【魔力探知：4】

固　有：【成長促進】【異空間ボックス】
能　力

称　号：神童　加護持ち

加　護：魔法神の加護　武神の加護　剣神の加護

◆

十二歳！　ってことは、まだ悪に堕《お》ちる前の状態だ！

ジンというこのキャラは、最低キャラとして有名だが、こいつが悪役に堕ちてしまうイベントが十五歳頃に起きる。

「ってか、流石《さすが》。このゲームのキャラの中でも屈指のチートキャラだな、この時点でこのステータスって……」

ゲームキャラには、いくつか特殊なスキルを持ったキャラが何人かいる。

その中でも、このジンというキャラは最強のチートキャラ。

生まれた時点で今持っているほとんどのスキルを持っており、神の加護も複数あった。

そんなキャラがなぜ、悪の道に堕ちたのか？　それはこいつの環境がそうさせたからだ。

ジンの生まれはラージニア家ではあるが、現当主が酔った勢いでメイドに手を付けてできた子供。

そのため、生まれた時から疎まれた存在だった。

ジンは自分の過ちで作った父親から嫌われていた。

そんなジンは成長するにつれ、精神がおかしくなっていった。


ジンが悪に完全に堕ちたのは、ストーリー上では序盤の十五歳。

婚約者であり、七人の戦女の一人、フローラから婚約を破棄され、主人公に倒されたのがキッカケだった。

この時、正直俺は二人の問題なのに勇者が入るのはおかしいだろとは思ったが、それが物語だから仕方ないと思いながら俺は主人公である勇者を操作していた。

勇者に倒され、フローラを失い、家族からも捨てられた。

それにより、ジンは悪の道へと進んでいった。


その後、勇者は戦女達《たち》と共に成長していき、勇者達の前に悪役となったジンは何度も現れた。

元の強さが高いジンは勇者達を圧倒し、魔王以上に世界に混乱を招いた。

非道な行いはあたりまえで、女子供でも容赦しない。

時には何の罪もない相手だろうと、嬉々《きき》として残虐な行いをしていった。

その結果、ジンはこのゲームで〝最低最悪のキャラ〟として攻略サイトなどに書かれることとなった。

「でも、俺はまだその悪役に堕ちる前に転生できた。これは、今からでも物語を変えることができるぞ……」

そう思った俺は気合を入れ、行動に移すことにした。

まずは自分の能力を再確認するべきだと思い、部屋着から着替え、外に出た。

使用人が一人も付けられていない俺は、離れでほぼ一人暮らしの状態。

母親もすでに数年前に亡くなっている。

「母親が居なくなったのも、こいつにとっては大きい傷だったみたいだしな……」

家族から疎まれるなか、母親だけがジンに優しく接していた。

しかし、流行《はや》り病で数年前に母親が亡くなり、ジンには一人も味方が居なくなってしまった。

実はこの話には裏があり、本当はジンの母親は流行り病ではなく毒薬によって殺された。

後にこの話を知ったジンが、ラージニア家を潰したのは言うまでもない。

「さてと、それじゃあ色々と実験をするか。まずは、体の動きから確認しよう」

ジンは魔法系のスキルが多いが、作中屈指のチートキャラのため、魔法と剣術のどちらも訓練さえすれば最強クラスになれただろうと考察サイトに書かれていた。

実際、勇者と剣で勝負した場面でもほとんど魔法しか使ってなかったくせに、勇者と互角に戦っていた。

勇者とジン、二人の違いは聖剣に選ばれているかいないか、仲間がいるかいないかの二点。この二つがなかったらジンは勇者以上の強さを持っていると、開発元の会社が後に明かしていた。

その後、体を動かして色々と確認した俺は離れの家に戻り、飯を食べながら今後について考えることにした。

正直、このままここに居たら俺としても色々と嫌なことが起こるのはわかっている。

「確かジンに対しての扱いが酷《ひど》くなっていったのも、十二歳を超えた辺りだからな……これは早急に家を出る算段をつけないとな……」

そう思っているとこの家の呼び鈴が鳴り、玄関に向かった。

玄関の扉を開けると、そこには本館の執事長が立っていた。

「ジン様、旦那様がお呼びです」

「……わかった」

そうだ！　確か、十二歳の誕生日を迎えた次の日にジンは当主に呼び出されていた。

その時、ジンは家を出るか次男のストレス発散用の動く的になるかの二択を迫られていた。

この時、まだ外で生きていけないと思ったジンは苦渋の決断で次男の的になることを選択して、それから三年間次男の的として生きることになった。

いやでも、本当にそう言われるか心配だな……ゲーム世界だったらそうだけど、ここはゲームの世界であってもリアルな現実……。

「ジン、お前に選ばせてやる。家を出るか、アルフォンスの遊び相手になるかどっちがいい」

心配は杞憂《きゆう》だったみたいで、当主の他に正妻と長女と次男がいるなか、俺は当主からそう言われた。

よかった！　ちゃんと、言ってくれた！

心の中でそう喜んだ俺は、凛《りん》とした表情で「家を出ます」と当主に向かって言った。

その後、本当にお前は家を出るんだぞ？　と念を押されたが、理解していると言った。

すでに婚約者がいる身なので、その場ですぐに出されるということにはならず、婚約者の家に使いの者を出して事の顚末《てんまつ》を説明した文《ふみ》を届けた。

数日後、婚約者宅から了承と書かれた文が届いた。

そして俺はラージニア家から完全に縁を切られ、一人となった。

「よっしゃあ！　自由の身だ！」

「……」

「……」

ラージニア家から正式に出された日。家の前でそう叫んだ俺に、出発する姿を監視していた執事長と門番から、なんとも言えない視線を投げられた。

俺は何とも思わず、もう戻ってくることのない家を振り返らずに去っていった。

家から出た俺は、王都の貴族区から市民区へと歩いて向かった。

ラージニア家の屋敷には、領地の領主宅と王都のタウンハウスがある。俺が居たのは王都のタウンハウスの方で、庭の隅に建てられた家だった。

これがもし、領主宅の方だったら色々と困るところだったが、タウンハウスの方で安心した。

「すみません、冒険者登録に来たんですけど、ここで大丈夫ですか？」

「はい、こちらでも登録は受け付けていますよ」

市民区の一角にある大きな建物。冒険者達の集い場、冒険者ギルドへと俺は足を運んだ。

ゲームの物語でもこの施設はかなり登場していて、金策やキャラとの出会いなど重要な施設の一つでもある。

登録の仕方は知っていたので、俺はサラッと登録用紙に必要事項を書き込み、ギルドカードを手に入れた。

「依頼は受けていきますか？」

「いえ、今日は登録だけにしておきます。装備も揃《そろ》っていないので」

「そうですか、鍛冶屋をご紹介しましょうか？」

「知り合いのお店に行く予定なので、大丈夫です」

受付係からの提案をやんわりと断った。

ここで紹介される鍛冶屋は確かに腕はいいのだが、ゲームの物語を知っている俺からしたら使う予定のない鍛冶屋でもある。

「まずは宿屋だな……」

ゲームでも宿屋はいくつか出てきており、その中でも料金が安く設備が整っている宿屋を思いだしながら向かった。

そしてたどり着いたのは、〝火竜亭〟という名の食堂と宿屋が一緒になっている宿。

ここは、シャワーが付いている数少ない宿屋だ。

ただ一つだけ欠点としては、この宿屋の店主の人相が悪いことぐらいだろう。

そのせいで、この宿屋は設備や食事の味は最高なのにもかかわらず、他の宿屋より客が少ない。

「連泊予定だが、空いている部屋はあるか？」

「たくさん空いているぞ。どこが良いか選びな」

この宿の店主である坊主頭で細目の大男は、そう返してきた。

顔が怖いうえに話し方もそっけない店主からそう言われた俺は、宿の二階の角部屋を選び、十日分の代金を支払った。

俺が持っていたお金の半分だが、ここは必要経費だと割り切った。

シャワーは使い放題、朝晩の二食が付いてくるんだ。他の宿に比べたら総合的には安い。

「とりあえず当分の住処《すみか》は決まったな。次は装備の調達だけど、正直金が足りないな……」

装備がないからと依頼を断ったが、装備を揃える金が今は乏しい状況だ。

魔法の力でごり押しをして金策に走ることはできるが、それだと目立ってしまう。

悪目立ちすれば、せっかく自由の身になれたのに変な奴《やつ》らに絡まれて意味がない。

「どうするのが正解なんだろうな……」

ため息をつきながら俺はベッドに横になり、とりあえず夕食まで寝ることにした。


夕食の時間になり、下におりて食堂で食事をしながら考えごとをしていた。

「何だお前、金に困っているのか？　十日分も一括で払ったから、金持ってると思ってたが」

店主から声を掛けられ悩みを打ち明けると、不思議そうな顔をしてそう言われた。

「住処は大事だからな、ここ以外に値段以上の宿はないから、拠点の確保を優先したかったんだよ」

「うちはいつでも空いているが、そう言ってくれると嬉《うれ》しいな」

店主は照れた顔をしたが、俺はその顔を見てブルッと震えた。

「強面《こわもて》の奴が照れた顔するなよ。より怖いぞ……」

「……人が気にしていることを言うんじゃねえよ」

照れていた店主は、俺の言葉にギッと睨《にら》みつけてきた。

「装備が心もとない、目立ちたくない、でも腕は確かにあるんなら、一つ頼みたい仕事がある」

「何だ？」

「ここ最近、市場に出回る肉が減っていてな、在庫の肉が少なくなってるんだよ。ギルドに依頼を出そうかと思っていたところだ」

「なるほどな、肉はボアか？」

「ああ、そうだ。ボアを狩ってきてほしい」

食用として出回っている肉は、基本的にボア肉。

高級肉として、上位種の魔物の肉もあるが、今回はボア肉の調達を頼まれた。

翌朝、店主から個人依頼を受けた俺は宿を出て、王都の外へと向かった。

ちなみに店主の名前もゲームと一緒で、〝リカルド〟だった。

「さてと、早速こいつの能力を使わせてもらうとするか」

ジンのスキルの一つ、【魔力探知】はその名のとおり魔力を探す能力。

これを使えば目的の生物、食用の魔物を探すことも可能。

「……早速群れを見つけた」

早速探知に引っかかった場所に向かうと、そこには五匹のボアが日向《ひなた》ぼっこをしていた。

先手必勝。俺の姿を視認できていないボア達に向けて、俺は魔法を放った。

放った属性魔法は、風。他の属性と違って一瞬で殺しきれて、肉を傷めないと考えた。

「うまく一発で殺せたか」

頭部を刈り取られたボア達は絶命して血を流し、倒れた。

俺はボア達を【異空間ボックス】の中へと入れて、次の獲物を探すことにした。

「この調子なら、依頼分はすぐに達成できそうだ」

その後、自身の力を試しながらボアを狙い、狩り続けた。

そして気が付くと、すでに日が落ちてきており、辺りが若干薄暗くなっていた。

「やべっ！　夕食の時間が！」

色々と実験をしていたせいで、かなりの時間が過ぎていることに気が付かなかった俺は、急いで王都へと戻って宿へ向かった。

「遅かったな。もう少し遅かったら夕食はなしだったぞ」

「あ、あぶね～。せっかく金を払っているのに、もったいないことをするところだったぞ……」

そう言いつつ食堂の席に座り、食事が出てくるのを待つことにした。

数分後、リカルドは美味《おい》しそうな匂いがする料理を俺の前に用意した。

「滅茶苦茶《めちゃくちゃ》美味《うま》そうなのに、何で俺以外に客が居ないんだ……ああ、店主の顔が怖いからか」

「いいから、黙って食え！」

　あまりにも美味しそうだったため、リカルドを茶化すとそう怒鳴られてしまった。

「ふぅ～、美味かった。あんな美味い飯、家に居た時も食べたことないぞ」

「そりゃ、どうも。それでジン、依頼の方はどうだ？　少しでも狩ってきたんならもらいたいんだが」

「ああ、ギリギリで帰ってきたから渡す暇がなかったな。一応依頼分はもう狩ってきたぞ」

「なに？」

　リカルドはギョッとした顔をした。

「……お前、もしかして〝収納系〟のスキル持ちなのか？」

「正解。ちなみに入れた物は時間も止まったままだから、新鮮な状態で保存されているぞ」

「なッ！　お前、そんな希少なスキル持ちなのに何で貧乏なんだよ……」

「色々あるんだよ」

　俺はジト目で睨みつつそう言い、依頼分の肉を渡した。

「一応、依頼分以上に肉はあるがどうする？」

「倉庫に余裕もあるし、馴染《なじ》みの奴らに売るから、買い取れる分は買い取るぞ」

「かなりの量があるが、大丈夫か？　店で使うっていっても、客が少ないのに捌《さば》けるのか？」

「これでも一応馴染みの客はいるからな？　今はそいつらが王都から離れているから、いつも以上に寂れて見えるんだよ」

「なるほどな、人が居ないのに店が成り立つわけもないからな」

リカルドの言葉に納得した俺は、とりあえず倉庫に入る分の肉を渡して金に換えることができた。これで装備を整える分くらいには金の余裕もできた。

「しかし、よく見るとどの個体も綺麗《きれい》に倒されているな……」

「風魔法で一発で倒しているからな。見つかる前に倒した奴もいるから死んだことすら気付かずに肉塊になってる奴もいると思うぞ」

「魔法で一発？　……上位の魔法職の奴らならわかるが、新米冒険者がそれをやるって、お前本当に今までどういう生活をしてきたんだ？」

「冒険者の個人情報の詮索はご法度だよ」

俺はニヤッと笑みを浮かべながらそう言って、宿の客なら使えるシャワーで汗と汚れを落として借りている部屋に戻った。

疲労が溜《た》まっていたせいか、ベッドに横になるとすぐに眠りについた。

第二章　新米冒険者ジン

翌日、朝食を終えた俺はある場所に向かった。

その場所は〝商業区〟の裏通りの普通の民家のような場所。

看板はなく、知っている者しかたどり着けない秘密のお店。

「珍しいの、こんな若い子が来るなんての〜」

店の扉を開けて中に入ると、目の前にローブを被って老婆の声を発する人が立っていた。

ここもゲームどおり……ゲーム画面で見た時はホラーかと思って一回悲鳴を上げたが、今回は耐えられたな……。

「ほ～、儂《わし》のこの〝入店と同時に目の前に現れ驚かせよう〟作戦を破った者はこれで二人目じゃな。お主なかなか肝が据わっておるの～」

カカカッと笑う老婆のような声質の人物は、俺をジロジロと見ながらそう言った。

俺の身長だとローブで隠している顔が見えるため、せっかく老婆のように見せかけているのに本来の姿を認識することができていた。

「……ここからだとハッキリと顔が見えるから、その無理して〝怪しげな店の老婆〟の設定は止《や》めてもいいぞ」

「なッ！」

目の前の人物はビクッと体を反応させた。

「な、何のことじゃ？　儂はどこからどう見ても、老婆じゃろ？」

「それは歳《とし》だけだろ？　ここからだとハッキリ見えているんだよ。その隠している長い耳が」

追い打ちをかけるようにそう言うと、目の前の人物はプルプルと震えだした。

そしてバッとローブを脱ぎ捨てると、薄緑色の髪が腰まで伸び、優しげな緑色の人を模した一七十㎝ほどの長身の女性が現れた。

「わ、私はこれでもエルフ基準だとまだ若いから！　お婆《ばあ》ちゃんじゃないもん！」

「……じゃあ、何で老婆の格好をしていたんだよ」

「そ、それは……こんな裏通りで看板も立てていない怪しい店には老婆の方が合っていると思って……」

「なら認識阻害の魔法でも掛けておけよ。俺みたいに身長が低い奴《やつ》が来たら、普通にわかるだろ？」

「ここに来る人は、大体が大人で君みたいな子供は来たことがないんだもん……」

シクシクと泣き始めたエルフの女性に、俺は少しやりすぎたなと反省した。

このお店は、ゲームの中では中盤以降に使える店の一つ。

日用品から魔道具、さらには武器や防具も揃《そろ》ってる何でも屋である。

実は一度ゲームをクリアするとゲーム序盤からも入れるため、もしかしたら？　と思って今日訪れた。

「う～、それで君の名前は何て言うの？　どうせ、これからよく来るんでしょ？　私はシンシアよ」

「ジンだ。よろしく頼む」

互いに名前を名乗り、俺とシンシアは握手を交わした。

「それでジンは何をしに来たのかしら？　見た感じ、装備がないようだけど武器と防具を買いに来たの？」

「まあ、そんな感じだな。ただ持ち合わせはそこまでないから、安い物を頼む」

「安い物ね～、うちのお店どれも高価な物を取り扱っているのよ？」

「これから稼ぐ予定だ。一昨日、家を出たばかりで準備をしているところなんだ。とりあえず金貨二枚までなら出せる」

俺がそう言うと、シンシアは「わかったわ」と言って店の奥へと装備を見繕いに行った。

数分後、シンシアが戻ってくるとカウンターの上に異空間からいくつか装備を取り出した。

「これ全部で金貨一枚で良いわよ」

そう言うシンシアの前には、防具一式と片手剣と短剣が一本ずつ並べられていた。

「……予算はちゃんと言ったよな？」

「ええ、これから顧客になってくれそうだしサービスしようと思ってね。こう見えて、私って結構人を見る目があるのよ」

「俺としても持ち合わせがないし、シンシアがいいなら断る理由もないが……」

実際、今の俺は金を極力使いたくない状況だ。

剣か、前垂れ、どちらか一つでも購入できればいいかと思ってここに来たのに、こんなサービス、ありがたみしか感じられない。

俺はそう思い、まず防具を試着することにした。

素材は革。鑑定すると〝リザードマン〟の革で作られた装備だとわかった。

リザードマンは分類上竜種であるため、その素材で作られた装備は耐久性が高く、さらには通気性も良いため、暑い場所でも普通に着ていられる装備だ。

「ちょっとだけ大きいが、これくらいだったらすぐにちょうどよくなるだろう。シンシア、この防具一式と剣。ありがたく買わせてもらうよ」

「ええ、私も倉庫で眠っていた在庫が売れてよかったわ」

互いに笑みを浮かべ、俺はシンシアに金貨を手渡した。

「どうする？　他の物も見ていく？　ジンのこと気に入ったから、今なら安く売ってあげるわよ？」

「いいのか？　今日会ったばかりの相手に、そんなサービスばかりして……」

「いいわよ。ここは私のお店だもの、それにジンに投資した方がいいって私の勘が言っているのよ」

訳のわからないことを言うシンシアを見て、俺はあることを思いだしていた。

ゲーム時代、シンシアの店ではたまにサービスされる時があった。

大体は強力な敵を倒した後だったり、何か成し遂げた後だったりするのだが……。

まあ、深く考えても意味がないだろう。

ここはゲームに似ているようで、ゲームの世界ではないことはすでに俺が体現している。

ゲームどおりなら、俺はまずあの家から出ることはできなかっただろうしな。

「まあ、シンシアがそう言うなら、その言葉に甘えさせてもらうよ」

そう言って俺は、店の中を見て回ることにした。

店の中の散策を始めてすぐに俺はあるアイテムの前で止まり、シンシアを呼んだ。

「シンシア、これは何だ？」

「これは飴《あめ》型の魔力回復薬よ。名称は〝魔力回復飴〟ってそのまんまの名前よ」

やっぱり〝マナ飴〟か！

ゲーム時代、シンシアの店の中で物語が終わりに近づいた頃に出た最強の回復アイテム！

マナ飴は他の回復薬のように一瞬で回復するのではなく、一定時間持続回復するアイテムで魔法戦の時は最重要となるアイテムだった。

「つて、十個セットで銀貨一枚!?」

「そんなに驚く値段かしら？　これ私が趣味で作ってて、増えてきたから今日から売りに出したのよね。ただまあ、趣味で作った物だからそこまで高い値段は付けていないわ」

「……これ全部でいくらだ？」

「えっ、全部？　そこにあるのは百個ちょうどだけど……そうね。全部まとめて買うなら半額の銀貨五枚でいいわよ」

その言葉を聞いた俺は、銀貨五枚をシンシアに渡して飴を収納した。

鑑定もして、ゲームと同じ性能だということは確認してある。

これで魔法はほぼ打ち放題だ！　ここに来て、本当に良かった！

「それにしてもジンはそんなに飴が好きなの？」

「うん？　まあ、飴自体は嫌いではないがこの飴の効果が気に入ったんだよ」

「魔力が持続して回復よね？　でもそれを食べるなら、普通に魔力回復薬の方が効果量が多いわよ？」

「量が大事なのはもちろんだが、こっちの飴の方が効率が良いんだ」

そう言うとシンシアは「そうなの？」と首をコテンッと傾《かし》げて不思議そうにしていた。

「簡単に説明するとだな、魔法を使う時って一気に大量に使う魔法もあるが大半は少量の魔力で魔法を使うだろ？」

「ええ、そうね。大規模な魔法をそんなポンポン連発しないものね」

「その少ない魔力を回復するのにいちいち回復薬を開けて飲むって動作より、最初から舐《な》め続けていたら回復する手間も省きつつ戦闘も長く続けることができるんだ」

「……あ～、そういうことね。何となくわかったわ、確かにその場合は飴の方が効率が良いわね」

「ああ、だが実際に使う人はほとんど居ないのが現状だな。回復薬の方が出回っているからな、飴はそんなに市場に出回ってないんだろう」

飴は素材こそシンプルではあるが、作り手が少なく市場にはあまり出回らない品である。

この店の場合は、趣味でシンシアが飴を作っているから置いてあるが、他の店では作り手がいないからまず置いていない。

「確かにこの飴、作り手が少ないから表通りの店で見たことはないわね……」

「まあそういった理由で飴はそこまで人気がないが、実際は回復薬より使える品であるのは間違いない。一応、これからも買いに来るからできるだけ作っておいてくれると助かる」

「ええ、良いわよ。私も飴作りは楽しいし、買ってくれるなら趣味も続けられるわ」

シンシアはニコリと笑みを浮かべ、嬉《うれ》しそうに言った。

その後も俺は店の中を見て回ったが、飴以外に現状必要そうな物はなかった。

「あら、結局ジンが買ったのは飴だけだったわね。せっかくならサービスするのに」

「すまないな、欲しい物はサービスを受けても手が届きそうにない物ばかりだったんだ。ただ防具と武器が手に入って、これで本格的に冒険者として活動できるから次来た時はちゃんと買い物していくよ」

「そういえばジンったら、雰囲気でわからなくなるけど新米の冒険者だったわね……」

「登録三日目のピチピチの新米冒険者だ」

ピチピチという表現が合っているかわからないが、シンシアはクスッと笑った。

「そうね。登録三日目の冒険者にこんなサービスしたのは初めてだわ。でもジンならすぐにトップの冒険者に追いつくと思うわ」

「それは、また勘か？」

「ええ、私の勘はよく当たるのよ」

その後、俺はシンシアの店を出て商業区の表通りを散策することにした。

シンシアの店ほどアイテム数は多くないが、それでも使える物はあるため、細々とした物を買っていった。

主に購入したのは、冒険者としての必需品。

回復薬や、素材を小分けにするための麻袋などを買った。

収納スキルや回復魔法が使えるが、もしもの時のためにと思って用意した。

「おっ、あんちゃん見ない顔だね！　王都一美味《おい》しい串焼き肉はどうだい？　ロブ特製タレの串焼きは、冒険前の腹ごしらえに最適だぜ」

そろそろギルドに行こうかと思って、串焼き屋の前を通り過ぎようとしたら店主のオッサンに呼び止められてしまった。

……いやまあ、マジで美味《うま》そうな匂いはしているけど、すでにお財布が厳しいんだよな。

というかこのオッサン、ゲームの時もこうして主人公に声を掛けていたな。

オッサンの名は、ロブ。

串焼き屋の店主で、店舗の方は基本的に奥さんに任せてこうして自分は新しい客を増やすために出店をやっている。

「すまんな、店主のオッサン。金がギリギリだから、今は買えねえんだ」

ゲームの時は金に余裕もあったから、普通に買って食事をしていた。

だが今は、諸々《もろもろ》の出費で金欠状態。

俺はそう言って、本当にほぼ空っぽの状態の財布代わりの麻袋をポンポンと手の上で跳ねさせた。

「マジか、他の店でかなり買い物してるみたいだったから、金持ってると思って声掛けたのにな……」

「新米冒険者で色々と必要な物を買っていたんだよ。そっちで金が尽きたってわけだ」

「んっ、新米冒険者だと？　そんな良さそうな装備着ているのにか？」

「これは店の人がサービスしてくれたんだ。実際は高価な物で、本来だったら手も出せない品だよ」

「なるほどな～、だがまあこれも何かの縁だ。これ食って、依頼頑張ってこい」

オッサンはそう言うと、紙袋に三本串焼きを入れて渡してきた。

「いいのか？　金払えないんだぞ？」

「いいって、どうせそれ少し焼きすぎていて、これ以上売れ残ったら俺がまた食べる羽目になるんだよ。妻から、痩せろって言われてててこれ以上太れねえんだよ」

ポンポンと腹を叩《たた》いたオッサンは、俺に「いいから食えって」と言って袋を無理矢理《むりやり》渡してきた。

流石《さすが》にここまで言われて断ることはできず、俺は袋を受け取った。

「まっ、その肉が気に入ったら金に余裕ができた時にでも買いに来てくれよ。俺は基本ここで店をやっているからな」

「わかった。金に余裕ができたら、必ず買いに来るよ」

俺はオッサンに「またな」と言って、その場を離れギルドへと向かった。

その後、ギルドに無事に着いた俺は登録をしてくれた受付係のところへと向かった。

「あら、貴方《あなた》はこないだ登録した」

「はい、ジンです。無事に装備を調達できたので、依頼を受けようかと思いまして」

「そうでしたか、見たところ良い鍛冶屋さんに行かれたみたいですね」

受付係の女性は、俺の装備を見てそう言った。

一見普通の革装備に見えるが、受付係の女性はたくさんの冒険者達《たち》を見てきているからか、一瞬で竜種の素材を使っていると気付いたようだ。

「ええ、余り物で安く譲ってもらいました」

笑顔でそう言うと、女性は「良かったですね～」と笑みを浮かべながら言い、俺が現在受けられる依頼をいくつか用意してくれた。

冒険者の依頼の受け方は色々ある。

そのうちの一つで、受付で用意してもらうかたちで俺は依頼を受けようとしている。

掲示板から探すのは面倒だし、常設依頼だと今の金欠状態を抜けるのに時間がかかってしまう。

そう思った俺は、こないだ手続きをしてもらった受付係の女性に依頼を用意してもらった。

「金欠とのことでしたので、こちらの依頼はどうでしょうか？　新米冒険者の方には、破格の報酬が出されている依頼です」

そう言って見せられた依頼書に俺は目をとおした。

依頼名：薬草集め
内　容：種類は問わない。できるだけ多くの薬草を持ってきてくれ
報　酬：袋一つにつき、金貨一枚　※最大五袋

　その依頼文を見て俺は、ビクッと体が反応してしまった。

　しかしこんなところで動揺してる姿なんて見せたら変な奴だと思われるため、平静を装うことにした。

「薬草集めですか？　それなら、常設の方で出されていますよね？」

「ええ、そうなんですけど、この方は研究に使うためにたくさんの薬草が欲しいとのことでして、市場で薬草を買い占めると他の方に迷惑だからと依頼を出されているんです。袋の大きさはこちらです」

　女性はそう言うと、カウンターの下から大体二十Ｌサイズの麻袋を取り出した。

「なるほど……わかりました。報酬もなかなかいいですし、この依頼を受けます」

「わかりました。期限は五日となっていますが、大丈夫でしょうか？」

「はい、大丈夫です」

　最終確認を行い、俺は受付で依頼の手続きを行った。

　期限までに一袋だけでも納品すれば大丈夫だと言われたが、一袋いっぱいにするだけで金貨一枚なんて美味しい報酬でそんなもったいないことはしたくない。

そう思った俺は早速、ギルドを出て王都の外へと向かった。

「さてと、まさかゲーム時代の最高の金策依頼を受けることができるなんて思いもしなかったな……」

ゲームでも同じくこの依頼はあり、プレイヤーには〝最高の金策依頼〟として知られていた。

ゲーム時代は袋の制限数はなく、常設依頼よりも二倍の値段で買い取ってくれるのでよく世話になっていた。

「ゲームの時も世話になったが、こうしてまた世話になるとは思わなかったな」

俺はそう言いながら薬草の採取地にたどり着き、採取を始めた。

手に取り、鑑定して、袋に詰める。地味な作業が好きな俺は、黙々と続けた。

この場所は滅多《めった》に魔物も現れないため、気が付くと辺りが暗くなっているのに採取を続けていた。

結局、俺はたった一日で目的の五袋分の薬草の採取を終えてしまった。

「えっ、もう。集め終わったんですか？」

「地味な作業が好きなので、黙々とやっていたらいつの間にかパンパンに」

そう言いながら【異空間ボックス】に収納していた薬草が入った袋を取り出した。

いきなり目の前に、五つの袋が出現したことに受付係の女性は驚いた顔をした。

「しゅ、収納系スキルを持っていたのですね……」

「はい、便利ですよね。このスキル」

笑みを浮かべながらそう言う俺に、女性は引《ひ》き攣《つ》った笑みで返した。

女性の反応から見て、この世界ではたぶん〝収納系スキル〟がレアなのだろうと感じた。

その後、一応中身の鑑定をさせてもらうと言われ、作業場へと連れていかれた。

作業場はギルドの地下にあり、そこに数名のギルドの人が待機していた。

「フィーネちゃん、どうしたの？　今日はこっちに来るような依頼はないって言ってなかった？」

作業員の一人が受付の女性に声を掛けた。

名前のことは気にしてなかったけど、フィーネって名前なのか……。

ゲームの時は受付係はそこまで重要なキャラじゃなくて、モブ顔だった。

そのため、自己紹介をしていなくて名前をどうやって知ろうかと考えていたがここで知れて良かった。

「それがノルアさんの依頼を受けた冒険者の方が、一日で終わらせたみたいなので薬草の鑑定をしてもらいに来たんですけど、時間大丈夫ですか？」

「薬草の鑑定くらいなら、大丈夫だよ。多くても袋五つ分でしょ？」

「はい、その、それじゃお願いしますね。ジンさん、あそこの台の上に出してもらっていいですか？」

受付の女性改め、フィーネさんにそう言われた俺は「わかりました」と返事をして指定された台の上に袋を出した。

その様子を見た作業員達は「お～、収納スキルか」と言うと、すぐに作業に取り掛かった。

鑑定する物が薬草か薬草じゃないかという違いだったため、作業は三十分も掛からずに終わった。

「五袋分、全て薬草でした。納品依頼ですでに中身は確認済みなので、報酬は上に戻ったら渡しますね」

そうフィーネさんから言われた後、ギルドの一階に戻り報酬を受け取った。

一日の稼ぎが金貨五枚、俺はホクホク顔で宿に戻った。

金貨五枚を稼いだ翌日、俺は装備を身に着け早朝から冒険者ギルドを訪れていた。

これまで俺がギルドに顔を出していたのは、昼の少し前だったりとピークからズレた時間帯だったため、他の冒険者達をそこまで見なかった。

しかし、今はギルドが最も混む時間帯。

朝はその日の依頼が貼り出されるタイミングで、良い依頼を取りたい冒険者達が掲示板の前に集まっていた。

「ジンさん、おはようございます」

「おはようございます。フィーネさん」

そんな冒険者達を横目に、俺は顔見知りとなったフィーネさんのところへと直行した。

「今日も依頼を受けに来たんですか？」

「依頼も受けようと思っているんですけど、先に別件を済ませようかなと思いまして早めに来たんです」

「別件ですか？」

「まだ登録して数日ですけど〝パートナー登録〟ってできますか？」

パートナー登録。

これはゲームにもあった冒険者ギルドの機能の一つで、特定の受付係と契約することでさまざまな恩恵を得られる。

ゲームでは冒険者として活躍し出した頃、ギルド側から提案されるというシステムだった。この世界だと基本的には同じようにスカウト制だが、自ら申し出ることもできるみたいだ。

契約することで報酬の一部を契約者であるギルドに取られるが、それ以上のメリットがあるため、俺は今回契約をするために申し出た。

「……できるにはできますけど、していなくても冒険者として活動はできますよ？　特に初心者の方で登録するという方は、見たことがありません」

「こちら側の心配でしたら大丈夫ですよ。昨日の報酬でしばらくは普通に暮らせますし、それ以上に優先的に対応してくれる権利があった方が便利なので」

「なるほど……ジンさんが指名するかたちになりますが、どなたか契約したい受付係は居ますか？　すでに契約してる冒険者がいる場合は、別の係を勧めることになりますが」

選ぶ権利なんてあったのか？

ゲームの時は契約したら、モブキャラがパートナーになっていたからな……。

「でしたら、顔も知っているという理由でフィーネさんを選びたいんですけど」

「私ですか？」

フィーネさんは、キョトンとした顔で俺の顔を見つめながらそう言った。

「はい、冒険者登録から初めての依頼までお世話になっているので、できるのでしたらフィーネさんがいいかなと」

「……わかりました。先日、パートナー登録の許可が下りて私も相手を探していたところなので、これからよろしくおねがいします。ジンさん」

それから俺とフィーネさんは〝パートナー登録〟を行い、無事に契約が結ばれた。

これで俺に、専属の受付係が付くことになった。

ちなみにギルド側に支払われた報酬の一部が登録した受付係にいくが、受付係の給金はもちろん別で払われている。

そして契約した受付係はその契約した冒険者の専属になるため、多忙な時期以外は受付所に立つことはなくなる。

その分、パートナーが求める物を用意するという雑務が発生するが、ギルドの仕事よりもマシなのでパートナー登録をしたいと思う受付係は多い。

「それで早速ですが、これが俺のステータスです」

場所は変わり、パートナー登録をした冒険者が使える相談室へと移動してきた。

そこで俺は、フィーネさんに自身のステータスを見せようとしていた。

契約書には書かれていないが、契約した受付係にステータスを見せることで自分に合った仕事をくれると教えてもらった。

他人に自分のステータスを見せるのは迷った。

だが契約の内容に〝契約者の個人情報は許可がない限り開示させない〟というのがあり、俺は結局自身のステータス見せることにした。

◆

名　前：ジン

年　齢：12
種　族：ヒューマン
身　分：平民
性　別：男
属　性：火・水・風・土・光

レベル：31
筋　力：568
魔　力：1674
運　：76

スキル：【鑑定：2】【状態異常耐性：2】【剣術：3】
【魔力強化：3】【火属性魔法：3】【水属性魔法：3】
【風属性魔法：3】【土属性魔法：2】【光属性魔法：4】
【魔力探知：4】
固　有：【成長促進】【異空間ボックス】
能　力
称　号：神童　加護持ち
加　護：魔法神の加護　武神の加護　剣神の加護

◆

先日のボアの大量狩りをしたことでレベルが三上がり、それにともない能力値が少し上昇している。

普通であれば、あんなことで二十台後半のレベルが上がることはないのだが、固有能力の【成長促進】のお陰で、あんな数でも三つもレベルが上がった。

「……ジンさん、貴方《あなた》一体何者ですか？」

「何者って、普通の一般人ですよ？　まあ、元貴族が頭に付きますけど」

「元貴族ですか？」

「一応、数日前まではこの国の貴族の子だったんですけど、そのまあ出生の事情で色々ありまして家を追い出されたんですよ」

そう俺が言うと、フィーネさんは「えっ」と驚いた声を出した。

「まあ、今は普通のどこにでもいる子供ですので」

「このステータスを見て、普通の子供とは思えないんですけどね。レベルだけ見たら、銀クラスの冒険者とほぼ同等ですよ……」

銀クラス。正しくは〝銀級冒険者〟のことだ。

この世界の冒険者のクラスシステムは、六段階に分かれている。

白金・金・銀・銅・鉄・木。

白金が最高クラスの冒険者の証《あかし》で、木が最低クラスの冒険者だ。

なので木クラスの俺が、銀クラス級のレベルということにフィーネさんは驚きを通り越し呆《あき》れ顔となった。

「まあ、でもそうですね。ここまでレベルが高いと、討伐系の依頼でも安心して紹介できますね。といいますか、多才なのでどんな依頼でも任せられますね……」

俺のステータスが書かれた用紙を見つめながら、フィーネさんはそう言った。

「ジンさん、先に聞いておきますが、不得意なものとかありますか？」

「不得意なものですか？」

「はい。苦手だなと思う魔物だったり、匂いに敏感だから臭いところは行きたくないとか、たまに冒険者の中に血を怖がる方が居たりしてそういった方には採取系の依頼を紹介したりしてますので、先に聞いておこうと思いまして」

なるほど、確かに人それぞれ苦手なことがあるからな。

この世界の〝パートナー登録〟には、そういった事前調査もあるのか。

「あ～、別に苦手なことはないですね。ただまだ対人戦の経験はないので、盗賊などの討伐や捕縛依頼は難しいかもしれません」

「……確かにジンさんはまだ十二歳ですから、対人戦の経験がないのもあたりまえですね」

フィーネさんは一瞬首を傾げたが、ステータスに載ってる年齢を見て、納得したようにそう言った。

「対人戦の経験って、どうやったら訓練できますか？」

「そうですね……知り合いの冒険者の方に訓練をお願いしたり、一緒にパーティーを組んでもらって盗賊の討伐に連れていってもらって慣れたりする方法が一般的ですね」

「……数日前に家から出たばかりで、知り合いの冒険者なんて一人も居ないんですけど」

というか、そもそもこのジンというキャラには〝友人〟という存在が一人も居ない。

婚約者は建前上、というかストーリー上存在したが、ジンはほとんど家から出してもらえない生活をしていた。そのため、婚約者とも顔を合わせたのはたった数回だった。

「でしたら、こちら側でご用意いたしましょうか？　初心者育成に力を入れている冒険者の方を紹介してもらえるかもしれないので」

「あっ、できるならそうしてほしいです。自分が人と戦えるのかすらわからないので、経験だけでもさせてもらえるなら助かります」

「わかりました。それでは、そちらの手配ができましたらご連絡いたしますね。他に何か必要なことかありますか？」

そうフィーネさんから聞かれた俺はとりあえず今はないと答え、今日の分の依頼を用意してほしいと頼んだ。

それからフィーネさんは、俺のステータスを見て判断した内容の依頼書を持ってきた。

その依頼の報酬はかなり良く、俺はその依頼を受けることにした。

「やっぱり、パートナー登録して正解だったな……早いうちから討伐系の依頼を受けさせてもらえるなんて、普通の新米冒険者だと無理だからな」

紹介してもらった依頼内容は、王都付近に生息するオーク五体を六日以内に討伐するという依頼。

リカルドからの頼みですでに討伐経験がある俺は、依頼分のオークをサクッと討伐して王都へと帰還した。

「えっ、もう。終わったんですか？」

時間にして一時間ほどしか経《た》っていないからか、フィーネさんは驚いた顔をした。

正直移動時間の方が長く、討伐の時間は十分も掛かっていない。

「ステータスを見て強いとは思っていましたが、まさかこんなに早くに終わらせてくるとは思いませんでしたよ……そもそも、オークを見つけること自体が難しいのに」

「まあ、そこは冒険者になるにあたって勉強をしましたから」

その言葉はもちろん嘘《うそ》で、ゲームの知識を使わせてもらった。

ゲームでは、主人公も冒険者として活動をするため、メジャーな魔物の生息地帯は大体頭の中に入っている。

その後、魔物の素材の解体と鑑定をしてもらうため、昨日も訪れた地下へとやってきた。

「あんたは昨日の？」

素材の移動のため俺も一緒についていくと、作業場で昨日、薬草の鑑定をしてくれた作業員の女性が俺を見て首を傾げながらそう言った。

「昨日振りですね。ジンと言います」

「あっ、どうも私はルネ。この作業場のリーダーだ」

これから頻繁に世話になるだろうと思い挨拶をすると、向こうも返してくれた。

挨拶を交わした後、今日来た理由を説明してオークの死体五体分を出した。

「お～、こんなに綺麗《きれい》に倒されたオーク、初心者の奴が持ってきたのか！　凄《すご》いな！」

作業員の一人がそう言うと、他の作業員もオークの状態を見て感心した言葉を述べた。

「ルネさん、こちらのオークの鑑定と解体をお願いします」

「了解。ただこんなに状態が良いと、いつも以上に慎重にやらせてもらうから少し時間がかかるかもしれんよ」

「あっ、そうですか。ジンさん、お時間かかるみたいですが大丈夫ですか？」

「大丈夫ですよ。何なら、報酬は明日取りに来ましょうか？」

そう提案すると、フィーネさんは「そうしていただけると助かります」と言い、依頼の報酬は明日受け取ることになった。

その後、俺はギルドを出て商業区を少し見て回ることにした。

商業区を見る目的は三つあり、一つ目は新しい商品がないかの確認。

そして二つ目は、ゲーム世界の進行度の確認。

「まあ、そもそも俺が家を出た時点でストーリーが破綻している可能性は十分あるんだけどな……」

一応、ジンというキャラはゲームの中のキーキャラでもある。

そんなキャラが物語開始前の時点で、すでに物語の軌道から外れている。

それにより〝聖剣勇者と七人の戦女〟のストーリーどおりに、この世界が進まない可能性の方が高い。

だがそうなってくれると、俺としてはものすごく助かる。

ゲームどおりにいくと、俺は婚約を破棄され、勇者と戦い、闇堕《お》ちというルートをたどる。

闇堕ち後、最強の敵キャラとして何度も勇者達の前に姿を現すが、最終的に死んでしまう。

前世も結果としては二十代で死んでしまったから、今世こそは長生きしたいと俺は思っている。

「おっ、昨日の坊主じゃないか！」

商業区を見て回っていると、昨日と同じ場所で出店をしていた串焼き屋のロブに声を掛けられた。

「坊主、もう依頼は済んだのか？」

「一応、二つ依頼を達成したよ。だから、今日は普通に買いに来たんだ」

商業区へ来た目的の三つ目は、この店主との約束を果たすためだ。

というのも昨日貰《もら》った串焼き、小腹が空《す》いた時に食べるのにちょうどよく、時間が停止している【異空間ボックス】に少し入れておこうと思ったのだ。

「おっ、それは嬉しいな！　それで何本買うんだ？」

「ん～、そうだな……」

在庫があっても別に困らないしな……。

「なあ、おっちゃん。今出ているので今日の分はおしまいなのか？」

「そうだな、今日のところはもう時間も時間だし今ここで焼いている分で終わりだぞ？」

「そうか、なら今焼いている分全部買うよ。もちろん、定価でな」

俺はそう言って、二本セット銀貨一枚を十セット。銀貨十枚分の串焼きを購入した。

「完売なんて久しぶりだな。いつも何本か残って夕食にまわしていたんだよ」

「美味しかったし、そこまでの量じゃないからな。というか、二本セット銀貨一枚って元とれてるのか？」

「ギリギリだな、まあ好きでやってるから儲《もう》けは良いんだよ。金は本業の方で妻と雇っている奴らが稼いでいるからな」

そういやロブはこうして出店をやっているが、本来は王都でもそこそこ名の通っている店の店主なんだよな。

料理もめちゃくちゃうまくて、この串焼きに使っているタレも確かロブの自家製だったはずだ。

元々の仕事は宮廷料理人で、王族や貴族の舌を唸《うな》らせていた。

そんなロブは二十《はたち》になる少し前に、同じ料理人でのちの奥さんとなる女性と出会った。

料理の話をよくしていた二人は良い関係へと発展し、出会って一年もしないうちに結婚。結婚後は仕事を辞めて、自分達の店を開いたという経歴の持ち主だ。

「道楽でやっている感じか」

「半分そんな感じだな、一応新しい客を店に送るって大事な仕事も任されているからな」

ハハハッと笑うロブは、ジンの体を見て「ちゃんと食って、体大きくしろよ」と笑みを浮かべて言った。

その後、ロブと別れた俺は宿に戻った。

「とりあえず、目標は達成したな」

パートナー登録、金欠対策の依頼達成、そして約束していた串焼きの購入。

直近のタスクを終えた俺は、ベッドに座って今後のやることを考えた。

「まずはランクを上げることだな……最低でも、銀クラスにならないと生活の水準を上げるのは厳しいだろう」

パートナー登録は銀以下だと報酬を引かれるため、安定した暮らしはできないだろう。だから最低でも銀クラス、いけるなら金クラスまで早々に上げておきたい。

「ただこの世界だと、ランクが上がるのがどれくらいなのかだな……」

調べた限り、木クラスから銅クラスまでは意外と簡単に上がるとわかっている。

ただ銀クラスに上がるには、そこそこ難しい依頼だったりを何件か達成したうえに、ギルドからの信頼も必要となってくる。

「ギルドとの信頼関係は、フィーネさんと良好な関係を築いていけば大丈夫だと思うが、依頼の方だよな……パートナー登録をどこまで活用できるのかが、重要になってくるな」

本来であれば俺に回ってこない依頼を回してもらえる。その恩恵を最大限に活《い》かせれば、想定どおりにことを進めて銀クラスにはいけるだろう。

装備に関してしばらく考えなくていいのは、冒険者にとってありがたいことだ。

ランクが上がれば仕事の内容も変わってくるため、それに見合った装備を準備していかないといけない。しかし俺の場合、シンシアのお陰で銀クラスに上がるまで装備の心配をしなくても大丈夫だ。

「金に余裕ができたら、シンシアの店で散財しないとな……」

それくらい、俺はシンシアに感謝をしている。

第三章　獣人の冒険者クロエ

昨日は部屋で今後のことを考えているといつの間にか寝落ちしてしまい、夕食時に起こしてもらった。食後、シャワーを浴びた俺はそのままベッドに横になり気付いたら朝を迎えていた。

「やっと落ち着けると気が緩んだのかな？」

家を追い出され、宿を探し、金欠状態から脱し、少しは暮らせるようになった。

だからそれまで気を張っていたのが解けたんだろう。

「んっ、ジン、どうした。手が止まっているが、なにか食えないもんでもあったか？」

「ああ、いやちょっと考えごとをしていただけだ」

俺が考えごとをしていると、心配した様子でリカルドから声を掛けられ、俺はそう返した。

その後、朝食を食べ終えた俺は昨日の報酬を受け取りにギルドへと向かった。

「ジンさん、今日も早いですね」

ギルドに着き、パートナー登録者専用の窓口でフィーネさんを呼んでもらうと、奥からそう言いながら彼女が出てきた。

それから俺はフィーネさんに連れられ、相談室の方へと移動した。

「まず、こちらは昨日の報酬です。パートナー手数料は差し引いていますのでご確認ください」

「……はい、確認しました」

受け取った麻袋の中身に手数料を引いた報酬が入っているのを確認して、俺は【異空間ボックス】に入れた。

「その……、昨日お聞きできませんでしたが、ジンさんのその収納スキルはどれほどの容量なんですか？　オーク五体をポンッと出していたのでかなりの量が入るのは、すでに確認していますが」

……そういえば、容量ってどのくらいあるんだろう？

ゲームではインベントリがあって、こんなスキルは必要なかったからスキルの効果を完全に把握してなかった。

「たくさん入るのは確認していますけど、どのくらい入るかは検証してないですね」

「オーク五体分以上の容量はあると、現段階ではわかってる感じですかね？」

「そうなりますね。今後、検証をしてどのくらい入るかわかったら、また報告しますね」

「よろしくお願いします。大容量の収納スキル持ちの人しかできない依頼などは報酬もかなり高いので、わかり次第教えていただけたらご紹介できます」

そんな依頼もあるのか、ゲームにはなかった依頼だな……。

まあ、でもそうか。この世界だと、収納スキルはレアスキルの一つ。

特別なスキルがないと受けられない依頼は報酬を高くして、やってもらおうというのが依頼者側の考えなんだろう。

「ただ、今でもオーク五体分のスペースはあるとわかっていますので、それくらいの収納スキル持ちの人ができる依頼を今後ご用意しておきますね」

「わかりました。よろしくお願いします」

フィーネさんの言葉にそう俺が返すと、本日の依頼の話へと変わった。

「そういえば、ジンさんは今後もソロで活動をしていく予定ですか？」

「そこに関しては今のところそこまで考えてないですね。仲間が居たら居たで依頼の幅が広がると思いますが、現時点は自分一人で完結してしまうので」

「そうですね。剣術に魔術、どちらにも才能があり、さらには収納スキルも持っているので何も困ることはないですね」

俺の実力を知るフィーネさんは、呆《あき》れた感じにそう言った。

「まあ、でも仲間はほしいですね。切磋琢磨《せっさたくま》して強くなるとか、冒険譚《ぼうけんたん》の王道ですから」

「あら、ジンさんって意外とそういうのがお好きなんですか？」

「好きですよ。特に冒険物は」

とは言っているが、こちらの世界の冒険譚はほとんど知らない。

俺が好きと言っているのは、前世で読んでいたラノベのことだ。

「でしたら、私の方でジンさんに合いそうな方を探しておきましょうか？　そういったこともパートナー登録者の方に行っていますので」

フィーネさんの言葉を聞き、そういえばパートナー登録にはそういったサービスもあったなと思いだした。

「あ～、でしたら紹介してもらってもいいですか？　自分で探すのは苦労しそうなので」

交友関係ゼロのため、話しかける相手すら限られている俺はそのサービスを使わせてもらおうと考えた。

「わかりました。それでは、こちらでジンさんに合いそうな方を探しておきますね。相手に関して、特に要望はないですか？」

「特にないですね。ただ一つ、口が堅い方がいいですね」

「……そうですね。ジンさんの能力を言いふらすような方だと、ジンさんにご迷惑をおかけすることになりそうですね。わかりました。探しておきます」

その後、俺はフィーネさんに用意してもらった討伐系の依頼を受け、王都の外へと向かった。

すでに何度か王都の外に出ていて、ゲーム知識もある俺は依頼書に書かれていた魔物の生息地帯に向かう。すると一人の冒険者が魔物と戦闘をしていた。

「フィーネさんの話だと、こっちに依頼で向かった人は今日は居ないって聞いていたが？」

そう思いその冒険者を見ていると、三体の魔物に押され気味で傷も負っていた。

「おい！　そこの冒険者！　助太刀《すけだち》が必要なら、助けるぞ！」

「ッ！　た、頼みます！」

もしやと思い声を掛けると、冒険者は俺の方を一瞬見てそう叫んだ。

その返答を聞いた俺はその場から魔法を放ち、魔物を冒険者から遠ざけた。

そして、まだ生きている魔物の首をこの数日世話になりっぱなしの【風魔法】で刈り取り、絶命させた。

魔物が息絶えたのを確認した俺は、地面に座り込んでいる冒険者の方へと近寄った。

「大丈夫か？」

「あっ、うん。大丈夫、助けてくれてありがとう」

息切れしているなか、その冒険者はそうお礼を述べた。

目の前の冒険者は革製の装備に身を包んでおり、獣人族らしい耳と尻尾《しっぽ》を生やした、黒髪黒目で同じ歳《とし》頃の少女だった。

そして女性に肩を貸してその場から離れ、魔物が近付いてきたらすぐにわかる安全な場所へと移動した。

移動中互いに自己紹介をして、女性の名前がクロエということがわかった。

「なあ、なんであんなところに一人で居たんだ？　この辺りに依頼で来ている冒険者は居ないってギルドで聞いているぞ？」

「……その、実は私もこっちに来る予定はなかったの。仲間達《たち》に魔物の囮《おとり》にされて逃げ回ってるうちにこっちまで来ちゃったの」

「囮？　それって、冒険者の掟《おきて》で一番やっちゃいけないやつだろ……」

クロエが口にした内容に俺は驚きながらそう言った。

「うん、私も囮にされて凄《すご》く驚いたよ。昨日まで笑い合っていた仲間達が、自分が助かるために私を犠牲にすることに躊躇《ためら》いがなくて……」

震えながらそう口にしたクロエに、俺はなんと声を掛けていいのかわからなかった。

その後、ひとまずクロエを連れて先ほどの場所に戻り、依頼書の魔物を討伐して王都に帰還することにした。

「ジン君、凄く強いね。私を助けくれた時も一瞬で魔物を倒したから強いんだろうなって思ってはいたけど、さっきの戦いで確信したよ」

「ありがとう」

眼《め》をキラキラと輝かせるクロエに褒められた俺は、素直にそうお礼を言った。

その後、王都に戻った俺達はその足で冒険者ギルドへと向かった。

「だから、あいつが勝手に居なくなったんだよ！」

ギルドに入ると、なにやら冒険者達が受付で言い合いをしているのが見えた。

そしてその冒険者の対応をしていた受付係が入り口にいる俺達に気が付くと、驚いた顔をして「クロエさん！」と叫んだ。

その受付係の言葉に、言い合いをしていた冒険者達もこっちを見て「ク、クロエ!?」と驚いた顔をした。

「もしかしなくも、あいつらがクロエの仲間なのか？」

「……うん。それで言い合いをしている受付係の方が、私のパートナー登録をしているギルドの人だよ」

ギルドまで来る間、俺とクロエは少し互いのことを話していた。

その話のなかで、クロエはこの世界では珍しく、冒険者として活動を始めてからすぐに〝パートナー登録〟をしていると聞いた。少ないと聞いていたなかで、まさか俺と同じように新米の頃から使っている人がいると知って内心で俺は驚いた。

「ごめんね、ジン君。たぶん、この後話し合いに巻き込むかも」

「いいよ。話を聞いた時から、そうなるだろうって思っていたし、それに証人が居た方がクロエも助かるだろ？」

そう言って俺達は、クロエの名を叫んだ受付係のところへと向かった。

「な、なんでクロエがここに」

「さっき振りです。どうしたの、私が生きているのがそんなに驚くことかしら？」

クロエは驚く元仲間達に対して、ニコッと笑みを浮かべてそう言った。

それからクロエはパートナーである受付係に今日の出来事を伝え、俺も一緒にその証言をした。

その間、元仲間達が何やら叫んでいた。

しかし、元々問題行動をしていた連中だったらしく、話している間ギルドの係員に押さえつけられて、俺達に有利のまま話が進んだ。

「相手側は冒険者の証《あかし》を剥奪《はくだつ》のうえ、一年間の冒険者登録の禁止、半年間の冒険者ギルドの雑用。それと財産の一部をクロエに渡す、か。死を覚悟した分は取り返せたか？」

あれから三時間ほど拘束され、なんとか話し合いが終わったクロエにそう尋ねた。

クロエは少し疲れた顔をして「ギリギリ届いたくらいかな〜」と言った。

「クロエさん、本当にお疲れ様です。そして申し訳ございませんでした。私の調査不足でクロエさんを危険な目にあわせてしまいました」

薄茶色の髪をした小柄な女性は、クロエに対して頭を下げてそう謝罪をした。

「それに顔見知りだからってあの人達を信用した私も馬鹿だったから、今回のことはリコラちゃんが責任を感じなくてもいいんだよ」

「クロエさん……」

クロエの言葉に涙を浮かべるリコラさん。

そんな二人のやり取りを、俺とフィーネさんはただ黙って見続けていた。

それから二人が落ち着いたところで、俺は自分の依頼についてフィーネさんに報告した。

「ジンさん、人助けもしたうえに普通に依頼も達成したんですか……」

「まあ、難しい依頼ではなかったですし」

「強くないって言っているけど、ジン君が倒したのって普通だと銅クラスの冒険者が戦えるくらいの魔物だったよね……」

呆れた顔をして、クロエはそう言った。

それから俺とクロエ、そしてフィーネさんとクロエのパートナーであるリコラさんと共に今後についての話し合いをすることにした。

なぜ、この四人なのか？　それはクロエから「仲間になってほしい」と頼まれたからだ。

「こちらの調査では、クロエさんはジンさんの希望どおりの方ですね」

「えっ、ジン君。仲間を探していたの？　駄目元で頼んだんだけど」

「まあ、ソロだと限界もあるからね。それに冒険者といえば、やっぱり仲間と共に成長していくってのも一つの楽しみだなと考えているから」

そう言うと、クロエは目を輝かせ「ジン君も私と同じ考えなんだ！」と嬉《うれ》しそうに言った。

「というと、クロエもなのか？」

「うん！　私も小さい頃に冒険譚を読んで、いつかそんな冒険をしてみたいって思って冒険者になったの」

嬉しそうにそう言うクロエと目が合い、俺はクロエに「なら、一緒に楽しい冒険をしようか」と仲間になることを決めた。

その後、フィーネさんにパーティー登録の手続きをしてもらい、俺とクロエは正式にパーティーとなった。

「ジンさん、クロエさん。これはすでに理解されていると思いますが、パーティーで依頼を達成した際も変わらずパートナー登録のお金は引かれますのでご注意くださいね」

「はい、そこは把握しています。クロエも大丈夫か？」

「うん、大丈夫」

そう俺とクロエが言うと、フィーネさんとリコラさんは「今後とも、よろしくお願いします」とお辞儀をした。

それからパーティー登録を済ませた俺達は、これからの活動のために改めてお互いのことを教え合うことにした。その際、ステータスは見せるかという話になったが、お互いを信用できる間柄になったら見せようということにした。

冒険者にとってステータスを他人に見せる行為は危険なことで、仲間だからといって簡単に見せる冒険者は少ない。

「ってなると、戦い方とか得意とすることになるが……クロエは何が知りたい？」

「ジン君って見た感じ、なんでもできる系だよね？」

「そうだな、魔法と剣術もできるけど、剣術に関してはまだ実戦では試していないから、どこまで通用するかわからないとだけ伝えておくよ」

【剣術：3】と【武人の加護】を持っているから、普通に剣を扱っている冒険者よりかは剣の腕前はあるとは思う。

ただ今のところ魔法だけで完結してしまっているから、試す場面がないのが現状だ。

「そういえばジン君って、まだ冒険者になって数日って言っていたもんね」

「ああ、だから経験が少ないんだ。その点、クロエは半年間冒険者活動をしているから経験値自体は上だな」

「うん、経歴だけはジン君にまだ負けてないよ。これでも鉄クラス冒険者だからね」

すでに実力では負けているとクロエは認めているようで、笑みを浮かべながらそう言った。

半年で鉄クラス冒険者。このランクアップの早さは、優秀な方である。

普通の冒険者だと、鉄クラスに上がるには早くても一年くらいは掛かる。

「半年で鉄クラスまで上げているんだから、クロエも十分凄いと思うけどな」

「少し前までそう思っていたけど、ジン君の強さを見たら認めざるを得ないよ。たぶん、ジン君が本格的に冒険者として動き出したら一ヶ月もしないうちに私のランクまでは上げられると思うよ」

クロエがそう言うと、俺の隣に座るフィーネさんに「だよね？」と話を振った。

「そうですね。ジンさんの力があれば、一ヶ月も掛からないうちに銅クラス。もっと頑張れば、銀クラスまでは普通にいけると思いますよ。今はまだ準備段階と言いますか、ギルド側もジンさんの実力を測っている段階ですので、それが終わればすぐにでもランクアップをしてもらいますね」

「あれ、ランクアップはまだ考えてないって言っていませんでしたか？」

「……ジンさんのことはジックリと見てから決めようと思っていたんですが、ギルドマスターがジンさんのことを気に入ったらしく、独自に調べて『これだけ実力があるなら早く上に上げた方がいい』と言われまして」

ギルドマスターに目を付けられたって、そんなに派手な動きをしていたかな？

そう思い俺はこの数日間の動きを振り返ったが、特に目立つようなことはしてないよなと首を傾《かし》げた。

「ジンさん、一応言っておきますがこれまでジンさんに依頼を紹介する際、毎度言っていますが『数日間猶予がある』旨を伝えていますよね？　なのに当日の、それもたった数時間で達成してくるので、ジンさんのことはギルド内で噂《うわさ》になっているんですよ」

「あれ～？」

そういえば、毎回フィーネさんは依頼を渡す時に言っていたな……。

俺はそう思いだし、自分が知らず知らずのうちにやらかしていたことを思い知った。

「そして極めつきは今回のことですね。同業者であるクロエさんを見捨てずに助けたことで、性格的にも悪くないと判断されましたので、数日以内にギルドマスターがジンさんを呼び出すと思いますよ」

「……マジか」

呼び出し確定と言われた俺は、その時何を言われるのか今から不安になった。

「ジン君、別に悪いことしてないんだからそんな不安に考えなくてもいいんじゃないの？」

俺の顔を見て、クロエはそう声を掛けた。

いや別に、悪い悪くないとかそういうのじゃないんだよな……。

「呼び出しってこと自体が嫌なんだよな……」

前世の時、別に悪いことなんてしていないけど職員室に呼ばれた時と似た感じを俺は抱いていた。

そんな感覚がわからないクロエは首を傾げ「ジン君が不安になっているし、話戻そっか」と話題を元に戻してくれた。

「ジン君の場合、前衛もできるなら私と組む場合は後衛をしてもらってもいいかな？」

「ってことは、クロエは前衛向きのスキルを持っているってことか？　聞いていいなら、それだけでも教えてほしいな」

「うん、いいよ。【身体強化魔法】と【剣術：３】だよ。この二つがあるから、今まで前衛でやってきていたの」

【剣術：３】と聞いた俺は、クロエは天才の部類の人間かもしれないと考えた。武器術系や魔法系のスキルレベルは、所持者の才能によって上昇するまでの経験値が変わってくる。

それこそゲームの主人公はその辺の設定が緩くされていて、基本的に終盤になると均等して最大レベル付近まで上がっていた。

「剣の才能があるんだな」

「うん、一つでも才能があったら冒険者は有利って聞いていたけど本当にそのとおりだったよ」

才能があると言うと、クロエは笑みを浮かべてそう言った。

そんなクロエを横目でチラリと見たリコラさんは、クロエのもう一つ優れた点について教えてくれた。

「クロエさんは剣術の腕もそうですが、なにより一番優れているのは斥候技術だとギルド側は評価しています」

「へぇ、それはいいな。俺はそういった技術はないから、クロエが居たらダンジョン攻略も早いうちから挑戦できそうだな」

「いいね！　私が罠《わな》とか見破るから、ジン君の魔法で魔物を蹴散らせば簡単にダンジョン攻略もできそうだね！」

ダンジョン攻略。そう俺が言うと、クロエは目に見えてワクワクとした雰囲気でそう言った。

ダンジョン、それは神々が人に対し試練を与える場所。そういった設定でこの世界にはいくつものダンジョンが存在する。形状はさまざまで、よくあるのが洞窟型のダンジョン。王都の近くにもいくつかダンジョンが存在していて、日々、多くの冒険者達が挑戦している。

「ジンさんとクロエさんでしたら、油断さえしなければ良い稼ぎにはなりそうですね。一応、こちらでジンさん達に合いそうなダンジョンを探しておきましょうか？」

「そうですね。一応探しておいてください。行くかどうかは、今のところわかりませんけど」

「わかりました。ジンさん達に勧められるダンジョンを探しておきます」

フィーネさんがそう言うと、クロエは「楽しみだね！」と言った。

その後も何度か話が脱線しつつもお互いのことをなんとなく知り、明日一緒に依頼を受ける約束をしてから解散となった。

クロエと別れた後、すでに外は日が落ち始めていたので宿に戻った。

宿に着くと、すでに夕食の時間だったので食事をして、シャワーを浴びて部屋に入った。

「……って、待てよ。クロエってゲームに同じ名前のキャラいなかったか!?」

ベッドに横になった俺はハッと思い、そう叫びながら飛び起きた。

ゲームのキャラに獣人族の冒険者で、クロエという名のキャラがいた。

いや、でも〝ゲームのクロエ〟と〝今日会ったクロエ〟は全く別人に見えた。

ゲームのクロエは暗い雰囲気を纏《まと》った少し怖い系のキャラで、俺も初見は〝敵キャラ〟だと誤認するほどだった。ただ実際は〝重度の人間不信〟で、信じた者以外はたとえ相手が善人であろうと心を開かないというキャラ設定だった。

「そういえば、クロエのエピソードに今日の出来事に似たイベントがあったな……もしかしなくても、あのクロエが今日会ったクロエなのか？」

いまだに信じ切れない俺は、頭の中を整理し切れず一時間近く悩み続けた。

結果的にゲームのクロエと同一人物と決定付けることで、今回は納得することにした。

「自分でストーリーから脱却しようとしているのに、なんで重要キャラの一人の〝クロエ〟と仲間になってるんだよ」

ため息をつきながら俺はそう呟《つぶや》くともう考えるのが嫌になり、目を背けるように眠りについた。

翌日、約束の時間に遅れないように少し早めに宿を出た。

「あっ、ジン君。おはよう！」

「って、なんでもういるんだよ……」

約束の時間まで、まだ三十分ほどあるはずだ。

なのに待ち合わせ場所にはすでにクロエがいた。

「えへへ、ジン君と初めての依頼で楽しみだな～って思ってたら、朝早くに目が覚めちゃったの」

「だから早く来ていたのか……俺が早めに来なかったら、あと三十分待つことになってたんだぞ」

笑っているクロエに、俺はため息まじりにそう言った。

それから俺達は王都に外に出て、依頼の場所に向かった。

今回の依頼は討伐系の依頼で、できるだけ綺麗《きれい》な状態で素材を持ち帰ってほしいと言われている。

「クロエ、近くにいるか？」

「ちょっと待ってね……」

ゲームのクロエだとすればジン以上に索敵能力が高いはずなので、俺は魔物の発見をクロエに任せることにした。

その後、少ししてクロエから「向こうにいる」と報告を受け、戦闘態勢をとった状態で移動を始めた。

「――！」

移動した場所には依頼書の魔物。オークの集団が五体で食事をしていて、全く警戒をしていなかった。警戒してないなら簡単だ。そう思った俺は、その場から魔法を飛ばして魔物の首を目掛けて魔法を放った。

強すぎる魔法だと素材に傷がつくと思い、オークの首が飛ぶ程度の魔力で魔法を使った。

「んっ？　一体、俺の魔法に耐えた奴《やつ》がいるな」

「……ジン君、あれもしかしたら上位種の〝ハイオーク〟かもしれない」

「上位種の奴か、だとすればさっきの魔法は効かないな」

「――ッ！」

仲間を殺されたハイオークは俺とクロエの姿を見つけると、雄叫《おたけ》びを上げこちらに向かって走ってきた。

「ジン君！　あのハイオーク、速いよ！」

「このままだと魔法戦は厳しそうだな……クロエ。あいつの相手を少し任せても大丈夫か？」

「やってみる」

クロエは俺の指示に対してそう返事をすると、サッと急展開して武器を構えた。

ハイオークはそんなクロエを目に入れると、「ブモォォ」と叫びながら、クロエに突進した。

「ハァッ！」

突進してきたハイオークに対し、クロエは一瞬で動きを読み、その攻撃を回避した。

聞いていたとおり身のこなしが抜群に良く、ハイオークでさえクロエの動きは読めていないようだった。

そして、自分を見失ったハイオークの背にクロエは攻撃を仕掛けた。

しかし、ハイオークの皮膚はかなり硬くクロエの持っていた剣では傷一つ付かなかった。

「ッ！　か、硬い！」

「クロエ、危ないッ！」

ハイオークは自分に攻撃を仕掛けたクロエを摑《つか》もうとしたが、クロエに気を取られているその間に俺は【風魔法】を限界まで溜《た》め込《こ》み、ハイオークに向かって放った。

その攻撃はハイオークに直撃して、間一髪クロエを助けることができた。

「ブ、ブモォォォ」

ハイオークは俺の攻撃を受けると、悲鳴のような声を上げて近くの巨木まで吹き飛ばされた。

巨木にぶつかったハイオークは荒い息を立てているが、ほぼ体力もなくなっているようだ。

「ハイオークとはいえ、案外呆気《あっけ》ないな」

俺は巨木にぶつかり今にも死にそうなハイオークを見てそう口にした。

次の瞬間、ハイオークはいきなり立ち上がると「ブモォォォ」と叫びながら、俺に向かって突進してきた。

「ジン君、危ない！」

ハイオークが起きあがったことにクロエが驚き、俺を心配する声を上げた。

俺はそんなクロエに「大丈夫だ」と口にして、突進してきたハイオークの攻撃を避《よ》け、魔力で強化した剣で首を斬り落とした。

首を斬り落とされたハイオークは首と胴体が分かれ、絶命した。

やっぱり〝ジン〟ってキャラはチートだな。今の戦闘で明らかにそれを感じた。

この世界に転生してから俺は、ほとんど〝魔法〟しか使っていなかった。

確かに【剣術：３】のスキルはあるが、実際に剣術を習ったりはしていない。

それなのに俺は、ただ魔力で強化された剣でハイオークを斬り倒すことができた。

「ジ、ジン君！」

ハイオークを倒したところを見たクロエは、遠く離れた場所から俺のもとに走ってきた。

「魔法で戦うって言ったのに、剣で戦い始めたから驚いたよ！」

「ごめんごめん、ちょっと剣で戦ってみたいと思ってさ」

実際に俺は今の戦闘中に、ハイオークを魔法で吹き飛ばした時点でそう思い剣を使って戦った。

クロエとの連携もあり、簡単にハイオークを討伐することができた。

「昨日の話し合いで剣も使えるって言っていたから、どのくらい使えるんだろうとは思っていたけど、まさかハイオークを討伐できるなんて凄いよ」

クロエはそう言うと、倒れたハイオークへと視線を向けた。

「綺麗に斬れているね。ジン君、魔法も凄いのに剣の腕もこんなに凄いなんて……」

「このくらいなら、クロエだってできるだろ？　【剣術：3】なんだし」

「……ハイオークって硬い魔物で有名なんだよ？　私のスキルレベルは確かに高いけど、筋力が足りなくてこんなに綺麗に倒せないよ」

「そういえば、そんな魔物だったな……」

俺がそう言うと、クロエは呆れた感じでため息をついた。

それから、オークの死体とハイオークの死体を【異空間ボックス】に入れて王都に帰還することにした。

「魔法も、剣も、それに収納スキルもあるって他の人が知ったらジン君、色んな人に声掛けられそうだね」

「あ～、まあ今のところは能力を隠すように行動しているから、バレることはそうそうないと思うけどな」

依頼も他に人がいないような場所を選んでもらったうえに、さらに人がいないか確認しながら俺は力を使っている。

なぜ、そんなことをしているのかというと、今目立つのは俺にとって不利益が生じてしまうからだ。

今の俺の地位は、よくてギルドが注目している程度の冒険者。あまりにも今の地位が低く、何かあった時に自分を守ることは難しい。そのために俺はまず、ギルド側の信頼を得るために動いている。

「とりあえず今のところは、仲間の募集もどこかに入りたいって考えもないから二人で頑張ろうと思っているよ」

その後、何事もなく俺達は王都へと帰還して依頼の達成報告を行った。

報告後、クロエから昼食に誘われてついていこうとしたら、フィーネさんから呼び止められた。

滅茶苦茶《めちゃくちゃ》、嫌な予感がする。

「……フィーネさん、何か用ですか？」

「ジンさん、すみません。この後、時間ありますか？」

「ないです。クロエとご飯に行くと、今目の前で言っていたでしょ」

「そんなに時間はかかりませんから、その少しだけお願いします……」

フィーネさんがそう言うと、部屋の扉がガチャッと開く音がして一人の女性が現れた。

黒髪黒目のその女性は、身長が高く、出るところは出ている人だ。

また一見クールそうな見た目をしているが、その中身は意外と茶目っ気があり、ゲームでは人気のキャラだった。

「初めまして、私は王都冒険者ギルドのギルドマスターを任されているアスカ・ルセクトールだ」

「……初めまして、先日冒険者になりましたジンです」

彼女を前にして、俺は目を合わせないように下を向いて挨拶をした。

人気キャラ、そう確かに人気なキャラではある。だが俺は彼女と出会う予定は本来なかった。

「その、ギルドマスターは遠くに出掛けていると聞いていたのですが、いつお戻りになったんですか？」

「新米でその話を知っているなんて、意外と情報通なのかな？　ふふっ、本当はもう少し長引く予定だったのだけど、フィーネから面白い冒険者が現れたって聞いて、急いでそっちの仕事を片付けてきたの」

フィーネさんがだと!?　まさか、そこに繋《つな》がりがあるとは……。

本来、王都のギルドマスターは物語開始まで別の場所にいた。

だから俺はそれまでの間に、冒険者として王都で地位を確立させて拠点を移す予定だった。

なんせ王都は物語のほとんどが関わっている場所。そんな場所に長居していたらどんなフラグが発生するかわからない。

そして俺がギルドマスターを避けようとしていた最大の理由。それは彼女が〝七人の戦女〟の一人だからだ。

「ジン君、どうしたの？　さっきからそんなに顔を下に向けて、具合でも悪いの？」

「あ～、うん。ちょっと調子が悪いのかもしれないな、だから今日はすみませんが」

クロエの言葉に乗っかり、この場を逃げようとした。しかし、俺の肩にポンッとアスカが手を置くと「バレバレだよ」と笑みを浮かべながら言い、俺はソファーに座らされた。

「なんで君が私のことを避けようとしているのかわからないけど、私は君に興味があるんだ。だから、少し話をしようか」

「……少しですよ。少し話したら、俺のことは忘れてください」

「ふふっ、変なことを言う子だね。ますます興味が湧いたよ」

獲物を見つけた動物のような雰囲気を出す彼女に、早くこの場から去りたいという俺の思いはより一層強くなった。

「それでさ、私が戻ってきてからそんなに時間がなくて、ジン君のことをそこまで調べられなかったんだけど、君って元は貴族だったって本当なの？」

「まあ、事実ですよ」

「意外とアッサリ肯定したね」

「別にそこは隠せるとは思ってないので、ある程度の情報を集められる地位を持っている人だったら俺の出生程度なら調べられますからね」

現に戻ってきて時間がないと言った目の前の彼女でさえ、俺の出生に関しては調べがついている。

「そう。それで気になったのが、君って魔法も剣術も誰に習ったの？　君に教えるような人は君の周りにいなかったって聞いたよ」

「どこまで知ってるんですか……」

アスカの言葉に対して、俺はため息まじりにそう言った。

まあ、調べて一番謎に思うのは確かにそこだよな。

何も教えられていない貴族の子が、冒険者としていきなり活躍している。

「元々素質があったんです。家族で知っていたのは亡くなった実の母親だけで、他の家の者も家に仕えている者にも誰にも話したことはありません」

「なるほどね～」

ニコニコと笑みを浮かべながらアスカはそう言い、俺は再びため息をついて早く終わってくれと心の中でそう願った。

その後も、俺はアスカから尋問のように色んなことを尋ねられた。

その結果、なぜか知らないがアスカからえらく気に入られてしまった。

「ジン君、面白いね～。君みたいな子、初めて見たよ」

「……」

対面で座っていたはずのアスカは俺の横に座り、笑みを浮かべながら俺の頭を撫《な》でていた。

撫でられている俺の格好は、逃げられないように縄で縛られている。

尋問中、何度か脱出を試みた結果だ。

「マスター、流石《さすが》にそれはジンさんも嫌がっていますからやめてあげてください」

「え～、まだ撫でていたいよ」

アスカに撫で続けられる俺にフィーネさんが助け舟を出してくれた。

もう少し早く言ってほしかったけどな！

「……マスター」

「ッ！　はい、やめます！」

フィーネさんが真顔で〝マスター〟と口にすると、アスカは撫で撫でを即やめた。

そしてピンッと背筋を伸ばし、顔もガチガチに強張《こわば》っていた。

「あまり調子に乗った行動は、冒険者様に対して失礼にあたりますよ」

「は、はい！　すみません！」

「謝る相手は私じゃないですよね？」

「はい！　すみません！」

アスカは立ち上がり、俺に向かって綺麗なお辞儀でそう謝罪を口にした。

……一体どういうことだ？　確か、ゲームでのアスカは〝ギルドの絶対的権限を持つキャラ〟として知られていたはずだ。

なのに今の一連の流れを見ると、アスカよりもフィーネさんの方がなぜか主導権を握っているように見えてしまった。

「あの、フィーネさんと、ギルドマスターってどういう関係なんですか？」

「……ジンさんには色々とマスターが迷惑掛けましたので、そのくらいでしたらお話しできます。私とマスターの関係ですが、元々は同じパーティーで冒険者として活動していたんです。その時は、私がリーダーを務めマスターや他の方を指揮していたんです」

フィーネさんのその話を聞いた俺は驚き、眼を見開いてフィーネさんを見つめた。

あの話のキャラがフィーネさんだったのかッ!?

アスカが元冒険者ということは、ゲームをしていたので知っていた。しかし、そのパーティーメンバー自体はゲームには出てこなくて〝凄かった人物〟として語られていただけだった。

本当だったら、本編に出る予定のキャラだった。

しかし、より華のあるキャラが良いということで没になってしまい、物語に登場することはなくなったと後にゲーム雑誌の記事で見た。

「元々冒険者だったんですね。どうりで先ほどのマスターを睨《にら》む眼光、冒険者と同じ鋭さだなと感じました」

「そこは忘れていただきたいですね……」

フィーネさんは俺の言葉に、少し恥ずかしそうにそう言った。

俺とフィーネさんが会話をしている間、なぜかアスカはずっと頭を下げたままで俺は遂《つい》に「何でまだ頭を下げてるんですか？」と聞いた。

「……フィーネが許可してくれてないから」

「……」

プルプルと震えながらそう言うアスカに、俺は可哀《かわい》そうな人だなと思いフィーネさんに視線を向けた。

視線を向けられたフィーネさんは、俺の言いたいことを感じ取り「もういいですよ」と言った。

「昔はフィーネさんの立場の方が上だったんでしょうけど、何でいまだにギルドマスターはフィーネさんの指示に従っているんですか？」

「怖いんだ。さっきジン君も見ただろ？　フィーネは怒るとものすごく怖いんだ……」

いずれ〝戦女〟として活躍する人物が、こうまで怯《おび》える人物って、フィーネさん一体何者なんだよ……。

「話が脱線しましたけど、マスターはもうジン君に聞きたいことはなくなりましたか？」

「うん、もう十分知れたから満足よ。ありがとねジン君、それにクロエちゃんも時間とっちゃって」

アスカは俺とクロエにそう言い、俺はようやくこの場から解放された。

アスカ達と別れた後、時間もちょうどよく、俺はクロエと共に食堂へ向かった。

食事を済ませた俺達は、今日は依頼も終わったのでこの辺で解散するかとなり、クロエにまた明日と言って別れた。


クロエと解散した後、俺は商業区のシンシアの店へと向かった。

「あら、久しぶりねジン」

店に入ると、シンシアは店のカウンターからそう俺に声を掛けた。

「ああ、久しぶりだな。暇そうだな」

「ええ、少し前から常連の子達が遠征に行ってしまって少し暇してたのよね。外に遊びに行くのも面倒だなって思いながら、店を開けてボーッとしていたわ」

「……友達いないのか？」

「いるけど、この時期は忙しいって言っていたのよ」

シンシアの言葉に俺は「そうか」と返し、店の中を見せてもらうことにした。

今日来た理由、それは品物が増えていないかのチェックである。

ゲームでは物語が進むと、全ての店で品物が増えるという設定があり、この店にもその設定が入っていた。

そんな俺にシンシアは、ある品物を持ってきた。

「これは、この前はなかった物だな」

「少し前に仕入れたのよ。ジン、買ってみる？」

そう言ったシンシアは俺に棒状の物を手渡してきた。

この棒は魔力を一定量入れることで、魔力が切れた時にその棒を使って魔力を回復するアイテム。

ゲームでは、この棒を使う者はほとんどいなかった。魔力回復に関しては他のアイテムの方が効率がいいし、何でこんなアイテムを作ったのか開発者に聞いた者がいた。

開発者の答えは、没案ではあったがすでにゲームに組み込まれていて消すのが面倒でそのまま残った没アイテムだと言っていた。

「使い方を聞いてもいいか？」

これがゲームの設定どおりなのか確認のためにそう聞くと、シンシアはこの棒の説明を始めた。

その結果、この棒の効果はゲームと全く同じだった。

「……飴《あめ》があるから、いらないな」

「……やっぱり、そう思うわよね。私も売れないと思ったんだけど、面白そうだったから仕入れてみたのよね。そしたら、一本も売れなくてどうしようかなって」

「それで飴を買った俺だったら買ってくれるかもと思って、紹介してみたのか？」

「ええ、使い道がわかれば他のお客さんにも紹介できて多少は売れるかなって。ちょっと試してみない？」

シンシアからそう言われた俺は、店の裏手の空き地に連れていかれた。

使い道がわかればと言われてもな、俺自身ゲームでもこの棒は使っていなかったんだよな……。

「まあ、とりあえず容量の確認程度に魔力を入れてみるか」

そう言って俺は、魔力を棒の中に流し込むイメージをした。

すると、手の先から棒の方へと魔力が流れる動きを感じ、大体三十秒ほどでその感覚は止まった。

「ふむ、まあ普通の魔法使い程度なら魔法数発分の魔力が棒の中に入るのか」

「ええ、私もそう聞いているわ。それを魔力が切れた時に棒を折れば一瞬で回復するって言ってたわ」

「それなら、普通に魔力回復薬を飲んだり、それこそ飴を舐《な》めたりした方がいいと思うけどな」

そう言いつつ、俺はとりあえず魔力を入れた棒を折り、実際に体験してみた。

感覚的に大体数秒で失った魔力が回復して、割といい回復アイテムだなと感じた。

「……新米冒険者なら使えないこともないが、普通の冒険者が使う物ではないな。それこそ、この店に来る奴らだといらないアイテムだろうな」

「そっか……箱売りでかなり安かったから変だとは感じていたけど、そこまで使えないアイテムだったのね……」

俺の言葉に気落ちするシンシア。在庫数もかなりの量があるみたいで、ショックを受けていた。

そんなシンシアの姿を見ていられないと思った俺は、ある提案をした。

「なあ、シンシアとしてはこの棒がいくらで売れたら満足なんだ？」

「買った時の値段が一箱金貨一枚だったから、一箱あたり金貨二枚で売れたら満足かしら……」

「……だったら、冒険者ギルドに話をもっていかないか？　ギルドが冒険者に対して、有料で魔法の講習をしているのは知っているか？　その講習で使う魔力回復のアイテムが少なくなっているって、俺のパートナーが言っていたんだ」

その話をすると、シンシアは顔を上げて「その話、本当なの？」と聞き返してきた。

その後、俺とシンシアは棒を【異空間ボックス】に入れてギルドへとやってきた。

先ほど帰った俺が再び現れて、少し慌てて奥からフィーネさんが出てくると、横にいるシンシアを見て驚いた顔をしていた。

「シンシアって、ギルドでも有名なのか？」

「まあ、少しね」

先ほどまで悲愴感《ひそうかん》が漂っていたシンシアだったが、少し胸を張ってそう言った。

その後、フィーネさんに棒の説明と実際に使ってみせて、いくらで買ってくれるか相談をした。

その結果、一箱金貨二枚で買い取ってくれた。

「金貨二枚で買い取りって、本当にいいんですか？」

「ジンさんと、シンシアさんの頼みですからね。それに明日の分もだいぶ厳しかったので、ギルドとしても助かるんですよ。後、先ほどの話にあがった飴型の回復薬も気になるので、もしよろしければそちらもギルドに卸していただけると助かるんですが」

「いいわよ！　今回、助けてもらったもの！」

売れないアイテムを捌《さば》け、肩の荷が下りたシンシアは元気よくそう言うとギルドと商談を始めた。

その場に俺は必要なかったので、フィーネさんにお礼を言って宿に向かった。


それから数日が経《た》ち、クロエとのパーティーとしての連携もだいぶ良くなってきた。

「クロエ、こっちの担当の採取は終わったけどそっちはどうだ？」

「うん、終わったよ〜」

そんな俺達の本日は、討伐系の依頼ではなく採取依頼を受けていた。

なぜ、今更採取系の依頼を受けているのか、それはランクアップのための依頼だからだ。

クロエと俺は現在、同じランクの〝鉄クラス〟で銅クラスに上がるための依頼をこなしていた。

木クラスから鉄クラスまでは、採取依頼か討伐依頼のどちらかを十回以上こなせば上がれる仕組みだった。

俺とクロエの実力があれば、そんな条件は簡単にクリアするため、冒険者登録をして数日で俺は鉄クラスに上がり、クロエと同じクラスになっていた。

「そういえば、銅クラスに上がるための依頼で先に討伐系を終わらせたのは、私達が初めてだってリコラちゃん達が言っていたよ」

「まあ、銅クラスに上がるための討伐依頼はどれもそのランクに見合った者達だときついところがあるから、必然的に採取系が先に終わるんだろうな。俺達の場合、どっちでもよかったけど紹介される依頼が討伐系ばかりに偏っていたからな」

実際、俺達はどちらが先に終わってもいいという考えで依頼をこなしていた。

しかし、フィーネさん達に紹介された依頼はどれも討伐系ばかりで、結果的に俺達は採取系の依頼達成が足りないことになってしまった。

そうして俺達は現在、採取系依頼を同時に受けて一気に消化していた。

「リコラちゃんから聞いた話だと、早いうちから色んな魔物との討伐経験を積んでほしいって思いで討伐系を増やしてたって言っていたよ」

「俺も同じことを言われたな……俺達だったらすぐに上にいけると思うから、そのために討伐系を多めにこなしてほしいってな」

「私達、新米の中でも活躍してる方だから期待されているんだね～。まあ、新米って言っても私は半年前から冒険者だけど」

「半年でもまだ新米のうちだろ？　普通の冒険者は、一年間は大体〝木・鉄〟で止まっているのにクロエは俺と一緒に銅への昇格を目指しているんだから」

俺がそう言うと、クロエは俺の顔をジト目で見てきた。

「確かに半年で銅クラスにいく冒険者は滅多《めった》にいないけど……ジン君の場合、登録して一ヶ月も経ってないのにもう〝銅クラス〟にいこうとしてるから、そんなジン君から言われてもな～」

「俺だって、まさかこんな早くに上がる予定がなかったのはクロエだって知ってるだろ？　アスカの奴が、フィーネさんにいらんことを言うからだ……」

ギルドマスターであるアスカと出会い、気に入られてしまった俺は何かとアスカから依頼を頼まれることがあった。別に断ってもいいのだが、アスカの出す依頼はどれも報酬が良く、依頼自体そこまで難しくなかったせいで、つい受け続けてしまった。その結果、ポポンッとランクが上がってしまい、いつの間にか〝銅クラス〟への昇格ラインまできてしまっていた。

「冒険者に登録してすぐに、パートナー登録をしていて正解だったよ。普通の冒険者だったら、受付で昇格の早さに驚かれていただろうし」

「ジン君のこと、冒険者ギルドが結構隠してるみたいだもんね」

「そうお願いをしているからな、変に目立つのは嫌だし」

「そうだね。私も隠してもらっているから、周りの変化は特にないね。でも知り合いの子達には、最近頑張っているけど調子どうなの？　って少し探られちゃった」

「報酬で装備も一式替えたから、うまくいっているってバレたんだろうな」

俺と違いクロエは半年前に購入して着けていた装備を最近一式、上位の装備へと買い換えた。

そのせいで周りから〝うまくやれている〟という目で見られたのだろう。

「その点、ジン君はうまく隠せているよね」

「まあ、元々知り合いがいないってのも隠せている理由だな。ほぼ家から出ずに過ごしてきて、そのまま外の世界に出てから知り合いと呼べる人間も両手で足りるからな」

「両手で足りるってジン君、本当に交友関係少ないよね……私以外に冒険者の知り合いっていないの？」

「今のところはいないな、別に作ろうとも思ってなかったが……まあ、居たら居たで情報交換もできるし、今後は作ってみようかな」

俺がそう言うと、クロエから「だったら、私の知り合いの子を紹介するよ」と提案された。

別に断る理由もないし、他の冒険者がどんなものなのかも知っておきたいと思った俺は会う約束をした。

その後、依頼分の採取を終えた俺達は王都へと戻り、報告を行った。

報告の際、フィーネさん達から「必要な依頼は終わりました」と告げられた。

「ようやくか、結局採取系の依頼を集中してやってても三日も掛かったな……」

「そうだね。それも一日何件もこなしていて、頑張ったね～」

そう俺とクロエが互いに労《ねぎら》っていると、フィーネさんとリコラさんが何とも言えない表情をしていたのが気になった。

「どうしたんですか、二人して？」

「……クロエさんはまだ半年間冒険者として活動をしていましたからいいんですけど、ジンさんを本当に〝銅クラス〟に上げてもいいのかなと思いまして」

「俺自身が上げようと思って、積極的にやったわけではないですからね」

「ギルドのトップがやったことですから、何とも言えないのですが……短期間で銅クラスともなると、流石にこれまでのように隠せないと思います」

フィーネさんからそう言われた俺はすでにバレそうな雰囲気はあるため、そこに関しては大丈夫だと言った。

「先日、ギルドマスターと話す機会をいただいた際に、自分が目立つことで迷惑行為をされたら守ってくれると約束をしていただきましたから」

不意打ちでアスカと対面してから数日後、俺はフィーネさんにアスカと話す場を改めて設けてもらい、その際にそうお願いしていた。

もう気に入られてしまったのなら、自分の有利になるように利用しようと思っての行動だ。

それに駄目元で聞いただけで、駄目なら他のやり方も探そうと思いアスカにお願いをした。

「へぇ～、ギルドマスターとそんな約束したんだ。凄いねジン君」

「俺が目立つことになるとすれば元凶があの人だからな、責任とってくださいって言ったら承諾してくれたよ」

「確かに、マスターが間に入らなければジンさんも目立たずジックリと昇格できましたからね」

フィーネさんの言葉に、俺は頷《うなず》いた。

その後、これからの動きについての話になった。

「木から鉄への昇格は、依頼数の達成度で上がるものでしたが、鉄から銅への昇格は、昇格テストを受けて合格をしてもらう必要があります」

「ええ、前に言っていましたよね。それでその時は、昇格テストの相手が見つかっていないと言っていませんでしたか？」

「はい、そちらに関しては昨日無事に見つかりました。相手もジンさん達と同じく、パートナー登録をしている方で秘密を守ってくれる約束もしていただきました」

それを聞いた俺とクロエは、無事に昇格テストが受けられることに少し安堵《あんど》した。

「相手の情報って今聞けますか？」

「はい、相手の方は剣士で魔法も少しできるのですが、テストでは剣だけで戦うと言っていました。戦い方としては筋力で押すというより速さ、技術面で戦う感じの方ですね」

「なるほど……そのテスト、俺達が魔法を使うことはできますか？」

「可能です。試験者は魔法も使用可能で、武具だけはギルドが用意した物を使っていただきます」

フィーネさんはそう言うと、俺達に「他に確認しておくことはありますか？」と尋ねてきたが、俺とクロエは「大丈夫です」と返答した。

「テストは、明日行えればと思いますが日程の変更はしなくても大丈夫ですか？　相手の方に確認した限り、本日から三日以内だったらその方も調整できると言っていましたので」

「う〜ん、俺は明日で構いません。クロエはどうだ？」

「私も明日でいいよ。今日も依頼をこなしてきたけど、そこまで疲れてないから試験に響かないと思うし」

「うん、そう言っていますから、明日の日程のままで進めてもらって構いません」

「わかりました。では、試験場の予約は明日の朝で取っておきますので遅刻しないように来てください」

話し合いの後、ギルドから近い食堂でクロエと食事をした。

「なんか最近、こうして仕事終わりに食事すること増えたな」

「うん、でもこれのお陰でお互いのことを色々知れたよね。ジン君ってニンジンさん嫌いでしょ？」

ニヤニヤと俺の皿に残っているニンジンを見ながら、クロエはそう言った。

いや、別に食べられないってほどではないが、あの甘い感じが少し苦手なんだ。

「そう言うクロエは葉野菜系が全般的に無理だろ？　今も皿の隅によけているし」

「食べられないわけじゃないよ？　ただその、苦いのが……」

クロエは少し強がってそう言い、俺はクスッと笑みがこぼれてしまった。

そんな俺を見て、クロエはムーと頬《ほお》を膨らませながらジッと睨んできた。

「ごめんごめん、ほらもうお互いに嫌いな食べ物しか残ってないし、早く食べようぜ」

睨むクロエを見て俺はそう言いつつ、心の中では違うことを考えていた。

ゲームでは怖いキャラのクロエだったが、自分がそのゲームの世界に入ってこうしてみると普通の女の子だなと感じていた。

その後、お互いに嫌いな食べ物を口の中に入れてから食事を終え、食堂の前で解散した。

食後、特にやることもなかった俺は、明日体調不良を起こさないために早めに宿に戻り、諸々《もろもろ》のことを済ませていつもより早い時間に就寝した。


そして翌日、集合時間より早めに着くように宿を出た。

「おはよ～、ジン君」

「おはよう。クロエ、眠そうだけど大丈夫か？」

「ん～、大丈夫～」

集合場所にはすでにクロエが居て、少し眠たそうにしていた。

「まあ、先にテスト受けるのは俺だし、それまでには眠気を飛ばしておくんだぞ」

「は～い」

「……本当に大丈夫なのかよ」

気の抜けた返事をするクロエに、俺は少し呆れてそう言った。

それから少しして、フィーネさんがやってきて試験場へと案内してもらった。

試験場はギルドの裏手、訓練場の横にあった。

「本日は訓練場に誰もこないように手配しているので、安心して戦ってください」

「色々と配慮していただき、ありがとうございます」

「いえ、パートナーの要望を叶《かな》えるのが仕事ですので」

ニコリと笑みを浮かべながらフィーネさんはそう言い、俺達は試験場の中へと入った。

試験場の中にはすでにリコラさんと、見覚えのない女性が二人いた。

一人は服装からギルドの人だな……ってことはあの人が俺達の対戦相手か。

「初めまして、私は金級冒険者のアンジュよ」

「初めまして、本日試験を受ける鉄級冒険者のジンです」

「初めまして、同じく鉄級冒険者のクロエです」

「「よろしくお願いします」」

俺とクロエは同時にそうアンジュと名乗った冒険者に挨拶をした。

「ふふっ、聞いていたとおり礼儀正しいわね。普通の冒険者だったら、試験官が女性ってだけで騒ぐのに」

「そうなんですか？」

「特に男性の冒険者は女性に審査されるのを嫌がるのよ。女性の冒険者も、自分の本当の実力を測ってもらえるのかわからないって騒ぐのよ」

そんな人がいるのか、そう俺は困惑した。

それが顔に出ていたのか、アンジュさんはクスッと笑みを浮かべた。

それから俺とクロエは装備の説明を受け、更衣室で用意された装備に着替えた。

「それで先に試験を受けるのは……ジン君だったかしら？」

「はい、よろしくお願いします。一応聞いておきますが、本気でやって大丈夫なんですよね？」

真剣な表情でそうアンジュさんに聞くと、俺がふざけて聞いているわけではないと理解して「いいわよ」と返答した。

それを聞いた俺は、この試験に本気で挑もうと改めて思った。

冒険者生活を送ることになって、俺はこれまで本気で戦ったことは一度しかない。

それは舐めているからとかではなく、単純に本気で戦ったら討伐した魔物の素材を駄目にしてしまうからだ。だから俺はこれまで、あえて自分の力を抑えて活動してきた。しかし、今回の対戦相手は金級冒険者。自分の本気がどこまで通用するのか、試すには申し分ない相手だ。

「それでは準備はいいですか？　ジンさん、アンジュさん」

「ええ」

「大丈夫です」

俺とアンジュさんに確認をとったフィーネさんは、次の瞬間「試験はじめ！」と叫んだ。

アンジュさんはどっしりと剣を構え、先手を俺に譲るような体勢をとっていた。

「ハァッ！」

ならその先手をいただこう。そう思った俺は、剣を構えアンジュさんへと斬りかかった。

斬りかかる瞬間、俺は土魔法でアンジュさんの足元の地面を砕き、体勢を崩そうとした。

「甘いわ！」

「ッ！」

しかし、両足でバランスをとったアンジュさんの体勢を崩すことができずそのまま剣と剣がぶつかり合う。

いくらジンがチート級の強さとはいえ、相手は金級冒険者。

能力値の差は相手が少し上で、押し負けるかたちになってしまった。

「これで終わりかしら？　さっき、本気がどうって言ってなかった？」

「すみませんね。少し本気を出すのに、時間がかかりましたっ！」

そう言って、最近手に入れた新たなスキル【身体強化】を使ってアンジュさんへと攻撃を仕掛けた。元の能力値の差は僅か。そんな状況のなか俺は自身の能力を底上げするスキルを使用した。

「くッ！　なかなか、やるわね。生意気なことを言うくらいには自信があったみたいね」

アンジュさんは笑みを浮かべながらそう言った。

それから俺とアンジュさんは互いに一歩も譲らない攻防を続け、遂《つい》に俺の剣がアンジュさんの胴体に直撃した。

「ぐっ」

素の能力と身体強化状態の俺の一撃は、装備越しでも効いたみたいで苦しそうな表情をした。

「そこまで！　試験はこれで終わりです！」

フィーネさんがそう言うと、急いでリコラさんともう一人の職員の人がアンジュさんへと近寄った。

「ジンさん、凄いですね。手加減しているとはいえ、あのアンジュさんに一撃を与えてそのまま沈めるなんて」

「戦っているうちに、アンジュさんが一定の動作で動いていると気付いたので、その隙を狙っただけなんですけどね」

試験相手であるアンジュさんは色々と枷《かせ》がある状態で、相手をしてくれている。そのなかには動きの制限もあるのか、アンジュさんは先ほどの試合ではほとんど決められた動きをしていた。

その動きを観察して、隙を見つけ、そのタイミングで全力で斬りかかっただけにすぎない。

「それより、アンジュさんは大丈夫ですか？　かなりエグイ音がしましたけど」

「防具があるので大事には至ってないです。安心してください、ただクロエさんの試験には少し時間がかかると思います」

「あ～、クロエには悪いことをしたな……」

その後、十分ほど経ってからクロエの試験が始まった。

クロエは敵を翻弄する得意の動きで、アンジュさんへと攻撃を仕掛けていった。

「にゃっ!?」

しかし、アンジュさんの見事なまでの剣術はクロエの仕掛けた攻撃のタイミングに綺麗に合わせ、クロエを弾《はじ》き飛《と》ばした。クロエは結局、アンジュさんに一撃も入れられずに試験が終わった。

「勝てなかった……」

「まあ、そこまで落ち込むなよ。試験は勝敗の結果じゃなくて、俺達の実力で合否が決まるんだ。クロエなら無事に合格するよ」

「う～」

目に涙を浮かべるクロエの頭を、俺はヨシヨシと撫でた。

その後、フィーネさんから合否の発表を受け、俺達は〝銅級冒険者〟へとランクアップした。

無事、ランクが〝銅級〟に上がった俺とクロエは、いつもの店で昇格祝いをすることにした。

店の人に昇格祝いだと伝えると、いつも使ってくれているからとメニューにはない豪勢な食事を用意してくれた。

「祝いの席に私も来てよかったのかしら？」

祝いの席には、今回の対戦相手であるアンジュさんを招いた。さらにフィーネさんとリコラさん、そしてアンジュさんのパートナーのレイネさんも呼んで合計六人で食事をしている。

「はい、アンジュさんには俺達の動きについて色々と聞きたいと思ったので」

「なるほどね。ほんと、ことごとくあなたは普通の冒険者とは違う動きをするわね」

クスッと笑みを浮かべるアンジュさんに、俺は「まだ新米冒険者ですから先輩に色々聞きたいんですよ」と返した。

「新米冒険者？」

「はい、クロエは冒険者になって半年が経っていますけど、俺はまだ一ヶ月も経っていませんから」

「えっ!?　それ本当なの？」

アンジュさんは驚いた顔で、この場にいるギルド職員の三人の方へと顔を向けた。

そして俺の担当であるフィーネさんが、アンジュさんの疑問に言葉を返した。

「本当ですよ。アンジュさん、ジンさんはまだ登録して一ヶ月、詳しく言いますと二十日《はつか》ほどしか経っていません」

「……嘘《うそ》でしょ？　それが本当だったとしたら、歴代冒険者の中でもものすごく早い昇格じゃないの？」

「はい、ですのでギルドではジンさんの情報は極秘にしています。万が一これが知れ渡りでもしたら、ジンさんの冒険者生活は色々と面倒事が起きますから」

今、俺の噂《うわさ》が外にもれたら、有能な奴ということでたくさんの冒険者達からパーティーに誘われて面倒事が増えそうだと思い、フィーネさんにお願いして隠すようにした。

それともう一つは、もし俺がここで出世なんてして名前が売れでもしたら、物語に影響が出て何かしらの軌道修正が行われるかもしれない。なので、しばらくはあえて銅級に身を置こうと考えている。

「そういうことだったのね……だから、レイネが私に話を持ってきたのね」

「はい、アンジュさんだったら口は堅いですからね。まあ、そもそも話す相手がいませんから」

「最後の言葉はいらないでしょ……」

レイネさんの言葉に、アンジュさんは恥ずかしそうに顔を赤く染めた。

「わ、私のことよりジン君のことよ。ねえ、何でそんな実力を持っているのに今まで冒険者にならなかったの？」

「あ～、まあアンジュさんなら話してもいいですかね？　実は俺、元々は貴族なんですよ」

そう俺は話しだし、冒険者になった経緯を説明した。

「……色々とあったのね。ごめんなさい、嫌なことを思いださせちゃって」

「まあ、今は楽しく生活しているので、昔のことは気にしていませんから」

アンジュさんが過去を安易に詮索してしまったと謝罪したので、俺はそう言って食事を促した。

その食事中に俺とクロエは、アンジュさんから試験中の動きについて色々とアドバイスをもらった。

「ジン君は剣術だけしか使えないわけじゃないけど、まだ戦闘中に魔法との両立はできていないわね。今から魔法使いますって戦っている私にはすぐにわかったわ」

「……確かに今まで剣で戦いながら魔法を使ったことがなくて、あの場でできるだろうと思ってやりましたがやっぱり感づかれていたんですね」

「ええ、あの動作をもっとうまくできるようになったら、もっと伸びると思うわよ」

俺はアンジュさんからそう言われた。

そしてクロエは、自分の身体能力をもう少し知らないといけないと言われていた。

「獣人族の身体能力は、他の種族に比べて段違いなのは知っているでしょうけど、クロエちゃんは種族固有の身体能力とは別の、特別な才能があると私は思っている」

「特別な才能？」

「ええ、それは貴女《あなた》の眼よ。クロエちゃんは斥候スキルを多く持っていると言っていたわよね？　それも才能の一つだと思うけど、その才能が輝いているのは貴女の持っているその眼のお陰だと私は思っているわ」

アンジュさんはクロエの〝眼〟は特別だと、クロエにそう言った。

その話を隣で聞いていた俺は、アンジュさんの観察眼を素晴らしいと思っていた。

実際にゲームでのクロエは、特別に眼がいいという設定があった。

夜間でもその眼は遠くのものを見つけられて、相手の動作も一瞬で見抜けるなどが設定資料に書かれていた。

「これからの冒険者生活、その眼を鍛えることでより役立つと思うから頑張るのよ」

「は、はい！　ありがとうございます！」

クロエはアンジュさんのアドバイスを聞くと、そう大きな声でお礼を言った。

お礼を言われたアンジュさんはどことなく嬉しそうに笑みを浮かべ、俺とクロエを交互に見た。

「まあ、でもそうね……ジン君とクロエちゃんは、互いに持っていない部分を補い合っているみたいだし、良いパーティーね」

「「ありがとうございます」」

褒められた俺達はアンジュさんにお礼を言い、食事を終えて店の前でアンジュさんと別れた。

そして別れた後、俺達は再びギルドへと戻ってきて更新されたギルドカードを受け取った。

「遂にっていうほど時間は経ってないけど、銅級冒険者か……」

受け取ったギルドカードを見て、俺はそう言うと目の前に座るフィーネさんが笑みを浮かべた。

「ジンさんはこれで、歴代の昇格速度を大幅に更新した記録保持者ですね」

「そうなりますね。狙ってやったつもりは全くないんですけどね」

「ええ、一応ジンさんのことは極秘扱いにしておりますがギルド間での情報共有はされていますので」

他の冒険者ギルドにまで一人の冒険者の情報を伏せるのは無理だし、そこに関しては前から聞いていた。

「流石にギルドにも情報を伏せるのは無理ですからね。それは最初から理解しています。逆に俺の情報がギルドに回ることで、もし他のギルドで絡まれても多少は面倒を見てもらえそうですし」

「そうですね。それに、うちのギルドマスターは他のギルドに貸しをいくつも作っています。そのギルドマスターがお気に入りの冒険者だといった情報も一緒に流れているので大事《おおごと》にならない限りは他のギルドでもよくしてもらえると思います」

「……アスカさんに気に入られていることは、伏せてもらっていた方がよかったんですけどね」

「無理ですね。本人が触れ回っていましたから」

フィーネさんからそう言われた俺は、ため息をついた。

「あの人、もう一度きつく叱ってくれませんか？　たまに外で俺に声を掛けようとしてくるんですよ？　こっちはあまり注目されないように動いているのに」

「裏で言ってはいるんですけどね……わかりました。そろそろジンさんの扱いについて、アスカには体で覚えてもらう必要がありそうです」

フフッと怖い顔で笑うフィーネさんに俺は頭を下げ、「お願いします」と言った。

これからについてはまた後日クロエと共に話し合いをすると決めているので、今日は宿に戻ることにした。


「んっ？　今日はやけに早くに出たと思ったら、もう帰ってきたのか？」

宿に着くと、店の奥で作業していたリカルドが出てきてそう言ってきた。

「ああ、ちょっとした用事で出掛けていただけだからね」

「そうか……なあ、もうこの後の用事はないのか？」

「一応、ないけど」

リカルドの言葉にそう返すと、以前と同じ肉を狩ってきてほしいというお願いをされた。

「あれ、最近は肉の仕入れも悪くないって言ってなかったか？」

「……これを言うと肉屋に怒られそうなんだがよ。ジンに狩ってきてもらった肉の方が新鮮で美味《おい》しく調理できるんだよな」

「あ～、まあ俺の場合は肉を傷つけないようにサッと殺して収納しているからね。鮮度に関しては、他よりもいい気はする」

「ああ、それでたまに俺のところに食べにきた奴から『この間のお肉の方が美味しかったけど？』って言われてな……」

まあ、別に今更こんな依頼を受けなくても金銭的な余裕はある。だがリカルドには世話になっているし、なんなら最近は以前よりも絡む機会も多いからある程度の頼みは聞こうと思って受けることにしたのだった。


「ブッ――」

「まっ、こんなもんで良いかな？」

依頼分より少し多めに魔物を狩った俺は【異空間ボックス】の中を確認してから王都に戻り、宿へ帰還した。

「一時間で戻ってくるって、お前本当にどういう戦い方をしているんだよ……」

「弱い魔物だから、パパッと魔法で」

「弱いっていってもお前な、オークは下位の冒険者なら数人でようやく倒せるような魔物なんだぞ……」

リカルドに呆れられながら俺は倉庫に肉を入れ、報酬を受け取った。

受け渡しが終わった後、夕食まで時間があるから何をしようか考えていたが、朝早くに試験を受けたせいか、ベッドに横になった俺は自然とそのまま眠ってしまい、気付けば夕方になっていた。

食後、満腹になった俺は眠気に襲われつつもシャワーを済ませ、自室に入った瞬間、ベッドに横になり再び眠りについた。


翌日、ギルドでクロエと合流した俺はこれからについてフィーネさんとリコラさんをまじえ話し合いを行うことになった。

「銅級冒険者といえば、新米枠から抜け出した一人前の冒険者と呼ばれています。ですので、このランクからダンジョン攻略が可能になります」

「ダンジョン！　ダンジョンだってよジン君！」

ダンジョン攻略という言葉に、クロエは興奮気味にそう言った。

「前から銅級になったら行くって、楽しみにしていたもんな、クロエは」

「うん！　だって、ダンジョンといえば夢がたくさん詰まってる場所なんだよ？　今はそこまで苦しくないけど、一攫千金《いっかくせんきん》も夢じゃないって言われているし」

「まあ、その分危険もたくさんあるけどな」

この世界のダンジョンの造りは、基本的に難易度ごとに分かれている。

ダンジョンとは、神が造った試練場。

神が造ったダンジョンは、人間の〝欲〟を利用した罠が多くあり、その罠でこれまで多くの者達が命を落としている。

「ジンさんの言うとおり、ダンジョンには危険がたくさんあります。しかし、私どもはジンさんとクロエさんなら無事に攻略ができると思っていますよ。ジンさんの戦闘能力と、クロエさんの感知能力。その二つは、他の冒険者達よりも高いですから」

　そうフィーネさんが褒めると、クロエは嬉しそうに「えへへ」と笑みを浮かべた。

「まあ、今後はダンジョン攻略を主に活動するという感じですかね？　そうなると普通の依頼の方は、どうするんですか？」

「そこに関しては今までとそこまで変わりはないですね。ダンジョン内の魔物や採取物の依頼に変わる感じです。ただ今までみたいに、人がいない場所での依頼を出すことは困難になります」

「あ〜、まあそこに関しては仕方ないですね。ダンジョンに行くなら、人の眼がどこかしらにあるのはわかっているので」

　今までは依頼先に冒険者が居ないか確認してもらってから、その依頼場所で仕事をしていた。

　しかし、これからはダンジョンという冒険者達が多く活動している場所に向かうため、人の眼を避けることは不可能に近い。

「多少見られる程度なら、まだ誤魔化《ごまか》せる可能性もありますからね。そこら辺は自分で頑張ります」

　正直なところ、すでに俺の噂は多少流れている可能性もある。

　毎日こうしてギルドにやってきては、パートナーをつけてコソコソと冒険者活動を勤《いそ》しんでいる。

　そんな怪しい奴を情報に敏感な冒険者達が、放っておくはずはないだろう。

　その後も話し合いは進み、今後について大体のことが決まった。

「それでは今後はダンジョン攻略を主軸に、探索メインの日と依頼を受ける日に分けてやっていく流れで大丈夫でしょうか？」

「俺はそれで構いません」

「私も大丈夫です」

フィーネさんの締めの言葉に俺とクロエは、そう返事をして話し合いは終わった。

さてと、それじゃ良い時間だし、昼飯でも食べに行こうかな？　そう思い立ち上がると、フィーネさんから「待ってください」と呼び止められた。

「……何か前にも同じようなことがあった気がするんですけど」

「安心してください。今回は、ギルドマスター関係ではありません」

一瞬、アスカ関係かと思い探りを入れると、フィーネさんからそう否定された。

ただ俺の嫌な予感は、まだうっすらと残っている。

「本日の早朝にとある方から、ジンさんとクロエさんに〝指名依頼〟が入りました」

指名依頼とは、依頼者が腕の立つ冒険者を指名し、本来の報酬金に特別手当が出る依頼のこと。

それが俺とクロエに出たということに対して、俺とクロエは正反対の態度をとった。

「指名依頼って、あの指名依頼ですか！」

「何で俺達に指名依頼が来るんですか……」

「「えっ？」」

クロエは〝指名依頼〟が入ったことに対して喜びながら興奮し、逆に俺は指名依頼が入ったことになぜと疑問を抱いた。

そんな俺達は互いに、なんでそんな態度なんだ？　という視線で見合った。

「この場合、どちらの反応も正しいので、ひとまずお話を聞いてもらえますか？」

フィーネさんがそう言うと、これまでジッと黙っていたリコラさんが書類を出して今回の〝指名依頼〟についての説明を始めた。

「今回〝指名依頼〟を出した方、それはこの国の姫様のフィアリス・フォン・デュルド様です」

「「ッ!?」」

依頼主のその名に、俺とクロエは今度は同時に驚いた。

「な、何でお姫様が？」

「はい、そちらなんですが……すみません。私どもも詳しい経緯は知りません。今朝、姫様専属の従者の方がいらっしゃり、ジンさんとクロエさんに依頼を出したいと仰《おっしゃ》りまして」

「ジンさん達が来るまでに何があったのか、他の者にも頼んで調査してもらったのですが、何もわからず、しかし王家からの依頼ということで無下に断るのはと……」

フィーネさんとリコラさんは「すみません」と謝りながら頭を下げた。

まあ、国のトップからの依頼を自分達の判断で断るのは酷なことだろう……。

「頭を上げてください。フィーネさん達が謝ることはないですから。それでどんな依頼内容なんですか？」

「依頼の内容ですが、姫様が外の話を聞きたいらしく、冒険者であり同年代のジンさん達の冒険話を聞きたいそうです」

「……話をしにいくだけなんですか？」

「そう書いてあります。依頼時間も半日程度と」

不思議な依頼に対して、俺とクロエは頭を悩ませた。

初の指名依頼、内容は意味のわからないものだが、報酬は流石王家というべきなのか話だけで金貨数枚を払うと書いてあった。

「クロエ、滅茶苦茶怪しいし何かありそうだけど、どうする？」

「初の指名依頼だから断りたくはないし、相手が王家だから変に目を付けられるのも嫌だけど……本当に怪しいよね……」

それから小一時間悩み続け、最終的に俺とクロエはこの依頼を受けることに決めた。

第四章　フィアリス姫

姫様からの指名依頼を受けることにした俺達《たち》は、数日後遂《つい》に王城へと向かっていた。

「ジ、ジン君。き、緊張で手が……」

クロエは王城に向かう途中、緊張で震えている手を俺に見せてきた。

「心配するな、俺も緊張している。仲間だ」

「そ、そこは大丈夫だって言ってほしかったよ～」

俺の言葉にクロエはそう言ってくるが、それは無理な話だ。

だって、俺が今から会いにいこうとしているフィアリス姫はゲームで最重要キャラの一人。

タイトルには〝勇者〟と〝七人の戦女〟の二つしか出ていないが、その二つの役職以外にもう一つこのゲームでは重要キャラが何人か登場する。その中でもこれから会うフィアリス姫は、ゲームにとって最重要と言っても過言ではないほどの功績を残す〝聖女〟の役割を担うキャラだ。

ヒロイン候補ではないため、ゲームでは勇者と結ばれないのだが、ヒロイン達と同等クラスにゲームでは功績を残していた。

「ねえ、ジン君やっぱり今からやめるとかって無理だよね？」

「まあ、そうだな。すでに王家の方には通達が行っていると思うから、この時点で逃げだしたら今後の冒険者生活に大きく影響するだろう。だから、もう大人しく受け入れるしかない」

俺がそう言うと、クロエは深呼吸をするが、すぐに「うう、やっぱり緊張するよ」と言った。

それから少しして、俺達が乗っていた馬車が王城の前に到着した。

デュルド王国、それがゲームの主な舞台であり俺達の住む国の名。

国土は大陸の三分の一ほどあり、大国の一つ。

自然が豊かで鉱山もあり、ダンジョンもあるといった誰もが暮らしやすい国。

そんな国の王族は民に優しく、民から慕われている。

「初めまして、ジンさんクロエさん。私はデュルド王国王女フィアリスと申します」

「銅級冒険者のジンです」

「同じく、銅級冒険者のクロエです」

王城に着いた俺達は、すでに待っていた王女の従者達に姫様が待っている部屋まで案内された。

フィアリス姫、年齢は俺より三つ上の十五歳。ゲーム開始時点では十八歳で綺麗《きれい》な女性だったが、すでにこの時から上品で端麗な印象を抱いた。

「ここは私専用の私室みたいな場所ですので、あまり緊張なさらなくても大丈夫ですよ。ある程度でしたら砕けた言葉遣いでも、誰も聞いていませんから許します」

俺のことはさておき、平民出身のクロエのことを考えてそう言ってくれたのだとすぐに理解した。

そんな姫様の言葉に俺とクロエがお礼を言うと、早速呼び出した本題に入ると姫様は言った。

「本題、依頼は冒険の話を聞きたいという内容でしたが、本当にその理由で呼び出したのですか？」

「あら？　私が嘘《うそ》の内容で呼び出したと？」

「……正直、あの理由で呼び出すなら他の冒険者もいます。年代が近いからというのであれば、俺達以外にも候補に入る者はいたと思います」

ずっと疑問だったことを、聞いた。

「……そうですね。確かに他の候補の方もいました。ですが、あなた達ほど面白味《おもしろみ》は感じませんでした」

「面白味ですか？」

「ええ、クロエさんは冒険者登録をして半年ほど、ジンさんに至ってはまだ一ヶ月も経《た》ってないのに鉄級冒険者へ昇格したと耳にしました。それから私はあなた達に興味を持って調べてもらったの。そしたら本当に面白いなと感じることがいくつか出てきました」

宿屋は人気のない強面《こわもて》の店主のところで十日分を一括で確保、冒険者登録してすぐにパートナー登録、元貴族で、誰からも習ったことがないのに剣術と魔術の技術が高い。

「……それ全部、俺のことですよね」

「ええ、ジンさんのことだけでも、これほど面白い話題がありました。そしてクロエさんも、なかなかに面白い人物だなと思ってこの場に呼び出した。それが本当の理由です」

……そういえば思いだしたぞ、この姫様の設定！

長い時、王城生活をしていて暇になり、時折面白い人物を探し出しては自分の手元に置く変人姫様！　何でこんな重要なことを俺は忘れていたんだ!?

間違いなく、この依頼は受けるべきじゃなかっただろ！

「あらあら、ジンさんどうしたのですか？　そんなにこの部屋は暑いですか？」

焦って汗をかく俺に、ニコニコと笑みを浮かべながら姫様はそう言ってきた。

「あっ、いや、そんなことはありませんよ。ただ少し緊張してしまって……」

「あら、そうでしたか。確かにクロエさんも先ほどから、置物のように固まっていますからね」

「……ハヒ」

挨拶からずっと無言だなと思っていたが、緊張でガチガチに固まっていたのか……。

チラッと隣のクロエを見ると、もう真っ白に燃え尽きかけていた。

いや、クロエ、お前の話題今のところないじゃん！　狙われているのずっと俺なんだが！

そう叫びそうになった俺だが、姫様からの視線を感じて前を向くとニコッと笑みを浮かべられた。

「それでジンさんについて一番気になった点があります。ジンさんが元ラージニア家の長男という情報は間違いないのでしょうか？」

「本当です。といいますか、王家ならその辺りの情報は確実に入手できてるんじゃないですか？」

「ええ、冒険者のジンさんの情報は本当に入手するのに苦労したと文句を言われましたが、貴族のジンさんの情報は比較的簡単に手に入れることができました。そのなかで一つ、気になったことがあるんです」

姫様はそこで一拍置くと、真剣な表情で俺を見てきた。

「どうやってそれほどの力を身に付けたのですか？　貴方《あなた》は存在を疎まれ、閉鎖的な場所で十二年間暮らしてきたはず。それなのに王城で警備している者と同等の力を持っていますよね？」

「才能です」

「……才能、ですか？」

「ええ、家に居た頃は証明したとしても意味がない。だったら、いつか家を出た時に自分を守るために使おうと亡くなった母と決め、密《ひそ》かに訓練をしていたんです。そして一ヶ月ほど前に、父アルベール・フォン・ラージニアより家に残るか出ていくかの二択を迫られ家を出る決意をしたんです」

才能と言い切るのは少し恥ずかしかったが、勢いに任せて俺はそう説明をした。

そして俺の言葉を聞いた姫様は、難しい表情をして、どうにか内容を呑《の》み込もうと唸《うな》り「……わかりました」と口にした。

「色々と納得したくない点もありますが、今回はこれ以上聞かないことにするわ」

ジト目でフィアリス姫は、俺を見ながらそう言った。

この眼《め》、たぶん俺はまたヤバい人に目を付けられてしまったな……。

「……はあ、普通の人だったら私を前にしたらあんな風に緊張して何でも喋《しゃべ》ってくれるのに」

「緊張はしていますよ？」

「普通の緊張でしょ？　私の前に初めて来る人は大体、ああなるのよ？」

姫様はクロエをチラリと見て、俺にそう言ってきた。

いやまあ、緊張はするけど流石《さすが》にあそこまではならないんじゃないか？

「まあ、いいわよ。貴方とは今後も会うことになりそうだし、その時にジックリ聞くことにするわ」

「えっ!?　今後も会うんですか？」

「嫌そうね？」

「イエ、ソンナコトハアリマセンヨ」

姫様の言葉に驚いて発言すると、睨《にら》まれてしまいカタコトで俺はそう言葉を返した。

「言っておくけど、依頼書にはちゃんと書いておいたわよ。私が気に入ったら、その後も継続で話を聞かせてほしいって」

そういえば、そんな文面が最後の方にあったような……。

「で、ですがそれは気に入った場合じゃ……」

「ええ、だからあなたのことをもっと知りたいと興味が湧いたから、今後も話を聞かせてほしいのよ。それに今もずっと緊張で固まってるそこの女の子のことも今後は色々と聞きたいもの」

「俺なんてそこらの冒険者と変わりませんよ。だからこれから来るのは、クロエだけでもいいんじゃないですか？」

サラッと俺はクロエを見捨て、自分だけでも助かる方へと話を向けた。

俺の言葉に緊張で固まっているクロエが一瞬反応したが、まだ発言はできないみたいだ。

「貴方を逃すわけないじゃない。貴方ほど、私を楽しませてくれそうな逸材はそうそう現れないもの。ジックリ楽しむつもりよ」

ニコニコと笑みを浮かべる姫様に対して、俺は心の中で盛大にため息をついた。

くそう！　なんでストーリーから離れようとしているのに、ヤバいキャラに目を付けられるんだよ！　アスカだけでも十分だってのに何で……。

「ふふっ、困っている顔ね。なんだか、貴方の困り顔は見ていて気持ちがいいわね」

「変な考え方はやめてください、寒気がします……」

獲物を見つけたかのような視線を向けてくる姫様に、ブルリと体を震わせ俺はそう言った。

その後、ようやく緊張が少し解け始めたクロエは改めて姫様に挨拶をして、会話に参加した。

「ジンさんとクロエさんは、冒険者になってから知り合ったって報告書に書かれていたのだけど、どうやってあなた達は知り合ったのかしら？」

「私が魔物に襲われている時に、ジン君が助けてくれたんです」

姫様の質問にクロエはそう語りだし、俺との出会いを姫様に話した。

その話を聞いた姫様は「物語みたいな出会い方ね」とキラキラとした瞳でそう言った。

その様子は子供が玩具《おもちゃ》で遊ぶかのように、楽しそうな顔をしてクロエの話を聞いた。

「……あの、姫様って本当に冒険の話を聞きたくて俺達を呼んだんですか？」

「そうよ？　何、他のことで呼び出したと思っていたの？」

「正直、冒険の話なんて他の冒険者からも聞けるので、何かしら裏があるのかと……」

「まあ、ないとは言い切れないけど、冒険の話が聞きたくて呼んだのは間違いないわよ。簡単には王都の外に出られない身だから、経験した話を聞くだけでも楽しいんだもの」

姫様は真顔でそう言って、クロエとの会話を再開した。

……設定どおりといえば、設定どおりだな。

外の世界に憧れている姫様、それがゲームでの姫様の設定。

勇者が現れ、魔王退治が本格的になった頃、聖女として魔王討伐に参加した姫様。

その時、それまで見せたことのない笑みを浮かべたと、従者目線で語られていた。

その後、昼過ぎまで夢中になって話していた姫様は、外で待機していた従者から昼食の時間だと告げられて話を一旦止めた。

そして俺達は姫様から昼をご馳走《ちそう》してあげると言われ、姫様と共に王城の食堂へと向かった。

「おや、フィアリス？　その方達は誰なんだい？」

長い廊下を歩いていると、前方の曲がり角から百九十㎝ほどの威厳のある男性と秘書官っぽい男性が現れ、威厳のある男性が姫様にそう声を掛けた。

「あら、お父様。こちらは私が呼んだ冒険者の二人です。先ほどまで話に夢中になっていまして、今から食事をしようと食堂に向かっていた途中なんです」

姫様がそう言うと、威厳のある男性は俺とクロエを一瞥《いちべつ》した。

「ハヒッ……」

姫様がお父様と呼んだ時点でクロエはガッチガチに固まっていたのだが、男性から見られたクロエは悲鳴のような声を出して気絶してしまった。

ルフォンドルス・フォン・デュルド、デュルド王国の現国王。

この国の最高権力者が今、俺の前にいる。

「あら、お父様の威圧でクロエさんが気を失ったようですね。だから、いつも言っているじゃないですか、そんな圧をバラまいていたら怖がられると」

「わ、儂《わし》、そんなに圧は出しておらんぞ？」

娘から駄目出しをされた王様は、慌てた様子で姫様にそう弁明した。

そんな王様を見ながら、俺は心の中で叫んだ。

何で次から次へと、ゲームでの重要キャラと出くわすんだよ！　俺が何をしたっていうんだ！

家を追放されたから生きるために冒険者になって、さっさと王都から出ようと思っていただけなのに……。

「それで、お父様はどうしたのですか？　今はお仕事の時間では？」

「昼食の時間を忘れて仕事をしていてな、今から食事でもと思って部屋を出たところなんだが……その様子だと、儂が一緒だと難しそうだな」

「あら、いいですわよ。クロエさんとジンさんには、これからも王城に足を運んでもらう予定なので、早めにお父様に慣れてもらっておいた方がいいですわ」

「ッ！」

姫様の言葉に固まっていた俺は、ビクッと反応して信じられない物を見るかのような眼で姫様を凝視した。そんな俺の反応を見て王様は何かを考える。平民と一緒の食事なんて普通なら断るだろうと俺は安心していたのだが。

「そうだね。一緒に食事させてもらおうかな、儂も空腹で限界だしフィアリスがいいって言うなら同席させてもらうよ」

「ふふっ、それは良かったですわ」

王様が同席すると言うと、姫様は俺の方を見てニコリと笑みを浮かべてそう言った。

姫様、絶対俺を困らせるために王様を食事に誘っただろ……。

それから俺達は王様と、補佐官でありこの国の大臣のベルトス・フォン・ボルトロック様をまじえて食堂へと向かった。

「ジ、ジン君。何でこんなことに……」

「全部姫様のせいだ……」

食堂に着いた俺達は、楽しそうに喋る王族達を見てコソコソと言い合った。王族方は、優雅に食事をしているが俺とクロエはなかなか食事が喉を通らず、美味《おい》しいはずの料理を食べるのが辛《つら》い状況だった。

「そういえば、フィアリス。冒険者方との話はどうだった」

「私の知らない世界のことを、私と年齢が変わらない方達が体験しているのを聞いて、書物に書かれていない物語を聞いているようで楽しい時間でした」

「そうかそうか」

姫様が満足した顔でそう言うと、王様はニコニコと笑みを浮かべながらそう言った。

そういや、この王様、ゲームでも娘のフィアリス姫のことを溺愛していたな……。

ゲームでの王様は、魔王の存在に気を張っていて今よりさらに威圧的なキャラだった。

しかしそんな威圧的な王様の顔が唯一崩れるのが、娘であり溺愛しているフィアリスの前だった。

姫様が勇者と共に魔王討伐に行くと言った際は、裏で血の涙を流すほど行かせたくない思いをしていたと設定資料に書かれていた。

「冒険者方よ、娘に楽しい話を聞かせてくれてありがとう」

「は、ハヒッ」

「いえ、それがご依頼でしたので、身に余るお言葉をいただき、大変光栄です」

クロエはまた失神しかけたので、王様からのお礼の言葉に俺がこたえた。

すると、王様は俺の言葉にニコリと笑みを浮かべた。

「今の言葉は王としてではなく、一人の父の言葉として受け取ってくれ」

「……かしこまりました。ですが、平民に対してそのようにすぐにお礼を仰《おっしゃ》らないでください。彼女のようになる可能性もあるのですから」

「ふふっ、君がいるからお礼を言わせてもらったよ。これでも相手のことを見て話しているからね」

王様は姫様が俺を獲物と定めた時のような視線を向けてきたので、俺はぶるっと体を震わせた。

「王様、あまりからかわないように。彼らは王家が呼んだ客人なんですから」

「すまんすまん。つい、フィアリスが彼をからかっている姿を見て面白いと思ってしまってな」

「だからといって、王様がしていいわけではありませんよ」

ベルトス様からそう怒られた王様は「気を付けるよ」と反省した様子もなく、そうベルトス様に向けて言った。

ベルトス様はそんな王様の態度を見て、ため息をつくと俺に対して「すまないね」と言った。

「そういえば、君のことを調べている際に一ヶ月ほど前に家から出されたというのを知ったのだが、それは本当なのか？」

「本当です。一ヶ月前に父から家を出るようにと言われまして、今は平民と同じような暮らしをしています」

「ふむ、調べでは婚約者もいたのに、その婚約を破棄してまで家から出されたらしいが、何かあったのか？」

王様の視線を見るに、虚偽の申告がないのか確認をしたいようだった。

……なるほどな、偶然を装ってこの食事会に同席したんじゃなくて、最初から〝俺のこと〟を聞きたくて開かれたものだったんだな。

俺はそう思って姫様の方を見ると、ニコニコとした笑みを浮かべていた。

「……それは国王陛下としてのご質問でしょうか？」

改めて王様へと顔を向けた俺は、最後の確認としてそう尋ねた。

王様はそんな俺の考えを読み取り、緩い雰囲気だったのを引き締め俺へ眼を向けた。

「そうだ。元ラージニア家長子ジン・フォン・ラージニアに対し、一ヶ月前に起きた出来事を話すよう命ずる」

「かしこまりました」

王様からの言葉にそう返事をした俺は一ヶ月前に起きた出来事、姫様にも話していなかった話も含めてこの場で話した。

「……それはほぼ、監禁生活ではないか」

「母がいた頃はまだ平気でしたが、母の死後はまあ辛かったです。ですから、二択を迫られた時に家から出ることを決意したんです」

王様の言葉に俺がそう返すと、隣に座っていたクロエが「ジン君は、悪くないのに酷《ひど》い……」と涙を流していた。

ラージニア家での俺の生活を聞いた後に食事会は終わり、王様達とは別れて姫様の私室に戻った。

クロエは俺の話があまりにも衝撃的だったのか緊張感はなくなったが、逆に姫様が少し元気をなくしていた。

「……ごめんなさい。ジンさん、貴方のことを知りたいがためにあのようなことをしてしまって」

「ああ、やっぱり王様達と会ったのは姫様が仕組んだことだったんですね」

「えっ、そうなの!?」

姫様は部屋に戻ると、先ほどのことについて謝罪を口にした。

それに対して俺はやっぱりと思い、クロエは驚いた顔をした。

「貴方は秘密主義だと調査段階でわかっていたから、お父様に協力してもらったの」

「そうだろうとは思いましたよ。あんな場所で王様と偶然出会うなんて、どういう確率なんだってあの時から思っていましたから」

「……やっぱり、貴方には気付かれていたのね。何となく、そんな気はしていたわ」

申し訳なさそうな顔をしていた姫様は、少しだけ笑みを浮かべてそう言った。

「それにしても、なぜそこまで俺のことを調べようとしたんですか？　元貴族って、俺以外にもいますよね？」

「ええ、でも貴方ほど、謎に包まれた人物はいなかったのよ。一ヶ月前にお父様のお仕事を見学していた時に、たまたま貴方のことについての資料を見つけて少し気になって独自に調べていたのよ」

「それで気になって、あんなことをしたと」

俺がそう聞くと、姫様は「ええ」と頷《うなず》き肯定した。

ふむ、まあ確かにこの姫様の性格から、俺みたいな謎に包まれた人物が現れたら面白半分で追及したくなるだろうな……。それほど、姫様は今の生活に退屈をしていて、自分の生活を楽しくするために色んなことを画策していたと設定資料にも書いてあった。

「まあ、わかりましたよ。今回のことについて俺は何も言いませんが、これからはこんなことしないでくださいよ？　わざわざ王様を利用するなんて今の俺は平民なんですから」

「そこは考えておくわ。貴方、秘密主義でいつ私に隠しごとをするかわからないもの」

「……別に隠していいじゃないですか、そんなに関わりないんですから」

「あら？　酷《ひど》いことを言うわね。これからジンさんとクロエさんには、たまにここに来てもらうつもりなんだから」

「えっ、そんな話をしていたの？　私、記憶にないよ……」

姫様の言葉に、クロエは震えながら俺にそう言ってきた。

まあ、クロエはほぼ会話に参加できていなかったからな、記憶に入っていなかったんだろう。

「俺達が依頼を断ったらいいだけでは？」

「ふふっ、だったら私の方からジンさん達に会いに行こうかしら？　もちろん、私一人じゃ出歩けないから兵士達も一緒に、もしかしたらお父様は心配性だから一緒に来るかもしれないわね？」

ああ！　何で、俺はこうも面倒な人に目を付けられるんだよ！　ちょっと金が貯《た》まったら物語と関係ない国へ行く予定だったのに！

「わかりましたよ。来るのはもういいです。ただこっちも冒険者としてうまくいき始めた頃なんで、あまりにも呼び出しが多いと支障がでるのでやめてくださいね」

「ええ、それはわかっているわよ。それに毎日呼んでも新しい話は聞けないだろうし、ジンさん達が活躍した時に呼ぶか、私が暇な時に呼ぶことにするわよ」

姫様からそう言われた俺は、ガクッと首を下に向けてため息をついた。

そんな俺と姫様のやり取りを見ていたクロエは、オドオドした様子で俺に「わ、私もなの？」と尋ねてきた。

「今日は俺のことが中心だったが、クロエのことも姫様は気になっているみたいだからな……次回はクロエが追及される番だと思うぞ」

「ッ！　わ、私普通の女の子だよ……」

俺からの報告にクロエは涙を浮かべながらそう言うが、そんなクロエに姫様は「ふふっ」と笑みを浮かべて視線を送った。その視線は俺に向けていた獲物を見つけたような視線で、ああクロエも完全に狙われていたんだなと理解した。

「クロエさんのことは次回に取っておくことにするわ。今日は色々と私が思っていた以上のことが聞けて満足したから」

「よかったなクロエ、俺のお陰で今日は免れたぞ」

俺の後ろで小さくなっているクロエにそう言うと、クロエは「でも今度来るんでしょ……」と泣きそうな声でそう言った。

その後、流石に姫様は自分のやったことに罪悪感があったのか、本来であればまだ話す予定だったが今日はここでいいと帰された。

王城から出た俺達はお互いに顔を見合わせため息をつき、姫様が用意してくれた馬車に乗りギルドへと帰還した。

「ジンさん、クロエさん、ものすごく疲れた顔をしていますが。お話をしに行っただけですよね？」

「ええ、まあ話をしただけなんですけどね……その色々と疲れることがありまして……」

俺がそう言うとクロエも同じようなことを言って、フィーネさんとリコラさんは首を傾《かし》げ不思議そうな顔で俺達の顔を見た。

そんなフィーネさん達に、王城であった出来事を話すと理解してくれたようで「お疲れさまでした」と労《ねぎら》いの言葉をかけてくれた。

「王家は優秀な方が多いですけど、なかには少し発想が豊かと言いますか、制限された行動の中で自由な行動をする方が多いですからね」

「ええ、一応知ってはいましたが、あそこまでとは……まさか国王も出てくるとは思いませんでしたから」

「現国王ルフォンドルス様は子供への愛が強いお方ですから、フィアリス姫から頼まれて協力したのでしょうね」

フィーネさんがそう言うと、クロエは「王様、怖かった」と少し震えながらそう言った。

俺はまあゲームのキャラとして知っているし、何となく予想していたから心構えはできていた。

だけど、クロエの場合はいきなり王様と対面してしまったせいで失神までしてしまっていた。

「一応、姫様には注意してきましたけど、またもし同じような指名依頼がきましたら、ギルド側で姫様からの指名依頼を断ってほしいです」

「嫌な依頼はこちらで止めるのもパートナーの役割ですから、そのように対応させていただきます。この度はジンさん、クロエさんにご不快な思いをさせてしまう結果となってしまい、申し訳ございません」

俺の言葉にフィーネさんはそう言うと、フィーネさんとリコラさんは俺達に向かって頭を下げて謝罪をした。

その後、俺達は精神的に疲弊してしまったので今日はこのまま解散することにした。

「はあ、マジで疲れたな……」

クロエと解散した後、宿に戻った俺はベッドに横になった。疲れているからか、俺はそのまま寝落ちしそうになったが、ハッと気付いて無理矢理《むりやり》体を起こした。

「危ない危ない……最近、疲れ気味ですぐに寝入ってしまうな……今日はやることがあったんだ」

そう自分に言い聞かせ、ベッドだと寝てしまいそうだから椅子へと移動して、自分のステータスを表示させた。

◆

名　前：ジン
年　齢：12
種　族：ヒューマン
身　分：平民

性　別：男
属　性：火・水・風・土・光
レベル：33
筋　力：591
魔　力：2001
運　：76
スキル：【鑑定：3】【状態異常耐性：2】【剣術：3】
【魔力強化：3】【火属性魔法：3】【水属性魔法：3】
【風属性魔法：3】【土属性魔法：3】【光属性魔法：4】
【魔力探知：4】【身体強化：2】
固　有：【成長促進】【異空間ボックス】
能　力
称　号：神童　加護持ち　銅級冒険者
加　護：魔法神の加護　武神の加護　剣神の加護

◆

「このレベルでもたった一ヶ月で二も上がっているのは、本当にジンというキャラが強いことを現しているな……」

この世界の者達は三十レベルだと、俺が普段倒しているオークやゴブリンを数百体倒しただけではこんなに早くレベルなんて上がらない。

これは【成長促進】の能力を持ち、さらに隠し能力として成長速度が上がる数値が設定されているジンだからこそ。

そして〝ジン〟の力が、ゲームどおりであることを改めて確認した俺は、とあるスキルを得るために魔力を練り始めた。

「公式チートキャラ、設定資料にしか書かれてなくて、本編でも登場しなかったあのスキルはこの世界で俺を助けてくれるだろう……」

俺はそう考えながら、スキル取得のために集中した。

そしてそれから日が暮れるまでの間、俺はスキル取得のために魔力を練り続けて何とかそのスキルを手に入れることができた。

俺が手に入れたスキルの名、それは【瞑想《めいそう》】という回復系スキルの一つ。

「ギリギリ魔力が足りたから取得できたけど、これ明日に響きそうだな……」

スキル取得のために魔力を練り続けた俺は、魔力がほとんどなくなっていて頭痛もしていた。

欲しいと思っていたスキルだが、シンシアの奴《やつ》、ここまで辛いって言ってなかっただろ……。

このスキル、俺は前々から欲しいと思っていたがこの世界での取得方法がわからず、後回しにしていた。そんな時にシンシアに【瞑想】のスキルについて話をすると、取得方法を知っていると言われ、俺はそのやり方をメモして今日実践した。

「ふぅ～……でもこれで迷宮探索に役立つスキルが一つ増えたな、クロエの魔力が上がったらあいつにもこのスキルを教えてやるか」

ゲームではクロエも持っていたから取得できるだろうと思い、俺は夕飯を食べに食堂に向かった。

この【瞑想】スキルは勇者も持つスキルで、俺はその力を実際にプレイして有用さを知っていた。

スキルの能力は単純で自然回復の効果を高めるのと、もう一つが【瞑想】を実際に使用すると短時間で傷を回復させるというもの。

ゲームでは回復禁止のエリアがあり、プレイヤーはこのスキルに何度も助けられた。

「ジン、どうしたんだ。帰ってきた時よりも、さらに疲れた顔してないか？」

「ちょっとな、色々と考え込んで頭を使いすぎたんだ」

「お前でそうなるって、どんな難しいことを考えていたんだよ……」

リカルドは呆《あき》れた顔でそう言うと、俺の夕食を運んできてくれた。

運ばれてきた食事を俺はゆっくりと食べ進め、完食した後はシャワーを浴び、そのままベッドに横になるとすぐに眠りについた。


翌日、ギルドに行くとフィーネさんに王城から使いの者が来ていると言われ、部屋に通された。

通された部屋には、黒色で統一された服装に身を包んだ長身の男性が立って待っていた。

……使いの者と聞いて、何となく想像したがやはりこの人が出てきたか。

「初めまして、ジン様。私は王家に仕えるゼフという者です」

「初めまして、ジンです」

ゼフ・フォン・レリイス。王家に代々仕える家系の一つで、主に〝雑用〟を担当している者達。王家に仕える家系の中でも特殊な家系で、その実態を知る者は少なく謎に包まれているとゲームのなかでは一部の者達が噂《うわさ》していた。

俺はゲームの設定を見ているため、この人がどういった人物なのか知っている。

冷静沈着、常に落ち着いた人物。

王の表の補佐は大臣であるベルトス様、裏の補佐をそのゼフが担当している。

「王家の使いの方がなぜ、ギルドに来たのですか？　今日は、姫様のところに行く予定はありませんでしたが」

「はい、そちらに関してのことではなく、ジン様の元ご実家に関しての報告を王より伝えるように命じられて来ました」

ゼフはそう言うと、異空間から資料を取り出した。

「昨日、あの後王より〝ラージニア家を調べろ〟と命じられ、ある程度のことは調べてきましたが。私でも判断できない箇所があり、そこをジン様にお聞きしようと思いお時間をいただきました」

「……王様はラージニア家をどうする考えなんですか？」

「今のところは、どうこうしようということは考えておられません。ただ今後の調査結果次第で取り潰しも考えているとは仰っていました」

「わかりました。そこまで言われて協力しないとは言えません、俺が知っていることは何でも話します」

王様の考えを聞いた俺はゼフに対してそう言って、ゼフからの質問に淡々と答えていった。

その途中、俺は大きく物語が変わったなと思った。

ラージニア家は本編でジンへの行いを注意されたことはあっても、王様からこのように調べられることはなかった。

ジンの実母にしたことも結局ジンが調べてわかったことで、毒薬を使ったなどは主人公達側は一切知らなかった。

だが今回、俺との話し合いでその点も俺はゼフに話をした。

もしかしたら、本編が始まる前にラージニア家は消える可能性も出てきた。

「……ジン様、本日お話したことは真実でしょうか？」

「真実ですよ。母の死体はすでに処理されて調べることはできませんが、証拠となる物はたぶんまだ残っていると思います」

ゲームで見たことがなかったゼフの驚く顔に、俺は少し感動しながらそう言った。

家から追い出される際に手に入れた、母が飲まされていた毒薬を、俺は証拠品として机の上に置いた。

「一応、こちらが母が飲まされていた毒です」

ゼフはその毒薬を見ると、ハッとした顔をして異空間へと入れた。

その後、ゼフは「また後日、この件について報告に参ります」と言って部屋から出ていき、俺はフィーネさんのところへ話し合いが終わったことを伝えに向かった。

「ジン君、王家の人と何を話していたの？」

「ああ、俺の元実家についてだよ。俺の追い出された理由とか他にも色々とあって、再度調べるために話を聞きに来たらしい」

「そうだったんだ。いい結果が返ってくるといいね」

「まあ、俺的にはもうどうでもいいんだけどな」

　そう言った後、今日の予定についての話し合いを始めた。

「装備に関して、ジンさんとクロエさんは相当良い物を着けていますのでそのままでも大丈夫だと思いますね」

「そこら辺も考えて最初から良い物を使っています。クロエに関しては、すぐに装備を替えさせましたからね。良い物を使って、それに慣れた方が後々良いですからね」

　その言葉にフィーネさんは「確かに、その方が安全性は高いですね」と言った。

「装備に関しては大丈夫ですが、薬品などの準備はどうでしょうか？　迷宮内では突然襲われたりするので、万が一の時のための回復薬など多めに準備していた方が安全です」

「そこに関しては前々から用意していまして、シンシアの店で回復薬系を揃《そろ》えています。一応、一部ですがこんな物を用意しています」

　回復薬系のアイテムを異空間から一部取り出して、俺は机の上に置いた。

「……流石、ジンさんとクロエさん。普通の冒険者様より考えられたアイテムの品々ですね」

「ここまで揃えている冒険者様は、あまりいません。流石ですね」

　並べられたアイテムを見たフィーネさんとリコラさんは、そう俺達を褒める言葉を口にした。

　俺は少し嬉《うれ》しく感じ、クロエもニコニコと笑みを浮かべていた。

　その後、話し合いで準備が完璧だと判断された俺達に許可が下り、王都から一番近い迷宮へと向かう馬車を用意してもらった。

第五章　初めてのダンジョン探索

一時間ほど馬車に乗って移動した俺達《たち》は、王都から一番近いダンジョンへと到着した。

ダンジョンには【攻略済み】と【未攻略】の二種類があり、このダンジョンは前者の【攻略済み】のダンジョンだ。

ゲーム時代からこの世界のダンジョンは固定マップではなく、ランダム生成型のマップだった。

それはこの世界にも適用されていて、一定の周期でダンジョンの造りが変わる。だが中に生息している魔物や採取物は変わらず、逆に冒険者達にとっては狩場として利用されている。

「ねえ、ジン君。今日はどこまで潜る予定なの？」

「フィーネさん達からは実力を測ってから下に潜ってくださいって言われているし、最初は三層まで探索して、行けそうならさらに下に行こうと思っている」

「りょ～かい。あんまり無理しないでって言われているもんね」

「俺達の力量ならこのダンジョンは攻略できるとは思うけどな、まあ忠告はちゃんと聞いておこうと思ってな」

そう言って俺達は、初めてのダンジョンへと足を踏み入れた。

ダンジョンの入り口には兵士が配属されていて、冒険者カードを見せて中に入れてもらった。

入り口付近は洞窟っぽい感じだったが、少し奥へと進むとなぜか〝太陽〟が現れた。

「えっ!?　洞窟の中に入ったのに、中に太陽があるよ、ジン君！」

「これがダンジョンだ。ダンジョンは色んな造りがあるからな、これを楽しみに各地のダンジョンを巡る冒険者もいるくらい」

「そうなんだ。それなら私達も色んなところを巡ってみようよ！」

「そうだな、もっと実力を付けたら色んなところを旅してもいいな」

クロエの提案に俺はそう言うと前方から数体の魔物が現れた。

現れた魔物は三体のゴブリン。

二匹は棍棒《こんぼう》を持っていて、一体だけ杖《つえ》を持っていた。

「普通のゴブリンが二体とゴブリンメイジが一体か。ゴブリンメイジは魔法を使ってくるからな」

クロエにそう言って、俺とクロエは戦闘態勢に入った。

外の魔物とダンジョンの魔物の動きは多少違うとフィーネさんから聞いていた俺達は、まず相手の動きを観察することにした。

「ギギッ！」

「「ギー！」」

ゴブリンメイジが何かの合図を出すと、残りの二体が叫び声を上げて突撃してきた。

そして後ろにいるゴブリンメイジは俺達に向かって、火の玉を放ってきた。

ゴブリンメイジの魔法を俺は水属性の魔法で相殺して、さらに突撃してきたゴブリンどもを俺とクロエは一体ずつ処理した。そして後方で驚いた顔をしていたゴブリンメイジへと魔法を放ち、ダンジョンでの初の戦いは難なく終わった。

「まあ、弱かったな」

「そうだね。でもちょっと外の魔物より、頭を使っている感じはしたかも？」

「それは俺も感じた。作戦っぽい動きをしていたからな、ただ能力は外の魔物の方が上に感じたな……一層だからなのかもしれないがな」

「下に行くにつれて強くなるって言っていたもんね」

「ああ、とりあえず一層の魔物の強さを見極めて三層まで降りてみるか」

その後、俺達は出会う全ての魔物を瞬殺していき、たった数十分で目的の階層までたどり着いた。

一層を大体五分程度で降りてきた俺達は、ダンジョンってこんなものなのか？　と少し思い始めていた。フィーネさんからはある程度楽に行けるけど、二人だとキツイ場所もあると言われていた。

だが実際に攻略してきた感想としては、少し聞いていた話とは違っていたなという感じだ。

「なんか少し気を張っちゃっていたけど、たいしたことなかったね……」

「まあ、ここからだとは思うぞ。フィーネさん達からも三層から出でくる魔物の数も多くなるって言っていたし」

俺はそう言うが、すでに三層で何回か戦って「う〜ん……」と物足りなさを感じていた。

「クロエ、とりあえず俺達の実力は三層以上ありそうだし下に降りてみるか？」

「うん！　私もそれがいいと思っていたところだよ」

待ってました！　とクロエは耳をピンッと立ててそう言った。

それから俺達はすでに見つけていた階段から、四層へと降りた。

四層からダンジョンの景色は変わり、森のような雰囲気になった。数mある木がたくさん生えていて、その木々の奥から魔物の気配が感じ取れた。俺とクロエは感知系スキルがあるため、その魔物達の気配を感じ取った辺りへ魔法を放って魔物を倒した。

「感知系スキルがなかったら、大変なことになっていたね」

「まあ、そうだな。感知系は多少訓練しないと手に入れられないから、銅級冒険者でも四層からはきついって言っていた意味がわかったな」

俺達は、フィーネさん達から森エリアは銅級冒険者でも苦戦する者がいると聞いていた。

しかし、俺達は二人とも感知系のスキルを持っている。さらに言えばクロエは斥候系スキルを上位冒険者並みに持っているため、俺達は苦戦をすることなく先に進んでいった。

「うん、でもこの程度なら私達ならどうってことなさそうだね」

その後、森エリアが終わる七層まで難なく進んでいった。

そして八層目は再び風景が変わり、今度は普通の洞窟っぽい感じになった。

ゲーム時代は特に気にしていなかったが、こうして自分の眼《め》で実際に見ると風景の変わりように少し驚いてしまうな……。

「また今度は一気に変わったな」

「なんか、これぞダンジョンって感じがするよね？　今までのが逆に不自然すぎて」

クロエの言葉に俺は頷《うなず》き、壁に近寄って質感などを確かめた。

「壁の感触も完全に洞窟のそれだな……ってことは、このエリアからようやく〝鉱物〟が採取可能だな」

「そうだね！　どうする？　少し採ってみる？」

「いや、今回はやめておこう。採取用の道具を準備してないと掘れないからな」

「珍しいね、ジン君が道具がないって、いつもなら何でも揃《そろ》っているのに」

まあ、そうだろう。実際に俺はいつもパーティーのお金から色々と準備をしている。

普段使っている薬品から、装備の手入れ用の道具なども俺がクロエに言って準備をしている。

収納スキルがあるし、俺にはゲームでの知識があるからどこで買えばいいのかも頭に入っている。

だがこの採取用の道具だけは、今すぐに揃えることはできない。

「ちょっとな、買いたい店があるんだが今は休業していて買えないんだ。その店が再開したら、採取用の道具も揃えるつもりだ」

「そうなの？　まあ、すぐに必要ってわけじゃないし、準備はジン君に任せているから」

そう言ってクロエは鉱物の採取を諦め、俺達はダンジョンの先へ進むことにした。

八層ともなると、出てくる魔物のバリエーションもあるかと最初は思っていた。

しかし出てくる魔物の種類は相も変わらず〝ゴブリン・スライム・オーク〟の三種類だけだった。

「これって私達が強いのか、このダンジョンのレベルが低いのかどっちなんだろ……」

「俺達が強いからだろうな、このダンジョンは銅級冒険者でも苦労する奴《やつ》は苦労するらしいし」

実際、俺達は役割を完全に分けていて、その分担してる役割を普通の人以上にできているからこんなにも早く攻略が進んでいる。しかし、普通の冒険者はそれまで外の魔物としか戦ったことがないから、ダンジョンに慣れることから始めると言っていた。

そんな感じで俺達は他の人達が苦労しているダンジョン攻略を簡単だなと感じながら、奥へ奥へと進み最深部へと到着した。

「確かこのダンジョンのボスは、ゴブリン三体とゴブリンメイジが二体、ゴブリンリーダーが一体の計六体の魔物だったはずだ」

「意外と数がいるね」

「ああ、数だけはいるが能力は外の魔物と大差ないらしいから、数にだけ気を付けて立ち回れば楽勝だと思うぞ」

「了解、ジン君」

俺達はすぐに戦闘ができるように武器を構えてボス部屋の中へと侵入した。

「「ギギッ！」」

部屋に入ると、部屋の奥に立っていたゴブリン達は一斉に俺達の方へと視線を向け、同時にそう叫んだ。前衛であろうゴブリンは武器を掲げると、こちらに向かって走ってきた。

向かってくるゴブリンを俺は魔法で倒し、さらに奥で魔法を使おうとしているゴブリンメイジへも魔法を放った。たった数秒で仲間をやられたゴブリンリーダーは、辺りを見渡しワナワナと震えると魔力を集めて体が巨大化した。

「ギーッ！」

「【狂化】状態に入ったみたいだな」

【狂化】――理性を忘れ、力を底上げする主に魔物が使用する技。

その状態に入ったゴブリンリーダーは一瞬にして俺の前に移動すると、手に持っている棍棒を大きく掲げ俺に向かって振り下ろしてきた。

「魔法使い相手に理性を忘れる捨て身攻撃って、馬鹿だろ……」

俺は馬鹿にするようにそう言うと、ゴブリンリーダーの頭部に向かって火属性魔法を放って顔を焼いた。

「ギーギー！」

「ジ、ジン君！　大丈夫!?」

「大丈夫。攻撃は食らってないよ。それより、最後のとどめは予定どおりクロエがやっていいぞ」

「うん、わかった！」

クロエは顔が焼けて苦しんでいるゴブリンリーダーに近づき、魔法を放って殺した。

クロエにわざわざ最後の一撃を譲った理由。それは単純に、俺とクロエのレベル差を少しでも埋めるためだ。現在俺のレベルは三十前半だが、クロエは少し前にようやく二十に上がったばかりだ。だから俺はあえて、ゴブリンリーダーを経験値が多くなる【狂化】状態にして瀕死《ひんし》の状態にさせてからクロエに譲った。

「ジン君、今の戦いでレベルが二十二に上がったよ！」

「おお、ダンジョンに来て一番の成果はクロエのレベルアップだったな」

「うん！　今日だけで二つも上がっちゃった！」

クロエは嬉《うれ》しそうに、ピョンピョンと跳ねていた。

その後、俺達はダンジョンの一番の楽しみである〝クリア報酬〟の宝箱を開けて中身を確認した。

宝箱の中には、固定で出る〝攻略の証《あかし》〟とランダム特典としてスキル書が一つ出てきた。

攻略の証はボス部屋にいる人の名前がついた物で、そのダンジョンのクリアを証明する物だ。

「確かこのダンジョンで一番のレアアイテムはスキル書だったから、俺達は一発で一番いいレア物を引き当てたみたいだな」

「やった〜！　ジン君、鑑定できたよね!?　どんなスキルか見てみてよ！」

　興奮しているクロエからそう急《せ》かされ、宝箱からスキル書を手に取り【鑑定】を発動させた。

名前：風属性魔法
情報：風属性の魔法が使えるようになる

「属性魔法のスキル書か……って、これ滅茶苦茶《めちゃくちゃ》レアだぞ!?」

「確か属性魔法って貴重なスキルだから、どんな物でも最低金貨三十枚以上はいくよね……」

「ああ、それに風っていうと攻撃魔法と防御魔法のどちらにも使える属性魔法だから高値で取引されているやつだぞ……」

　俺もクロエも風属性魔法は持っている。

　だからとりあえず、スキル書は【異空間ボックス】に入れて大事に保管することにした。

「まさか、なりゆきで攻略したら一回目でレアアイテムが出るとは驚いたな……」

「うん、あれ目当てに何度も潜る人がいるぐらいなのにね」

「ああ、確率だけでいえば数百回挑戦して一度出るか出ないかって言われているくらいの品だからな」

　ゲーム時代の確率は〇・一％で最も出にくいアイテムだった。

　やり込んでいた俺でもこのアイテムを手に入れるのは根気のいる作業で、コンプするとかアホみたいなことに挑戦していた時は半分死にかけていた。

その後、俺達は最深部の奥の部屋に入り、クリアした者だけが乗れる〝転移床〟でダンジョンの入り口付近へと転移した。そしてそのまま俺達はダンジョンの外に出て、予約している馬車の到着時間まで時間を潰すことにした。


「……ジンさん、クロエさん。もう一度言ってください、何と仰《おっしゃ》いましたか？」

「その、余りにも簡単に攻略できちゃいました……」

王都に帰還後俺達はギルドに行き、フィーネさん達にダンジョンを攻略してきたと伝えた。

まさか俺達がたった一日で攻略してくるとは思っていなかったフィーネさん達は、驚いたまま固まってしまった。

「ジンさんとクロエさんが実力のある方だと、私達も認識していましたが……まさか、ここまでの方達だったとは思いませんでしたよ。まさか一日で最低難易度とはいえ、ダンジョンを二人で攻略してくるなんて」

「あはは、その出てくる魔物が弱く感じてどこまで行けるか試していたら、ボス部屋に到着してしまって」

「普通、ダンジョンの魔物を弱く感じるところがおかしいんですよ。外の魔物とは違い統率のとれた動きをして、外の魔物との戦いに慣れた人達ほどダンジョンの攻略は遅いんです。それなのにジンさん達は……」

フィーネさんは呆《あき》れてそれ以上はもう何も言えないようで、隣に座るリコラさんも「こんなことをする冒険者様は、見たことがありません」と若干震えていた。

「一応、確認しますが〝攻略の証〟は持っていますか」

「「はい」」

「……本当に持っているんですね」

疲労感が伝わるフィーネさんの声に俺とクロエが証を出すと、フィーネさんはマジマジとそれを見てそう言った。そして俺はランダム報酬で手に入れたスキル書も出し、フィーネさん達に見せた。

「ジンさんは私達を驚かせることが趣味なんですか？　一度目のダンジョン探索でクリアして、その上クリア報酬でスキル書を持ってくるなんて」

「あわわわ」

フィーネさんは若干怒った様子でそう言い、リコラさんはもう半分壊れかけていた。

それからとりあえず、一旦落ち着きましょうと声を掛けてリコラさんとフィーネさんに今の状況を納得してもらう時間を与えた。

「……ジンさん、流石《さすが》にこのことは話題になりますよ。私達の力じゃ隠し切れなそうですので」

「ダンジョンの攻略時間、記録を大幅に短縮してしまいましたからね……」

「ええ、それも初潜入で攻略したという偉業も合わせてギルドに伝達され、後日貼り出されると思いますよ。本当に、実力を隠したかったんですか？」

「す、すみません」

いつもの丁寧なフィーネさんは消え、アスカに注意する時の怖いフィーネさんに俺はそう言われてしまった。流石に今回のことは隠し切れないだろうなと、攻略した後に俺も気付いて自分のしたことを反省していた。

攻略時間、攻略人数、そして初潜入でダンジョンを攻略した。

それらが合わせて発表されたら、俺とクロエはたぶんというか絶対に騒がれるだろう。

「流石に今日明日とはいきませんが、数日以内にはジンさんとクロエさんの周りに人が集まると思いますよ」

「ですよね。流石に今回は俺達、というか俺の落ち度です。本当にすみません。今まで色々と隠してもらっていたのに」

改めて俺はそう謝罪をして、明日もう一度集まって今後の対策について話し合うことになった。

第六章　姫様からの依頼

ダンジョン攻略の翌日、俺とクロエは早朝からギルドにやってきて今後について話し合いを行っていた。

「まず確定事項として、ダンジョン攻略の発表はされます」

「……あの、一つ質問なんですけど、上位の冒険者も俺達《たち》が攻略したダンジョンを攻略してるのに、俺達はその方達よりも早く攻略したんですか？」

「今回の発表内容ですが〝銅級冒険者になってからのダンジョン攻略までの期間〟という項目になりまして、ジンさんとクロエさんはその記録を大幅に更新したことで発表されます」

フィーネさんはどのようなことで発表されるのか、詳しく説明をしてくれた。

攻略時間も早い方だがまだ記録更新とまではいかず、攻略人数についても一人で攻略している人がいるから更新はされない。

なので残った〝ランクアップしてからダンジョンクリアまでの期間〟の記録を俺とクロエは大幅に更新したことが発表されることになった。

「別にもう二つだけの記録でもいいのに、何で三つ目まであるんですか……」

「そこは上の方達が決めたことですからね。とりあえず、昨日あの後本当に記録更新されているのかを確認したところ、銅級冒険者になって数日で攻略した方はいませんでした」

「それとジンさんとクロエさんは、攻略時間も最高記録からそこまで差がありませんでした。なので、いつ入っていつ出てきたのか管理者に連絡が入り、そこも発表されるかもしれません」

追い打ちをかけるかのようにリコラさんからそう言われた俺は、「マジですか……」と呟《つぶや》き、ため息をついた。

「リコラさん、それは後で落ち着いたら言おうと思っていたのに……」

「ご、ごめんなさい。その、先に教えておいた方が気持ち的にも整理する時間ができるかと……」

フィーネさんから注意されたリコラさんは、俺に向かって「ごめんなさい」と謝罪をした。

「いえ、大丈夫ですよ。昨日でだいぶ、色々と整理できていましたから……自分の行動に後悔しているだけなので」

実際俺はもうやってしまったことだからと、今日はだいぶ楽な気分で話し合いをしている。

それにすでに地盤はある程度できてきているから、今の俺をどうこうしようとする輩《やから》も動き辛《づら》いとは思うしな。

それから話し合いは進み、対策の一つとして長期依頼を受けるのはどうかと提案された。

「長期依頼をですか？」

「はい、依頼中だと言えばある程度の人は避けることができます。依頼主が高位の身分の方であれば、なおのこと人を避けるのは可能だと思います」

「……確かにその手はありですね。ですがそんな長期依頼を今すぐに用意はできないですよね？」

いい提案だとすぐに理解した俺は、駄目元でフィーネさんにそう聞いた。

するとフィーネさんは笑みを浮かべると、資料の束から一枚の依頼書を取り出した。

「ちょうど今朝、ジンさんとクロエさんに指名で依頼書が届きました。依頼主はフィアリス姫様です」

「……一応、確認させてください」

俺は依頼書を手に取り、クロエと共に依頼内容を確認した。

内容は、姫様の護衛と話し相手、そしてちょっとした雑用をお願いしたいというものだった。

「姫様、俺達がダンジョン攻略したことを知っているな……」

「うん、それでたぶんジン君が騒ぎから逃れたいって思っていることもわかっていて、この依頼書を出したんだと思うよ」

その証拠に依頼の内容に、〝隠《かく》れ蓑《みの》としては最高にいいですよ〟という一文も書かれていた。

姫様に気に入られてしまって、どうしようかと思っていたけど……。

「クロエ、俺はこの依頼を自分のために受けたいと思っている。クロエがいいなら、受けてもいいか？」

「うん、私はいいよ。ジン君のお陰で貯金もあるから、少しの間なら一つの依頼に絞っても大丈夫だよ」

「ありがとうクロエ、いつかこの恩は返す」

クロエにそう言って、俺はフィーネさんに姫様からの依頼を受けると伝えた。

その後、明日王家からの使いが宿に迎えに来ると言われ、俺達は準備のために解散することにした。


そして翌日、朝食を食べて少し待っていると、迎えの馬車が宿にやってきたのでそれに乗って王城へ向かった。

進路的に先に乗っていたクロエは「おはよ～、ジン君」と、若干眠そうな顔で挨拶をしてくれた。

「おはようクロエ、また眠れなかったのか？」

「うん、やっぱりお城に行くってなると緊張しちゃって……ジン君はいつもどおりだね」

「まあ、色々とあって考えるのが面倒になった結果、グッスリと寝ていたな」

そう俺が言うと、クロエは「ジン君こそ大丈夫なの？」と逆に心配された。

その後、クロエと俺は馬車に揺られ、王城の前に着いた。

門番の人には俺達が来ることはすでに伝達されていたみたいで、すんなりと敷地内へと入れた。

「ジン様、クロエ様。お待ちしておりました」

敷地内に入ると執事が現れてそう挨拶し、俺達はその人に姫様のところまで案内された。

今回案内されたのは前回の姫様の部屋ではなく、王城の敷地内にある庭のような場所で、姫様は優雅にお茶を飲んでいた。

姫様と軽く挨拶をすると、執事の人は離れていき、この場には姫様と俺達の三人だけとなった。

「この度は俺を匿《かくま》うために動いていただき、ありがとうございます」

話を始める前に、俺はそう姫様に感謝の言葉を口にした。

「ふふっ、私が勝手に動いただけよ。それにジンさん達を他の人に取られたくないもの」

「ヒッ！」

獲物を見るような目つきで俺とクロエを見ると、クロエは姫様の視線に悲鳴を上げた。

そんなクロエの悲鳴に姫様はニコリと笑みを浮かべると、クロエに近寄り顔を寄せた。

「あら、クロエさん？　まだ私に慣れてくれてないのかしら？　あの時は色々とお話したのに」

「あっ、そのっ……ジ、ジン君……」

姫様に詰められているクロエは、涙を目に浮かべて俺に助けを求めてきた。

「姫様、そのくらいにしてあげてください。クロエ、まだ慣れてなくて今日も少し寝不足気味なので」

「そうだったの？　それは、ごめんなさい」

「あ、あう……」

姫様はサッとクロエから離れると、クロエは力が抜けたのか机にもたれかかった。

「それにしても姫様は、俺とクロエのことを思っていた以上に気にかけてくれていたんですね。平民の俺達をここまで王族の方が気にかけるなんて、普通だったらありえないですよ」

「面白いからよ。片方は生後間もない頃から軟禁状態だった方で……もう片方は他国の英雄の子ですからね」

「ッ！」

英雄の子、その言葉にクロエはビクッと体を反応させた。

姫様の口ぶりからクロエの秘密を調べていそうだったけど、そこまで知っていたんだな。

クロエのキャラ設定の一つに英雄の子という設定がある。

ゲームでは詳しく出てこなかったため、俺も詳しいことまでは知らない。

「何で、父のことを知っているんですか……父が英雄だと、この国では誰も知らないはずです……」

「私の部下は腕利きなのよ。大丈夫よ、このことを知っているのは私とその部下だけ。お父様達にも言ってないから」

国王達に知られていないと聞いたクロエはホッと胸を撫《な》でおろすと、ハッとした顔で俺の方を見てきた。

「ジン君、黙っていてごめんね」

「別にクロエの父親が英雄だろうと俺には関係ないし、クロエが自分のことをあまり喋《しゃべ》ろうとしてなかったから気にしてないぞ」

申し訳なさそうな顔をしているクロエに俺はそう言った。

「クロエさん、一つだけ聞いてもいいかしら？　何で英雄だった人がこの国の平民として生活しているの」

「……たぶん、もう色々とご存じかと思いますけど私達は元々獣王国の出身です。獣王国の危機を救った英雄として、獣王国では扱われていたんですが父はそんな扱いをされるのが苦手だったんです。だから誰も知らない国で、私と母とともに〝英雄の自分〟を捨てて生活しています」

ゲームでもそこについて知らなかった俺は、初めて明かされたクロエの父の秘密を聞いて内心驚いていた。

まさか、こんなかたちでゲームでも明かされなかったクロエのエピソードを聞けるとはな……。

この世界に転生してきて、初めて良かったと思った。

「そうだったのね。だったらなおさら、このことは他言しないようにしておくわね」

「はい、そうしていただけると助かります。でもいいんですか？　せっかく調べてわかったことを陛下に報告しなくても」

「お父様も私が色々と隠しごとをしているのは知っているわよ。ただそこは可愛《かわい》い娘として色々と目を瞑《つぶ》ってもらっているのよ」

ニコニコと笑みを浮かべながら、姫様がそう言った。

そんな姫様の顔を見ながら俺は、依頼書に書かれていた内容で疑問に思っていたことを尋ねた。

「そういえば姫様、依頼書に〝護衛〟というのも書かれていたんですけど、アレってどういうことなんですか？」

「そのままの意味よ？　私を守る役目としてもジンさん達に依頼をしたのよ」

「え？　いや、姫様ほぼ城から出ない生活しているうえに兵士も付いていますよね？　外部の俺達に護衛を頼む必要ってあるんですか？」

姫様に付いている護衛の数自体俺は知らないが、あの親馬鹿の国王が半端な護衛は付けないだろうから、相当腕の立つ人達が付いているはずだ。

それなのになぜ、俺とクロエに護衛の依頼も出したんだ？

「学園に連れていくための護衛よ」

「……学園ですか？」

「ええ、前の学期まで護衛をしてくれていた人がいたんだけど、ちょっと護衛継続が無理になっちゃって新しい人を探していた。そこで年齢も一緒ぐらいのジンさんとクロエさんに頼もうと思って依頼を出したのよ」

姫様が通う学園ということは、ゲームの舞台であるあの学園か……。

何で、こうも俺は逃げようとしているのにゲームの重要キャラだったり、ゲームの舞台に引っ張られたりしているんだよ。俺はそう若干嫌な気持ちを感じつつ、姫様の言葉を聞いた。

「それと先に学園長に話を通して、護衛の人に変装の許可も下りているから安心して」

「用意周到ですね……でも学園ってことは、勉学の場ですよね？　クロエは知りませんけど、俺は学ないですよ？」

「わ、私もそこまで頭良くないです！」

「そこは大丈夫よ。護衛の中には一緒に勉強する人もいるけど、中には護衛だけの人もいるわ。ただ学園は学びの場ではあるため、ある程度の年齢制限があるのよ。だから私は、ジンさんとクロエさんを護衛にしようと考えたの」

護衛の年齢制限、確かに学園に大人の兵士とかいたら場違い感は半端ないな……。

「……それなら俺達じゃなくて、年齢の近い兵士を護衛に連れていってもいいんじゃないですか？」

「ええ、確かに兵士にも年齢の近い人はいるわね。でも実力は明らかにジンさんとクロエさんの方が上。だったら、ジンさん達に頼んだ方がいいでしょ？」

姫様の言葉に俺は何となく納得してしまい、この件についてはそれ以上言うことはなかった。

その後、依頼の件の話は終わり、ダンジョンの話を姫様に聞かせることになった。

「二人で攻略したと聞いたけど、それってどのくらい凄《すご》いことなのかしら？」

「そうですね。ソロで攻略する冒険者もなかにはいますけど、平均的なパーティーの人数は五人か六人で俺とクロエの記録は〝まあ凄い〟って部類ですね」

「そうなの？　でも騒ぎになる可能性があるんでしょ？　それは何でなの？」

姫様は部下に調べさせ、俺達が騒ぎに巻き込まれると知って依頼を出したが、どういった理由で騒ぎになるのか具体的なことは知らない様子だった。

「姫様は私達の冒険者の活動期間ってご存じですか？」

「調べてわかっているわ、クロエさんがジンさんより半年長く冒険者をやっていて、ジンさんは一ヶ月ほど前に冒険者として活動を始めたのよね」

「はい、今回の騒ぎの原因は私達の活動期間なんです。大体の冒険者は、登録から一年でようやく銅級冒険者に上がるか上がらないかなんですが、そんななか、半年で銅級冒険者に上がった私とたった一ヶ月ほどで銅級冒険者に上がったジン君。それが騒ぎの主な原因です」

「確かに調べた者が、こんなに早くランクを上げる冒険者は見たことがないって驚いていたわね……」

「さらにそこへ追い打ちをかけるように、私達は先日昇格してからすぐにダンジョンを攻略してしまい騒ぎの原因を作ってしまったんです」

クロエがそう説明を終えると、姫様は自分が聞いた内容と不足していた部分が合わさったのか納得した顔をした。

「だとしたら一つだけ疑問に思う点があるわ」

話を聞いて納得していた姫様は、そう言いながら俺の方を見てきた。

「ジンさんは自分のことをできる限り隠したい動きをしているのに、なぜこんな記録だらけになっているの？」

「……まあ、そこには色々と事情があるんですよ」

言われるだろうなと思っていた俺は、そんな姫様の質問に対してアスカのことを話した。

「なるほど、ギルドマスターがジンさん達を気に入って色々と依頼を回していたから、銅級までの実績が積み上がったのね」

「自分の予定では、なるべく目立たずに早くお金を貯《た》めるために依頼をこなしていくはずだったんですけどね。まさか、ギルドマスターに気に入られるとは思わなくて予定が狂いました」

「ギルドマスターがジンさん達を気に入った理由、少しはわかる気がするわよ。なんとなく、あなた達から面白そうな雰囲気を感じるのよ。あのマスターも私と性格が似ているから、そこに気付いて気に入ったんでしょうね」

そういえば、アスカと姫様は元から親交があって、共に魔王討伐に行くことになった際は親友になるくらいに相性がよかったっていうゲームの設定があったな。

俺はそんなことを思いだし、現時点でのアスカと姫様との親交具合に少しだけ探りを入れた。

「姫様はアスカのことを知っているんですか？」

「もちろん知っているわよ。ただ仕事が忙しいみたいで、面と向かって話したことはないわ。性格についても調べてもらって、似ていると思っているだけよ」

そう姫様は言うと「いつか会ってみようとは考えているわ」と言い、俺はその時までには王都から離れておこうと心の中で考えた。

その後、話に夢中になっていた俺達は気付けば昼食の時間になっていたみたいで、従者が知らせてくれた。姫様からここで食べるか、食堂で食べるかどっちがいいかと聞かれ、俺は「ここで食べましょう」と即答した。

「ジン君、何でここで食べることにしたの？」

「……クロエは下手に動いて、王様とかに会っても、いいのか？」

「嫌だね……ここで食べるのが正解」

王様と会ったことが若干トラウマとなっているクロエは、震えながらそう言った。

「ふふっ、あの時は私がお願いしたからあの時間にお父様と会ったけど、普段はあんな時間に出歩いてないから会うことはないわよ」

「……と言っていますけど、一度やられていますからね」

「信用がないわね」

ジト目で睨《にら》みながら言った俺の言葉に、姫様はニコニコと笑みを浮かべながらそう言った。

それから数分後、従者が食事を準備してくれて俺達は昼食を取ることにした。

「「……」」

「今日の食事も美味《おい》しいな、フィアリスの専属の料理人は腕がいいな」

「ありがとうございます。お父様」

おいっ！　何で王様がここに居るんだよ！

俺はそう心の中で叫び、隣で固まっているクロエの方を確認した。

「あ、あぅ……」

駄目だ、状況の理解ができずに泣きそうな顔をしている。俺はクロエの顔を確認してから、視線を目の前で楽しそうに食事をする王族の親子へと向けた。

「姫様、俺達のこと嫌いなんですか？」

「あら、今回私は何もしてないわよ？　お父様が勝手に私達の食事に釣られて来ただけよ」

「そうだな、今回は儂《わし》が勝手に来ただけだよ。ちょうど休憩していたら、美味しそうな匂いがしてな」

王族親子のそんな言い訳を聞いた俺は、深くため息をついた。

「一応、言っておきますけど姫様はまあ依頼主だから俺達と関わるのはわかります。ですけど、国王陛下、あなたは一国の主《あるじ》なんですからもう少し行動を自重してくださいよ」

「大丈夫だ。フィアリスが認めた者達だからな、娘の人を見る目は誰よりも優れているとわかっているからな」

「あら、いやだわお父様ったら、そんなに褒めても何も出ませんよ」

「……あ～、帰りてぇ」

自分の忠告に親馬鹿で返してきた国王に対して、俺は小声でそう愚痴をこぼした。

その後、クロエを現実に引き戻し食事を再開させ、食事が終わると国王はこの場から去っていった。


国王が去った後、俺達は食事前に話していた冒険話に戻り、他愛《たわい》もない時間を過ごしていた。

そんな時、一人の騎士がやってきて姫様の前に跪《ひざまず》いた。

「姫、よろしいでしょうか」

「あら、ユリウス帰ってきたの？　早かったわね。お願いしていた物は持って帰れたかしら？」

その騎士に対して、姫様は〝ユリウス〟と呼んだ。

……ユリウスだって!?　もしかしなくても、あのゲームで〝最強の剣士〟として登場し、主人公の剣の師匠となった〝剣聖〟か!?

「少々手こずりましたが、なんとか持ち帰ることができました。いつもの場所に置いておりますので、後ほどご確認ください」

「ええ、ありがとうね」

ユリウスからの報告を聞いた姫様は、そう口にすると「そうだわ、紹介しておく方達がいるわ」と言って去ろうとしたユリウスを呼び止めた。

いや、マジここでユリウスに会うって嫌な予感しかしないんだけど……。

俺は心の中でそう思いながら、姫様に呼び止められて俺達の方を見てきたユリウスに視線をやった。

「ジンさんとクロエさん、学園で私の護衛として働いてくれる冒険者の方達よ。これから長い付き合いになるから、仲良くしてね」

「ジンさんとクロエさん。初めまして、フィアリス様の近衛騎士ユリウスと申します。よろしくお願いいたします」

丁寧にそうユリウスから挨拶をされ、俺達も自己紹介をして挨拶を交わした。

「なるほど、このお二人が彼らが噂《うわさ》をしていた方達ですね。任務中、連絡用の魔道具で最近姫様のお気に入りの方が増えたとお聞きしていましたので、どんな方達なのか気になっていたんです」

ニコリと笑みを浮かべながら、ユリウスがそう言った。

ユリウスの言った〝彼ら〟とは、たぶん姫様が集めた人物達のことだろうな……。

ユリウスもまたそのうちの一人で、ユリウスは遺児として生活をしている時に姫様と出会い、拾われて騎士となった人物だ。

姫様に救われたという思いから、ユリウスは姫様を守りたい一心で鍛錬を積み、王国最強の剣士〝剣聖〟の名を手に入れ、姫様の近衛騎士となった。

「ふむ……なるほど、姫が気に入った理由が少しわかります。お二人共、才能の塊のような方達ですね」

「そ、そんなことないですよ」

「はい、至って普通のどこにでもいる冒険者ですよ」

ユリウスの言葉に、クロエと俺はそう反応した。

「いやいや、こんなに才能がある方達を見たのは初めてですよ。特にジンさん、貴方《あなた》は凄いですよ。

姫、よくこんな方達を見つけましたね」

「ふふっ、隠れ切れてなかったのよ。他の者に手を出される前に、私が手を出しただけよ」

「そうでしたか。流石《さすが》、姫は行動が早いですね」

そんな会話をする姫様とユリウス。

二人を見ながら、俺とクロエはコソコソと小声で話し合いをした。

「クロエ、ユリウスにだけは気に入られるなよ。面倒事がさらに悪化するからな……」

「わ、私は大丈夫だけど、ジン君の方が気を付けてよ……」

「わかっているよ。流石に今回は、何もしない」

クロエに忠告したら、逆に忠告をされた俺はそう言い、何が何でもユリウスに気に入られるのは避けようと心に決めた。

今までのキャラ、アスカや姫様に気に入られるのもまあまあヤバいことなのだが、ユリウスは俺の中でさらにヤバいキャラだと認識している。

それはなぜか？　あいつはいずれ、主人公の師匠となるキャラだ。

そんな奴《やつ》に気に入られでもしたら、俺は主人公と出会う可能性がさらに上がってしまう。

別にこの世界で今の俺が何かやらかしているわけではないし、悪役化もしてない。

だが、それで会って万が一物語の修正力が働き、物語どおりになってしまう可能性も捨て切れない。

「姫様、先ほどユリウスさんが頼みの物を持って帰ってきたと言っていましたよね？　今日はもう長く話しましたし、終わりにして解散にしませんか？」

「確かに、あれは早く確認したいわね……うん、だったら今日のところはこれで終わりにしましょうか」

「はい！　それでは、また明日、本日と同じ時間に来ますね」

姫様の言葉にそう返事をした俺は、クロエを連れてこの場から早く離脱しようと動いた。

しかし、そんな俺達に向かってユリウスは「待ってください」と呼び止めてきた。

「な、何でしょうか……」

「いえ、先ほど、姫の護衛をすると仰《おっしゃ》っていましたので、よければお手合わせでもしませんか？」

「でもユリウスは旅の疲れが残っているんじゃない？」

「そこは大丈夫です。ちゃんと休んで万全の状態ですから」

姫様の心配の声にユリウスはそう返答して「どうですか？」とキラキラとした眼差《まなざ》しで、俺達に視線を向けて聞いてきた。

その後、逃げることはできそうにないと悟った俺は「……わかりました。お願いします」と言い、ユリウスとの模擬戦闘をすることになった。

場所は変わって、城の敷地内にある兵士達の訓練場。

そこでは多くの兵士達が訓練をしていて、姫様の登場に全ての兵士が敬礼をした。

「フィアリス姫、本日はどうなされましたか？」

奥の方から一人の大男が出てくると、姫の前で跪いてそう尋ねた。

この男の名は、アンドル・フォン・ジェックバル。王国の騎士団長であり、ジェックバル公爵家の長《おさ》。年齢は三十代後半にもかかわらず、王国最強の守護神と呼ばれている。

あ～あ、ま～た厄介なキャラと出会っちまったよ……。

「ちょっと、場所を使わせてもらいたくてね。ユリウスが私の護衛になる方達と戦ってみたいらしいから」

「ふむ……なるほど、わかりました。お前ら、場所を開けろ！」

姫様の話を聞いたアンドルはすぐさま周りにいた兵士にそう声を掛けると、兵士達は使っていた道具と共にその場所を渡してくれた。

流石、城内一人気の高い姫様だな、一瞬で兵士達が動いちまったよ。

「ジ、ジン君。ここで戦うの？」

「そうみたいだな、まあでも姫様も言っていたけど本気を出さなくてもいいって話だから、ユリウスさんが納得するレベルで戦えばいいと思うぞ」

ここに来る道中、姫様から俺達は「本気を出さなくてもいい」と言われた。

それは俺が力を隠したいという考えを持っているのもあるが、姫様的にも俺達の実力は〝まだ〟世間に知られたくはないらしい。

「さて、まずはクロエさんの実力を見たいと思います。武器は何を使いますか？」

「短剣でも、大丈夫ですか？」

「慣れている武器を使う方がいいので、大丈夫ですよ。私も剣を使いますので」

クロエの言葉にユリウスがそう言うと、二人は武器をそれぞれ手に取り数回振って少し離れて向かい合った。そしてアンドルが審判役を申し出て、二人の準備ができたのを確認して試合開始の合図をおくった。

「ッ！」

現時点でも種族特有の身体能力ではヒューマン族であるユリウスに並ぶほどのクロエが、その脚力を活《い》かしてユリウスへと攻撃を仕掛けた。一撃目の蹴りをユリウスは直撃する前に片腕で止め、クロエはユリウスの反射神経が高いことを一瞬で理解して一度後ろに引いた。

そんなクロエにユリウスは、その場から動かず「もっと攻撃してきていいよ」とクロエに攻撃を仕掛けさせるように言った。

「流石、剣聖ですね。クロエの実力は高い方ですが、そのクロエを子供扱いって」

「そうね。でも、クロエさんは動けている方だと思うわよ」

「まあ、お互いに全力を出していませんけどね」

ユリウスの動きを見て、俺は彼も全く本気を出していないとすぐにわかった。

というか、ユリウスの奴、半分も力を出していないだろ……それでクロエを子供扱いって、やっぱりこの段階でも強いんだな。

その後、決められていた試合終了の時間がきて、クロエとユリウスの戦いは終わった。

結果的に二人は互角のような戦いをしていたが、クロエは大体八割の力、ユリウスは三割ほどの力しか出していなかった。

「全く、攻撃が効かなかった……」

「まあ、そう落ち込まなくてもいい。ユリウスさんはこの国でも剣士としてトップの人だからな、逆にそんな人が手加減した状態でもちゃんと勝負になっていたのは凄いと思うぞ」

「ジンさんの言うとおり、ユリウスが手加減した状態でも負ける兵士はいます。そんななか、ユリウスと互角に戦えたクロエさんは十分実力があると思いますよ」

試合が終わって落ち込んでいるクロエに対し、俺と姫様は励ましの言葉を掛けた。

実際、あのユリウスと互角にやれているクロエは十分強い方だと思う。

ゲームでも、ユリウスと稽古をする主人公が、終盤まで一《ひと》太刀《たち》も与えることができなかったほどだ。それなのにクロエは試合中、何度かユリウスに攻撃を与えていた。

「さてと、それでは次はジンさんですね。こちらはすでに体は温まっていますが、ジンさんは大丈夫ですか？」

「ええ、終わり頃から準備していたので大丈夫ですよ」

ユリウスから声を掛けられた俺はそう返答して武器を取りに向かい、片手剣を選んだ。

「ジンさんは普通の剣なんですね。剣術は誰かに習ったりしたんですか？」

「いいえ、姫様から聞いていると思いますけど、俺は全部独学でやってきたんで剣術も我流です」

「我流ですか、我流でもこれまで強い剣士は見てきたので、ジンさんがどのような戦い方をするのか楽しみです」

そうユリウスは満面の笑みで言い、俺とユリウスはそれぞれの位置に着いた。

アンドルの合図を待つ俺とユリウス。

そんな俺達にアンドルは確認の声掛けをして、二人共が「大丈夫」と言うと試合開始の合図をした。

「ハアッ！」

「ッ！」

このユリウスの野郎！

クロエの時は、動かなかったくせに、俺の時は開始と同時に突っ込んできやがった！

「おお、凄いですね。吹っ飛ばすつもりだったのに、受け止められましたよ」

「一応、鍛えているんでねッ！」

何とか受け止めた俺は、ユリウスを弾《はじ》き飛《と》ばして今度は俺から攻撃を仕掛けた。

剣術において最高峰の称号を持つ剣聖のユリウス相手に、俺の剣術がどこまで通用するのかわからないが、やれるところまでやってやる。

「ふむ、なかなかいい腕をしていますね。太刀筋から我流だとわかりますが、本当に誰か師に就いていないのですか？」

「いませんよ。ずっと一人で鍛えてきましたからね」

設定で家にいる時から訓練をしていたと言っている手前、俺はユリウスにそう言った。

だあ！　くっそ、ユリウスの奴、クロエの時よりも速く動きやがって！

「ユリウスさん、クロエの時よりも力出していませんか？」

「ふふっ、女の子相手と男の子相手、そりゃ力加減は変えていますよ。それにこのくらい、ジンさんなら大丈夫でしょう？」

笑みを浮かべながらそう言ったユリウスは、剣に魔力を流し、さらに強力な剣術を繰り出してきた。

「ちょっ、魔法はなしなんじゃないんですか!?」

「そんなこと、言っていませんよ？　ただクロエさんは普段から魔法を使わないと言っていたので、使わなかっただけですよ」

ユリウスはそう言いながら、剣に魔力を流すだけではなく、普通に魔法も放ってきた。

流石にそれはヤバいと察した俺は、咄嗟《とっさ》に風魔法を飛ばして少し距離を取った。

なるほどな、全力は出さなくても俺のある程度の能力は知っておきたいって考えか……。

そっちがその気なら、俺だって全力を出さない範囲であがいてやるよ。

俺は火と水の魔法を繰り出しながら距離を詰め、飛び上がって空中から二つの魔法を放った。

「おお！　同時に別々の魔法！　高度な技術を持っていますね」

「剣より魔法の方が得意ですからね」

剣と魔法、両方の才能を持つ俺だが、魔法の方が少し得意だ。

その理由はゲームではジンが魔法をよく使っていたというのもあるのだろうが、俺がジンに入る前、たぶんジンは自分で魔法の訓練をしていた。

その痕跡を俺は家を出る前に見て、ジンなりに色々と頑張ろうとしていたんだなと感じた。

「おいおい、あの坊主。凄い魔法を使うな」

「うちの魔法部隊の奴らより、強力な魔法を使ってないか？」

戦闘中、聞こえてきた兵士達の声に俺はやりすぎたかもしれない、またやっちまったと反省をした。そんな俺を見たユリウスは、「ジンさん、戦いに集中してください」とムッとした表情でそう言ってきた。

「すみません、ちょっと力を出しすぎたみたいで注目されているなと思いまして」

「そうでしたか、確かにジンさんが手を抜いてそれでは、まあ注目されるでしょうね。子供ぐらいの年齢なのに、兵士クラスの魔法使いと同等以上の力を手加減した状態で扱っていますから」

「加減を完全に見誤っていましたよ」

その後、力を少し落として真面目《まじめ》に戦い、模擬戦闘の時間が終わった。

終わった後、兵士達から声を掛けられたが、すぐに姫様に呼ばれて先ほどの庭園に戻ってきた。

「ユリウス、どうだったかしら二人の能力は」

「凄かったですね。実際に戦ってみて、二人共凄い才能の持ち主だなと感じました」

クロエは種族特有の能力を活かしつつ、自分の才能と合わせ戦闘員ではないのに十分戦える力があると褒められていた。また魔法に関して、今のままでも十分使いこなせているが、もっと工夫すれば今よりさらに冒険に役立つようになるともアドバイスを受けていた。

「それでジンさんなんですか……もちろん、クロエさんも凄かったんですが、話に聞いていた以上に別格でした。手加減していたとはいえ、身体能力の高さ、戦闘の知識、咄嗟の判断力、どれも高い水準にあると思いました」

「ユリウスがこんなに褒めるなんて、珍しいわね。ジンさんは、それほどの腕だったの？」

「はい！　今まで見てきたなかで、これほど成長が楽しみな人はいません！」

そう熱く言ったユリウス。そんなユリウスを見て姫様は俺の方へと視線を寄越した。

「ジンさんはどうでした？　ユリウスと戦ってみて」

「……まあ、今まで対人戦の経験が少ないのはわかっていましたが、自分で力をセーブすると言いつつ難しかったですね。ユリウスさんが加減の調整が難しいのを理解して、対応してくれていたのは助かりました。普通の相手だったら、怪我《けが》をさせていた攻撃も何回かありましたから」

「経験値は私の方が多いですからね。そこは合わせるように頑張りましたよ」

「今後、人と戦うようなことがあれば活きると思うので本当にいい経験ができました。ありがとうございます」

ユリウスにお礼を言うと、ユリウスは「いえ、私から頼んだことなので」と笑ってそう言ってくれた。

「それで二人が護衛することに、何か問題はありそうかしら？」

「いえ、問題はないと思いますよ。二人とも反応速度は速いので、姫様が遠距離から狙われたとしても必ず守ってくれると思います」

「ユリウスがそこまで言うなら、大丈夫そうね」

姫様がそう言うと、ユリウスは部下と話があると言って、この場から去っていった。

第七章　護衛任務

ユリウスが居なくなった後、少しして執事の人が慌てた様子でやってきた。

「姫、そろそろ王妃様とのお茶のお時間です」

「あら、もうそんな時間？　わかったわ、すぐに行くから」

執事の伝達に姫様はそう言うと、俺達《たち》に「そういうわけだから、今日はこの辺で終わりにしましようか」と言って本日のお役目は終わった。

この間と同じく、馬車を用意してくれて俺達はそれぞれの宿まで送ってもらった。

「……護衛用の道具、シンシアのところでちょっと買い揃《そろ》えておくか」

依頼に必要な道具は用意すると言われたが、念には念を入れて自分でも一応用意しておこう。

そう考えた俺は、シンシアの店に直行した。

「いらっしゃい、ジン君。久しぶりね」

店に入るとシンシアは商品の陳列をしていて、俺にそう挨拶をした。

「久しぶり、シンシア。今、大丈夫か？」

「大丈夫よ。さっきお客さんが買っていったのを補充していただけだから、それで今日はどんな用で来たの？」

「護衛に使えそうな物を買いに来た。今度、護衛任務を受けることになって。道具とかは依頼主で用意してくれると言ってくれたが、まあ自分で用意しておいても悪くないと思ってな」

「なるほどね。ジン君って用意周到だものね」

シンシアはニコニコと笑みを浮かべながら、カウンターの方へと行き「気になった物があったら言ってね」と言った。

「さて、俺が気に入る商品はあるかな……」

ゲームの時と店に並んでいる商品はだいぶ変わっているから、全部見て回らないと欲しい物を見つけることはできなそうだ。

そう思いながら、店の商品を一つずつ確認して回った。

ゲームとの変わりように内心驚きつつ、ある程度見終わった俺は商品をカウンターへと持っていった。

「そんなに買うの？　一つ一つ、かなり高いわよ？」

「大丈夫だ。最近は依頼も頑張ったから金はある。それに万が一、依頼で失敗する方が冒険者として致命的だからな」

「なるほどね。ジン君は本当に道具には惜しみなくお金を使うわね」

「金があるのに道具がショボくて仕事に支障が出る方が嫌だからな」

俺は商品の代金を払い、購入した品を【異空間ボックス】へと入れた。

道具の調達も終わったし、帰るか。

そう思って店から出ようとしたら、シンシアから「あっ、ちょっと待って！」と呼び止められた。

「危ない危ない、ジン君に見せたい物があったのよ。ちょっと、待ってて！」

シンシアはそう言うと、店の奥へと小走りでいった。

そして数分後、木の小箱を二つ持って戻ってきた。

「前回来た時に、ダンジョンで使える魔道具がもっと欲しいって言っていたでしょ？　私の店に魔道具を卸してくれている友達にそれを言ったら、用意してくれたのよ」

「マジかッ！　見てもいいか？」

確かに前回、シンシアの店に来た際、帰り際に俺は「もっといろんな魔道具が欲しいな」とシンシアに言った。それはゲームで使っていたアイテムがなく、シンシアに言えばもしかしたら用意してくれるか？　と少し期待したからだ。

　だがまさか、本当に店のラインナップが増えるなんて思いもしなかったぞ！

「……なあ、シンシア。この小部屋ってのは、どういった物なんだ？」

「名前のとおり、部屋を出す魔道具よ。空間魔法を使って、この店内くらいの部屋をその魔道具内に収納して、いつでも出し入れ可能にした品って言っていたわよ。ただし、道具の限界ギリギリで作っていて家具は数点しか置けないのが欠点って言っていたわ」

　名前にピンッと来てもしやと思って聞いたが、やはりこれはゲームでダンジョン探索時に重宝した〝テント〟の上位互換の魔道具か！　ゲームだと〝どこでも小部屋〟という名前でシンシアの店に並んでいて、入荷と同時に購入していたほど、重要な道具だった。

「それとセットってわけでもないんだけど、こっちの〝魔道具キッチン〟を購入するのを彼女は勧めていたわ」

　俺は二つ目の箱に入っている〝魔道具キッチン〟を見て、自分の財布の中を確認した。ヤバいな、流石《さすが》にこんな高価な物は一人で購入するか決められないな。

「なあ、シンシア。明日、クロエを連れてくるから、この魔道具達取っておいてくれないか？　俺の中ではほぼ購入確定なんだが、パーティー資産じゃないと、どうしても買えそうにない」

「いいわよ。ジン君にはいつもお世話になっているし」

「助かる。ありがとな」

　俺はシンシアにお礼を言うと、店を出て宿に戻った。

宿に着き、夕食まで時間があるから、護衛任務をするなら装備の手入れをしておこうと思い、宿の庭に移動して、手入れ用の道具と装備を出し、装備の手入れをすることにした。

手入れ後、夕食を取っている途中で珍しい気配を感じ取った。

「……この宿に、人がいる？」

そう、俺以外の宿の客、それも食堂だけの利用者ではなくちゃんとした宿泊する人達の気配を俺は感じ取った。

階段を下りる音に驚いた顔をしている俺を厨房《ちゅうぼう》から出てきたリカルドが呆《あき》れた顔で見てきた。

「何、そんな驚いた顔をしているんだよ。前から言っていただろ、うちにも一応顧客はいるって」

「いや、聞いてはいたけど今の今まで、俺以外に宿泊している人は見かけなかったから……マジでいたんだって」

「お前、失礼な奴《やつ》だな……」

そうリカルドとやり取りをしていると、食堂にやってきた宿泊客の人達が同じように驚いた顔をして俺達の方へと近づいてきた。

「マ、マジで新しい客がいる!?　嘘《うそ》じゃなかったんだ、リカルドさん！」

宿泊客は全員で四人、男女二名ずつでその中のリーダーっぽい人が俺の顔とリカルドの顔を交互に見てそう言った。

「初めまして、冒険者のジンです」

「あっ、そうだな、まずは挨拶だな！　俺はルーク。んで、後ろにいる大男がドルク。つり目の女がエリスで、ちっこいのがアニスだ。よろしくな！」

リーダーっぽいと思った男性はルークと名乗り、続けて仲間達のことも紹介してくれた。

ただその紹介の仕方が悪かったみたいで、特に女性陣からルークさんはボコボコに殴られた。

「よろしく、ジン君。貴方《あなた》のことはギルドで噂《うわさ》を少し聞いたわ」

「噂、ですか？」

「ええ、なんでも凄《すご》い早さで昇格してた新米の冒険者がいるって」

「まあ、ちょっと早いだけですよ」

作り笑いを浮かべながら、エリスさんの言葉にそう返答した。

それから、親睦会も兼ねてルークさん達と一緒に夕食を取ることになった。

「へぇ、ジン君って元貴族なんだ。私と一緒だね」

「えっ、エリスさんも元貴族なんですか？」

「ええ、といってもジン君のように位は高くないわよ」

エリスさんはそう言うと、自分の過去について話してくれた。

エリスさんは男爵家の生まれだったらしいのだが、上に兄と姉がいて三番目の子供でなおかつ女の自分に財産が残される可能性は低い。そう考えたエリスさんは十二歳の時に、家を出る決意をして幼《おさな》馴染《なじみ》のルークさん達と共に冒険者になったと話してくれた。

「行動力が凄いですね」

「元々、家族とは不仲だったから家を出たかったのもあったのよね。元の家が接触してきてももう関係ないから今を満喫しているわ」

「そうなんですね。俺の場合は、半ば追い出された感じだったのでエリスさんとは違いますけど、俺も今を満喫できています。お互い貴族より平民として過ごす方が性に合っていたみたいですね」

「そうね。貴族だった頃から、同じ貴族同士で話すよりルーク達と話す方が楽しかったし、そうだったんでしょうね」

俺やエリスさんとは違い、ルークさん達は元から平民で小さい頃から一緒に遊んでいたエリスさんは平民思考の考えを持ちながら育ったらしい。そのせいか度々、家族と衝突することがあり、このまま貴族で生活するのは無理と考え平民になったと言った。

それからルークさん達との親睦会は、リカルドから食堂を閉めると言われるまで続いた。

その後、シャワーを浴びて自室に戻ってきた俺はベッドに横になった。

「この宿に泊まると決めた時からいつか会えると思っていたけど、まさか今日会えるとはな……やっぱりこの時から、あの四人からは凄いオーラが出てたな……」

ルーク、エリス、ドルク、アニス。

この四人はゲームにも登場していて、彼らは主人公に色々と教える冒険者の先輩キャラとして出ていた。ゲームでは主人公の稽古相手にもなってくれて、有能なスキルを教えてくれるとプレイヤーから人気の高いキャラ達だ。

「ゲームに深く関わっているキャラとは極力関係値を深めたくなかったけど、ルークさん達とは仲良くしておきたいな……スキルのこともあるけど、キャラとして凄く好きだったし」

そう俺は呟《つぶや》き、王都にはしばらくいると言っていたのでその間に仲良くなっておこうと思いながら眠りについた。

翌日、朝食では昨日の続きを話したそうにしていたルークさんだったが、すぐに王城からの迎えが来てしまった。

「えっ、ジンって王城で仕事しているのか？」

「姫様からの依頼で今は王城に通っているんですよ。隠《かく》れ蓑《みの》として使わせてもらっているんです。なので、俺が王城で仕事していることはあまり触れ回らないでくださいね」

「なるほど、そういうことか。わかった、後輩の頼みだからな、気を付けて行ってこいよ！」

「「「いってらっしゃい」」」

そうルークさん達に見送られながら俺は馬車に乗り込み、王城へと向かった。

その後、王城に着いた俺達は任務で使うための変装用の道具を確認するため、それぞれ別室に通された。流石、王家が用意した変装道具だな、高価な魔道具もいくつか用意されている。

「隠蔽用の道具、こんなにたくさん見たのは初めてですよ」

「ジン様は特に色々と気にしていると聞いておりましたので」

俺の担当をしてくれる執事の人はニコリとしながらそう言い、俺は用意された道具を一度着けてみましょうと説明を受けながら変装道具を身に着けた。

そしてその状態で、姫様の待つ部屋へ移動した。

「……私が用意したとはいえ、ここまで変わるのは驚くわね」

「自分でも驚いていますよ。髪色や眼《め》の色すら変わっていますからね」

今の俺は、普段の俺とは全くの別人のようになっている。髪と眼の色は魔道具によって、どちらも赤色に変わっている。さらにそこに用意された変装用の服などを身に着けた俺は、変装しているとわかっていても「誰？」と思うほどに変わっていた。

「いつものジンさんはどことなく貴族のオーラが若干出ていましたけど、その格好ですと全て消えているわね」

「そうですね。髪と眼は生まれつき貴族に多い金髪と青目だったので、そこそこ目立つ要因でしたからね」

「色が変わるだけでこんなに変わるって、人間って不思議ね」

姫様は俺の方をジーッと見つめながら、感想を言った。

それからクロエが来るのを数十分ほど待つ。ようやく変装が完了したようでクロエが部屋に入ってきた。その格好はどことなく俺と似た感じで、髪と目は同じ赤色になっていた。

クロエの場合元は獣人族だが、今の姿はヒューマン族と同じ姿をしている。

「髪と目の色は俺と同じなんだな」

「うん、用意してくれたメイドさんから、私達は兄妹《きょうだい》の設定で護衛に付くらしいから一緒にしたって言ってたよ」

「一応、貴族も通う学園ということで詮索される可能性もあるから、こちら側で少し設定を考えたたわ」

姫様はそう言うと、俺達の学園での設定について教えてくれた。なんでも俺達は地方貴族の兄妹で姫様とは昔から交流があり、今回急遽《きゅうきょ》護衛がいない姫様のために俺達がやってきたという設定らしい。地方貴族の中には王都や、中央貴族と面識のない貴族もいるため、その設定を見破られることはほぼないと姫様は言った。

「なるほど、それで髪色が平民に多い茶色ではなく、赤なんですね」

「ええ、髪色でそこまで区別されはしないと思うけど、ジンさん達の髪色は目立つ色をしているのでそれなら、いっそのこと変えておこうと思ったのよ」

姫様はそう言うと、俺とクロエを交互に見て「いい感じに変装できていますね」と笑顔を浮かべながら言った。

その後、それぞれ着替えた部屋で元の姿に戻して再び部屋に戻って打ち合わせをした。

「それと事前に伝えていたとおり、護衛期間中は王城で暮らしてもらうけど大丈夫かしら？」

「はい、宿の店主に話したらどうせ客はいないし、帰ってくるまで俺が泊まっていた部屋はそのままにしておくと言われたので大丈夫です」

「私も大丈夫です」

俺達の事情を確認した姫様は執事を呼び、護衛期間中に俺達が泊まる部屋に案内するように指示をした。俺とクロエは執事についていき、自分達が暮らす部屋を確認しにいった。

案内されたのは客人用の部屋で、貴族も泊まれるように造られているためか滅茶苦茶《めちゃくちゃ》豪華な造りをしていた。

「ジ、ジン君。私の部屋、ものすごく広かったよ……」

「そっちもそんな感じか、俺の方も滅茶苦茶広かったよ」

部屋を確認して戻ってきた俺とクロエは、部屋の感想をそれぞれ言い合った。

それから諸々《もろもろ》の確認事項を行い、明日から早速王城で暮らしてもらうと俺達は言われた。

その後、準備などもあるからと早めに帰された俺達は、クロエに昨日のことを話してシンシアの店に向かった。

「それで、これがジン君が欲しいって言っている魔道具なの？」

クロエに魔道具の説明をすると、本当にこれが？　という目をしながらそう言った。

「疑う気持ちはわかるわ。私もこの魔道具を見た時、同じ感想を友達に言ったわ」

シンシアはクロエの言葉にそう言うと、ついてきてと言って俺達を店の裏庭へ連れていった。

そしてシンシアは〝小部屋〟の魔道具をポイッと庭の中央に投げると、魔道具が発動して四角い建物が現れた。実際に見ると、こんな感じなんだな。そう俺が感心していると、クロエは「凄い！」と興奮気味にそう叫んだ。

「中もちゃんと作られていているのよ」

シンシアはそう言うと、小部屋の扉を開けて俺達を中へ案内した。

小部屋の全体像としては、部屋が三つに分けられていてリビングと小さな部屋が二つといった感じだ。これはゲームでの小部屋の背景と一緒で、リビングに調理台を、残り二つの部屋にベッドを置いて休憩するかたちだった。

これは本来ゲームだと中盤以降、あるイベントをしたらシンシアの店に一度だけ出るアイテムだった。この世界だと、シンシアに雑談でこういう魔道具はないかと聞くと、シンシアが懇意にしている友人の魔道具製作者から一つだけ譲られていたので、それを売ってもらえることになった。

「部屋が二つあるのはいいな、流石に一緒の部屋に泊まるのは男女だし気を遣ってしまうからな」

「そうだね。人が増えたとしても、これなら気を遣わなくても寝られるね」

その後、クロエもこの魔道具を気に入ってくれたようで〝魔道具キッチン〟とセットで購入した。


それから数日後、俺とクロエは姫様と共に学園へと来ている。

デュルド国の王都に造られたこの学園はゲームの舞台として登場するからか、規模が大きい。まず学園の広さだが、王都の一区画を丸々学園の敷地として使っている。

訓練施設なども充実していて、訓練用の建物や野外訓練場も備わっている。

「学園ってこんなに広かったんですね……」

「ダンジョンも有名だけど、デュルド国で一番他国からも知られているのはこの学園の存在よ。だから、多くの国々から学びにやってくる方々もいて、学園外よりも色んな人がいて意外と楽しい場所なのよ」

姫様はそう言うと、少しだけ学園の中を案内してくれて教室へと向かった。

姫様の教室はこの学園でも優秀と言われている〝白金クラス〟で、二十名ほどの生徒がすでに教室の中にいた。

教室に入った姫様に生徒達は軽く会釈をする程度で、誰も姫様に近寄ろうとはしなかった。これは姫様が嫌われているからというわけではないのだが、姫様自身が人を近づけないようにしていた。

「姫様、友達いるんですか？」

「いるわよ。ちゃんと」

俺の言葉に姫様はムッとした表情でそう言い返してきて、自分の席に座って先生が来るのを待つことになった。

その後、続々と生徒がやってきて姫様が教室に入ってから十分ほどで、このクラスの担任がやってきた。先生は教室に入ると一人ずつ点呼を取り、全員がいるのを確認すると、始業式があるから移動するようにと生徒達に言った。

「姫様、どのタイミングで出ますか？」

「最後の方でいいわよ。先に行っても、どうせすぐに始まらないもの」

つまらなそうに姫様がそう言うと、移動を開始した女子生徒の一人がこちらへと近づいてきた。

「フィーちゃん、この人達新しい護衛の人？」

近づいてきた女子生徒は、姫様に対して敬語もなく愛称で話しかけてきた。

そんな女子生徒の質問に対して、先ほどまで不機嫌そうだった姫様は「そうよ。ミリア」と少しだけ機嫌がよくなってそう返した。

その名を聞いて俺は心の中で、この女性が〝ミリア〟なのかと顔には出さないように驚いた。

「そうなんだ。あたしはミリアーナ・フォン・リンベル。よろしくね」

「ジュンです。よろしくお願いします、ミリアーナさん」

「クロです。よろしくお願いします、ミリアーナさん」

俺とクロエは護衛中の偽名、俺はジュンでクロエはクロと名乗りミリアーナさんに挨拶をした。

ミリアーナ・フォン・リンベルというキャラは、ゲームには深く関わってないのだが姫様とのイベントで時折名前だけ出ていた。話には出てくるのにキャラとして出てこないこの名前の主を、俺や俺と同じくやり込んでいたプレイヤーは必死に探した。しかし、結局見つけることができずに一人、また一人と脱落していき、最終的に俺も見つけられることなくこの世界に転生してしまった。

その何百という時間を費やし、探していたキャラが今目の前にいる。マジで泣きそうなんだが……。

「あたしよりも年が下なのに、綺麗《きれい》な作法ね。こんな人達、フィーちゃんの護衛にいたの？」

俺が必死に涙を堪《こら》えていると、ミリアーナさんは首を傾《かし》げながらそう姫様に尋ねた。

「遠くに住んでいた子達を呼び寄せたのよ。前任が護衛をできなくなって、急遽《きゅうきょ》必要になったから、まだ学園に通わないこの子達に頼んだのよ」

「そうなんだ〜、でもフィーちゃんなら王都に頼めそうな護衛の人がいそうだけど、そっちには頼まなかったの？」

「この子達の方が優秀だもの、それに面白くて気に入っている子達だから護衛に決めたのよ」

姫様がそう言うと、ミリアーナさんは「フィーちゃんがそこまで言うって珍しいね」と俺達と姫様を交互に見ながらそう言った。

そんな二人は休み期間中の話をしようとしたので、俺は「他の生徒達、もう移動したみいですよ」と姫様達に言った。

「あら、気付かなかったわ。ありがとうジュン」

「いえ、これが役目ですから」

その後、俺は姫様達と共に教室を出て始業式の会場へと移動した。

移動後、護衛の俺達は姫様の近くで式に参加し、再び教室へと戻ってきた。

始業式、ゲームではカットされていたから内容はわからなかったけど、前世で経験したような式とあんまり変わらなかったな。

「姫様、この後は何かあるんですか？」

「例年どおりなら、今日は始業式だけで終わりのはずよ。終わったら、あなた達を連れて学園を案内しようと思っているわ」

「姫様が案内してくれるんですか？」

「ええ、その方がジュンさん達もいいでしょ？　それに私と離れたら護衛の意味もないしね」

そう姫様から言われ、確かにそうだなと納得した。

その後、担任の先生が戻ってくると少しだけ連絡事項を述べ、今日はこれで帰宅してもいいと言われた。

「ジュン君、凄いね。王都にこんな凄い学園があったなんて、私初めて知ったよ……」

クロエは姫様から案内されて色々見て回った後、そんな感想を言った。

俺もゲームである程度知っているとはいえ、実際に見て回ってこの学園の凄さを感じた。

「ここまで学生のために動いた当時の王は、本当に民衆想《おも》いの人だったんだろうな」

「王族の中でも特に民を想う方だったと、お父様が言っていたわ。私が生まれる少し前に老衰で亡くなったらしいのだけど、もう少し早くに生まれていたらその方の話を直接聞けたと思うと正直悔しいわね」

「確か、今の王様の祖父でしたよね。姫様が生まれるまで生きていたって、それにヒューマンとしては長寿でしたね」

「亡くなる少し前まで得意の剣術を披露していたほど、体力のある方と聞いているわ。亡くなったのが今でも信じられないと、たまにお父様やおじい様が言っているわ」

会って色んな話がしたかったと姫様は言うと、学園の案内に戻った。

流石に一日で全てを見て回ることはできないため、今後よく通るであろう場所や主要施設だけ案内してもらい俺達は王城へと戻った。


その後、一応護衛の仕事は学園内だけなのでそこで一度、仕事を終えて自由行動となる。

外出も自由にできるのだが、特に用事もない俺やクロエは王城の訓練施設を使わせてもらって体を動かすことにした。

「ねえ、ジン君。この間、ユリウスさんと戦った時に思ったんだけど、私もう少し魔法を訓練した方がいいかな？」

「……」

クロエのその質問に対して、俺は少しだけ悩んだ。

ゲームでのクロエは、自分のことしか信じないタイプの人間だったため、今のような斥候スキルだけでなく魔法や剣術、終《しま》いには暗殺に向いたスキルなども習得していた。

「そうだな、できるようになっておくと作戦の幅も広がるとは思う。今後、すぐに仲間を増やす予定はないし、訓練をしておいて損はないと思うな」

「……そうだよね。うんっ！　じゃあ、魔法の訓練頑張ってみる」

「俺も手伝えることがあれば手伝うから、何でも言ってくれよ。まあ、俺は独学でちゃんと教える事ができないから、訓練相手くらいにしかならないけどな」

そう言うとクロエは「それだけでもありがたいよ！」と返して、まずは自分で考えて訓練をすると言って人がいないところで魔法の訓練を始めた。

クロエが魔法の訓練を始めたのを見届けた俺は、訓練用の剣を借りて素振りから始めた。この世界に転生して今まで実戦で訓練をしてきたから、こうやって敵が居ない状況で訓練をするのは何気に初めてだな。

「……敵がいた方が緊張感があって、訓練になっていたかも」

脳内で敵をイメージしながら剣を振っていた俺は、素振りを終え、そう言って汗をタオルで拭いた。今の訓練も別に悪いわけではないが、イメージでしかないから危機感によって生まれるあの緊張感がなく、長く続けられそうにない。

「おや？　ジンさん、一人ですか？」

「……ユリウスさん」

不満を持ちつつ訓練を続けていると、ユリウスが訓練場に現れ俺に声を掛けてきた。

「遠くから見ていたのですが、訓練に不満を感じていますよね？　剣に気持ちが乗ってなかったので、わかりますよ」

「流石、剣聖ですね。ユリウスさんの言うとおり、ちょっと不満を感じながら剣を振っていました」

「それはなぜなのか、聞いてもいいですか？」

「実戦を経験してから、実戦形式でしか最近は訓練をしていませんでした。そのせいで、緊張感が全く出なくて訓練にすぐに飽きてしまっているんです」

見破られた手前、俺はユリウスに正直に話すと「なるほど……」とユリウスは言った。そしてなぜか訓練場の壁にかけられている訓練用の剣を持って戻ってきた。

この流れ、マズいな……。

「それでは、私が相手になりましょう。まだ今日は剣を振っていなかったので、ちょうど体を動かしたいと思っていたところなんですよ」

そう笑顔を浮かべて言われてしまい、マズい、逃げないと、と心の中で思った。

このまま戦えば、さらに俺はユリウスに気に入られてしまう。そう考えた俺は断ろうと思ったのだが、俺の口からは正反対の「やりましょうか」と試合の申し出を受けてしまった。

ああ！　俺の馬鹿！　今、訓練続けたくないって一瞬考えたせいで、試合受けちまったよ！

「ふふっ、断られると思ったのですが受けてくれるんですね。嬉《うれ》しいです」

うぐっ、そこまで見破られているなんて……ユリウスの勘のよさを侮らない方がよさそうだ。

そう考えながら俺とユリウスは兵士の一人に審判役を頼み、模擬戦闘を始めた。

模擬戦闘のルールは剣縛り以外は先日と同じで、互いに全力は出さずそこそこの力で戦うと決めて戦いを始めた。加減した戦いでは、ユリウス相手だと変に意識してしまって一人で訓練するよりも鍛えられそうなのが少し悔しいな……。

「ジンさん、少しだけ速度を上げますよ」

「ええ、いいですよ。まだ加減しているなかでも抑えている方ですからね」

ユリウスの言葉にそう返す俺は、戦闘に集中しながらあることを考えていた。

俺の使っている今の剣技は、ジンが元々訓練していた太刀筋《たちすじ》に前世で少しだけ習っていた剣道。

そして、趣味で見ていたアニメの剣士キャラが使っていた剣術をかけ合わせて使っている。我流と言えば聞こえはいいが、型が全くない俺の剣技は、剣術に長《た》けた相手だとどうしても不利になってしまう。

事実、魔物相手には効いていた俺の剣技がユリウス相手には全く歯が立たない。

「ジンさん、どうしました？」

模擬戦闘を中断してもらうと、ユリウスが心配した様子でそう声を掛けてきた。

「ユリウスさん、正直に答えてください。俺の剣技、どうですか」

「初見だとジンさんの見た目も相まって対人相手にも有効ですけど、時間が経《た》つにつれて相手は慣れるでしょう。そうなると、一気にジンさんの剣術は通用しなくなります」

的確にそう言われてしまい、俺はズーンと気落ちしてしまった。正直、魔物相手なら今のままで大丈夫だが、今後対人戦闘の機会が増えると思うと現状の剣術を変えないといけない。

「私の意見ですけど、今のジンさんの剣術は未完成な状態です。ですので、今の剣術をさらに自分なりに研究して訓練を続ければ一つの剣技に進化すると思います」

「……本当ですか？」

「正直、ジンさんの剣術を初めて見た時に〝もったいない〟と思ったんですよ。もう少し先に進めばより優れた剣術になるのにと、なので何か剣で迷う時があればいつでも相談に乗ります。ですので、剣ともっと触れ合ってみましょう」

ユリウスにそう言われた俺は「はい」と返事をして、中断していた模擬戦闘を再開した。

その後、ユリウスに日が沈むまで剣術の種類を教えてもらったりと、有意義な時間を過ごした。

「ジン君、訓練場で見たけどユリウスさんの弟子になったの？」

「そういうわけじゃないけど、傍《はた》から見たらそう見えたかもな。でも弟子じゃない、ただ剣士が互いに剣について話していただけだよ」

実際、ユリウスから誰かに師事するより自分なりに突き進んだ方がいいので俺を弟子扱いはしないが、一人の剣士としてアドバイスはいつでもすると言われた。

「まあ、今まで一人で悩んでばっかりだったから、いい相談相手ができたもんだな」

そう言うとクロエは「そっか、それはよかったね」と微笑《ほほえ》ましい表情を浮かべながらそう言った。

その後、従者達が使う食堂で食事をした俺は、シャワー室で汗を流して借りることになった部屋に入った。

「やっぱり、広いよな……」

無駄に広い部屋に呆れながらベッドに座った。

必要な家具がちゃんと置かれても、これだけ広いって流石〝城〟って感じだよな……。

「さてと、寝る前にやることやるか」

寝落ちする前に俺は無理矢理《むりやり》体を起こしてソファーに座り、瞑想《めいそう》を始めた。

剣術の方はまあ課題だらけだが、魔法に関してはこれをすることである程度の悩みは解決する。

瞑想中は魔力の流れを強く感じるため、自然と魔力コントロールが上がる。

それに頭もスッキリするから、新たな訓練方法なんかも考えつくかもしれない。

そう思いながら瞑想をした俺は、二時間後、ベッドに横になり眠りについた。


「ん～、寝る前に【瞑想】したお陰で頭がスッキリしているな。やっぱこのスキル無理に取得して正解だっだ」

回復スキルは非常に使えるスキルだし、もっと他のも取っておこうかな？　俺のなかで次に取るとしたら、常時回復系ではなく普通の回復魔法なんだが……ジンにそっちの才能はあったかな？

「ジンって回復魔法を使っていなかったイメージがあるからな……」

ゲームでは、非常に強力な攻撃魔法を使うジンだったが〝回復魔法〟を使用しているパターンはなかった気がする。もしかしたら、使っていたかもしれないが記憶ではそれに関して消えている。

「まあ、訓練したら使えるか使えないかすぐにわかるか」

少しだけ悩んだ俺はそう言って、食堂に向かい朝食を済ませた。

食後は、護衛用の服装に着替えてメイドに変装用のメイクをしてもらってから、姫様のところへと向かった。

姫様の部屋の前にはすでにクロエが待機しており、俺も一緒に姫様の準備が終わるのを部屋の外で待った。そうして支度が終わった姫様が部屋から出てきたので、一緒に城を出て馬車に乗り、学園へと向かった。


「姫様、今日はテストと言っていましたけど俺達は隣にいても大丈夫なんですか？」

「ええ、通いながら護衛をする人は同じようにテストを受けるけど、ジュン達は違うから大丈夫よ。でも私語は基本禁止よ。何か、危険を察したら小声で伝えて」

「そうですか、わかりました」

へ～、テスト中でも護衛が一緒にいていいのか、護衛だからあたりまえなのかな？

そう思いながら俺はテスト前の最後の仕上げと言って、教科書を読んでいる姫様の邪魔をしないようにクロエと待機することにした。

テストには座学と実技の二つがあり、午前中に座学のテストをやると担任の先生が言っていた。

異世界だからか、教科数は前世よりもだいぶ少なく、その分テストの時間は余裕をみてたっぷりとあった。チラリと邪魔な視線にならない程度に姫様の解答用紙を見たが、スラスラと解いていてゲームの設定どおり頭が良いんだなと思った。

その後も順調に解き続ける姫様は、余裕のある時間をたっぷりと使い、見直しを何度もして真剣にテストを受けていた。

「正直、姫様のイメージが変わりました」

一つ目のテストが終わり、休憩時間に入ったタイミングで俺は姫様にそう言った。

正直、この世界での姫様を見ていたら、あのゲームの設定は後付けなんじゃないか？　と疑っていた。実際、ゲームでは姫様が勉強をしている姿なんて見たこともない。

逆に、外に出たい欲で色々と事件を起こすおてんば姫という印象が強かった。

だけど今日の姫様を見て、俺はそのイメージがガラリと変わった。

「あら、どうしてかしら？」

「正直に言いますと、あんなに真剣にテストに取り組むだなんて思わなかったので」

「本当に正直に答えたわね……まあ、でもそういう言葉が出るのも仕方ないのかしら？」

「普段がアレですから」

すでに数日、王城で暮らした俺は姫様の無茶《むちゃ》振りを何度か経験している。そのせいか俺の中のイメージでは、ゲームをしていた当時の〝おてんば姫〟という認識が強かった。

「アレとは失礼ね？　一応、王族としての役目もきちんとこなしたうえで自由にさせてもらっているのよ？」

「だとしてもですよ。なあ、クロもそう思うだろ？」

「えっと、私もジュン君と同じで姫様がこんなに勉強ができる人なんだって驚いていました」

クロエも姫様が勉強ができるとは思っていなかったらしく、正直にそう言うと姫様がムッとした表情をした。

「あなた達、結構正直者なのね……まあ、でも勉強ができるのは〝自由〟のためよ。できないと、家庭教師とか付けられて面倒だもの」

「……なるほど、より自分が好きに動くために自ら勉学に励んでいると」

「そういうこと。一時期勉強なんてしなくてもいいじゃないって言ってしなかったことがあるのよ。その時はいつも優しいお父様達から、無理矢理家庭教師を付けられて勉強をさせられたのよ。それを経験して、自ら勉学に励んだ方がいいって気付いたのよ」

失敗から学んだ。姫様はそう言うと、次のテストの時間になったので俺達は再び黙り、テストが終わるのを静かに待った。

その後、全ての座学のテストが終わり昼食休憩となった。

学園での昼食は、基本的に学食で食べる予定と姫様から聞いている。

弁当や、昼に料理人を学園に呼ぶこともやろうと思えばできるが、色々と面倒だから学生の間ぐらいは学食で食べると決めているらしい。

「学園の食堂って、料理の腕がいい料理人が揃っていると兵士が言っていましたけど本当ですか？」

「本当よ。それもあって、別に無理して用意しようとしなかったのよ。不味《まず》かったら、考えていたのかもしれないけどね」

姫様はそう言うと、王族とそれに並ぶ大貴族が使う専用フロアの食堂に入った。

流石に他の者達と同じスペースで食べるわけにもいかないが、まあこのくらいは普通の処置だろうな。

学園には多くの生徒が通っていて、平民ですら頭の良さと才能があれば入れるからな。大貴族だけでも分けておこうという学園側の考えだろう。

「姫様、お久しぶりです」

席に着いた俺達のもとに一人の女生徒が現れ、姫様に声を掛けてきた。

……姫様と同学年の人か。ゲームでは見たことのない人だな。

「ティアナ、久しぶりね。こっちにいつ戻ってきたの？」

「二日前です。ギリギリまでおじい様が帰してくれなくて、学園に間に合わないかと焦りました。あの、この方達は姫様の新しい護衛ですか？」

「ええ、そうよ。男の子の方がジュン、女の子がクロよ」

姫様にそう紹介された俺とクロエは、女生徒に「はじめまして」と挨拶をした。

これまでの流れから、この人は姫様の友達なのだろうか？　そう思っていると、女生徒はニコリと笑みを浮かべた。

「はじめまして、ティアナ・フォン・ノルフェンです。お父様やおじい様がちょっと有名ですけど、姫様の護衛の方でしたら気軽に接していただけると嬉しいです」

「……ッ！」

一瞬、女子生徒の名前を聞いた俺は驚き、叫びそうになった声をなんとか抑えた。

ゲームでは活躍こそしないが、設定の中ではまあまあ凄い人物達がいる。その代表格が現ノルフェン公爵家当主だ。

この世界で五本の指に入るほどの魔法に長けた人物。全ての属性魔法に加え、希少属性である【空間魔法】を使える数少ない人物。現在は王国魔法師団団長を務め、他国へ国王が訪問する際は必ず連れていくほど、王家からも信頼されている人物。その人物の娘、ティアナもまたストーリーでは活躍はしなかったが、設定の中では物凄い偉業を成し遂げていた。ゲームでは顔すらも出ていなかったから、どんな人なのかわからなかったが……姫様と並ぶほど、美しい人だな。

「あの、姫様。俺の記憶が正しかったらですけど、この方ってリオン様のご息女ですか？」

「そうよ。王国最強の魔法使いの愛娘《まなむすめ》よ。さらに言えば、前魔法師団団長レーヴィン様の孫娘でもあるから、この子を変な目で見たりしたら消し炭にされるかもしれないわよ」

「そんな目で絶対に見ませんよ。俺もまだ長生きしたいんですから……」

姫様の忠告に対して、俺は体をブルリと震わせながらそう答えた。

「姫様、せっかくの護衛の方を怖がらせたりしたら駄目ですよ」

「そんなつもりで言ってないわよ～。だって貴女《あなた》にちょっかいを掛けていた男子、もう学園にいないじゃない。そうなったら私が困るのよ」

「……あの人は流石にやりすぎたんですよ」

姫様の言葉にティアナはシュンッとなってしまった。

「友達を悲しませるって姫様、酷《ひど》い人だな～」

「うっ、ジュン。あなた誰の護衛よ」

姫様から睨《にら》まれながら言われたが、姫様は自分が悪いことを言ったという自覚はあるようで悲しんでいるティアナに謝罪をした。

その後、ティアナも同じテーブルを囲み一緒に食事をすることになった。

「あの、そういえばティアナ様の護衛の方って今はどうしているんですか？」

「私に護衛は付いていませんよ。おじい様は付けるべきだ！　と抗議していましたけど、お父様が自分を守るのも一つの訓練と論して護衛が付いてないんです」

「……公爵家で護衛がついていないって、珍しいというか他に例はないんじゃないですか？」

「一応、私のお父様も学生時代は護衛の方はいなかったらしいですよ。それに学園内も警備が手薄ではないですから、そこまで不安じゃないですよ」

ティアナは微笑みながらそう言うと、姫様の方を見て「姫様は逆に護衛はいらないって抗議していましたよね」と昔のことを暴露した。

「ええ、だって城でもずっと誰かに見守られているのに学園でもされたらいやじゃない？　まあ、今は慣れたし逆にいた方が楽な時もあるけど、最初の頃は猛反対していたわ」

「凄かったですよね。お父様相手に魔法で対抗したりして、お父様が言っていましたよ。姫の相手は、魔物数百体を相手するよりも難しかったって」

「凄いですね。リオン様にそう言われるなんて、どのくらい暴れたんですか？」

「そこまで暴れてないわよ……ちょっと城の三分の一が消し飛んだくらいよ」

この話をゲームで知っていたから、俺は姫様の印象が〝おてんば姫〟というので固定されている。

今でこそたまに変な行動をする程度で落ち着いているみたいだが、この他にも姫様は色々とやらかしている。

「それ、ちょっととという規模じゃないですよ」

「……私にとっては、ちょっとよ。もういいでしょこの話は。今はちゃんと大人しくしているんだから」

「大人しく……まあ、これまでの姫様と比べたら確かに大人しくはなっていますね」

ティアナがそう言うと、姫様は「はい、じゃあこの話は終わり」と無理矢理話を終わらせた。

「そういえば、午前中のテストの時間ティアナ様を見かけなかったということは、ティアナ様は姫様と同じクラスじゃないんですね」

「ええ、私は魔法科クラスなので姫様とは別のクラスなんです。姫様も誘ったんですけどね」

この学園のクラスには普通科、戦士科、魔法科の三つがある。姫様は特に勉強したいことはなかったらしく、卒業まで普通の勉強でいいと言って普通科を選び、ティアナは家系が家系なのと、魔法が好きということで魔法科を選んだらしい。

「専門的なことを学んでも私には使う機会はないだろうから、それなら普通科でいいと思ってこっちを選んだのよ」

「入学当初、姫様には魔法の才能があるのにもったいないとお父様が嘆いていましたね。お父様のあんな姿を見たのは、あの時が最初で最後です」

「……あの時は本当に面倒だったわね。入学して一ヶ月間は、まだ変えられるからと言ってずっと付きまとわれて面倒だったわ」

姫様はため息まじりにそう言うと、ティアナは「それだけお父様は期待していたんだと思いますよ」と姫様に言った。

「期待されても使う場面がないから仕方ないじゃない。ちゃんと言ったわよ、そのクラスに入るなら、外出許可を自由に頂戴って、そしたらそれは駄目だって言われたから普通科を選んだのよ」

「まあ、姫様の言い分も理解できますね」

「そうなんですよね。だから私も強く言えなくて、結局クラスは別々になったんです。ただ私のクラスは基本、人数が少なくて姫様のクラスとはよく合同で授業をするので特に寂しくはないんですけどね」

魔法科は三つのクラスの中で、最も入学の選考が厳しいとされているクラス。

魔法の実力はもちろんのこと、総魔力量や勉学にも秀でていないと入れない。

その後、食事を終えた俺達は食堂を出て、実技テストのために外の訓練場へと向かった。

「へ～、テスト前にも魔法の練習ができるんですね」

訓練場にはすでに生徒がおり、魔法の訓練をしている者がチラホラといた。

ふ～ん、これが学園の魔法のレベルか……。

「あら、退屈そうね。やっぱり、ジュンからしたらレベルが低く感じるかしら？」

「そんなこと、一言も言っていませんよ。ただまあ、実戦的な魔法を使う冒険者とはまた違った魔法だなと思っただけですよ」

そう俺は生徒達の魔法を見て、本当に思ったことを口にした。

俺達冒険者が使う魔法は、見た目よりも実戦でより使えるようにと工夫をしている。

例えば火の魔法でいうと、俺達冒険者は〝速さ・攻撃力〟を重視した使い方をしている。

だが生徒達が使っている魔法は〝美しさ・大きさ〟といった見栄えを考えた魔法を使っている。

「馬鹿にしているつもりはないですけど、あんな魔法を教えてどう役立つんですか？」

「あれも一応は戦いで使うための魔法よ」

「……マジですか？」

ゲームでは学園の授業なんてそこまで細かく描かれていなかったから知らなかったけど、あんな魔法を教えてどう役立つんだ？　そう俺は疑問に思いつつ、先生達がやってきてテストが始まったので姫様の近くでテストを見ることにした。

姫様の順番は最後辺りみたいで、最初は他の生徒の魔法を見ることになった。

さっき見ていてどの程度のレベルかわかっているから、姫様以外は特に興味ないな……。

「ジュン、興味なさそうな顔をしているわね」

「あ～、姫様以外は特に興味ないなと思いまして」

実際これは本音で、今の姫様の実力を知りたいが他の生徒の実力を確認するほどではないと思っている。

授業や一人一人の魔法レベルなんかは端折《はしょ》られていたが、学園編でも生徒同士で戦う場面はいくつかあってそれで大体のレベルは把握している。

「護衛対象の姫様の実力がどれほどか、それだけですね、俺が今興味あるのは」

「ふふっ、それなら楽しみにしておくといいわよ」

姫様は笑みを浮かべながらそう言った。

それから特に何事もなくテストは進み、ようやく俺の本命である姫様のテストが始まった。

「皆さん、怪我《けが》をしたくなかったら離れていてくださいね」

姫様がテストのために前に出ると先生の一人がそう言って、生徒達はそれまで見ていた場所から数歩下がった。とりあえず俺も下がっておくか……。

「ジュン君って姫様の魔法、初めて見るんだよね？」

同じように最初の場所から少し離れると、姫様と同じクラスのミリアーナさんが声を掛けてきた。

「ええ、そうですけど……この感じ、もしかして姫様って相当な魔法使いなんですか？　昨日、ティアナさんから姫様が起こした事件のことは聞きましたけど」

「フィーちゃんの魔法の実力は相当高いよ。学園に入る前は、天才児って言われていたティアナちゃんよりも魔法の腕が上で魔法科に入ったら凄い成長するぞって期待されていたほどよ」

昨日の話だと、問題児的なイメージが強かったけど、もしかして姫様って魔法の方も天才的な能力を持っているのか？　ゲームでは基本、回復系や聖属性の魔法を使っていたイメージしかない。

あっ、でも確か公式のキャラ設定だと魔法の力も相当高いって書かれていたっけかな？　そんなことを思いだしながら、魔力を集めて魔法を放とうとしている姫様の方へと視線をやった。

「いきます」

魔法の準備ができた姫様はそう言うと、巨大な火の鳥を出現させて試験用の的に放った。

あの魔法、中級クラス以上の魔法だ。それをこんな物語が始まる三年前から使えていたって、姫様マジでヤバいだろ……。姫様の魔法に驚く俺や生徒達。そんな俺達を姫様はドヤ顔で見つめながらゆっくりとこちらへ戻ってきた。

「どうだったかしら、私の実力は？」

「……凄かったです。城の建物を破壊するほどの力があることは昨日聞きましたが、まさかあのレベルの魔法を使えるとは思いませんでした」

「私もです。姫様、あんな魔法が使えるのに護衛って必要なんですか？」

俺とクロエは姫様にそう言うと、姫様は胸を張って嬉しそうにしていた。


その後、テストは順調に進み、本日のひととおりのテストは終わって城に戻るための馬車に乗り込んだ。

「姫様って魔法の訓練とかしているんですか？」

「たまにしているわね。ずっと城の中で暮らしていて、気分転換したい時とかにしているわ」

「それって誰かに習ったりしているんですか？」

「してないわよ。本当は誰か付けたいってお父様達に言われたけど、どうせ使う予定もないのに教わるのは嫌って言って自由にさせてもらっているのよ。大きな魔法を使うとストレス発散にもちょうどいいから、邪魔されたくないのよ」

……それであの魔法を使えるって、そこそこ使えるレベルじゃないだろ。

俺は前世で暗記するまで見ていた設定資料に対して、心の中でそう文句を言った。

「それであの魔法を使えるって、姫様って凄いですね」

「元々魔法の才能はあったらしいから、一人でも魔法を使い続けていたらいつの間にかあんな魔法も使えるようになっていたのよ。子供の頃は時間が有り余っていて、暇で暇でやれることといえば魔法を使うくらいしかなかったのよ」

「作法とかも姫様は、最初から完璧にできていたと言っていましたね」

「ええ、作法以外に他の習いごとも基本すぐにできるようになって時間が余っていたのよ。やることはやっているんだから外に出してって言っても、お父様達は出してくれなかったから、結局残った魔法の訓練を一人でやっていたのよ」

今じゃストレス発散のためにやっていると姫様は言い、ちょうど王城に着いたので馬車から降り、ここで本日の仕事は終わった。

姫様を城内まで見送った後、俺達は昨日同様に訓練場へと向かった。

訓練場に着いた俺とクロエは入り口付近で分かれ、俺は昨日と同じところで剣の訓練をしようと思い移動した。

「おっ、ジン！　今日も来たんだな」

俺の稽古場所は兵士達が訓練しているところから近く、昨日と同じく大勢の兵士を稽古しているアンドルさんからそう声を掛けられた。

　アンドルさんは守護神と呼ばれているが、それでも剣術や体術といった戦闘能力も高く、十数人程度の一般兵では全く歯が立たない。ゲーム開始時点ではさらに今より強くなっていて、ユリウスやアンドルさんがいるのになんで魔王に怯《おび》えているんだと不思議に思っていたぐらいだ。

「今日もやっているんですね。兵士さん達生きていますか？」

　そう声を掛けると、倒れている兵士達の一部から「なんとかな～」と声が聞こえてきた。

「どうだジン、お前も参加するか？」

「あ～、いえ今日はちょっと自分の剣術を見つめなおそうと思っていまして、すみませんせっかく誘ってもらったのに」

「自分の課題があるなら、無理に誘わんよ。課題を乗り越えたら、またいつでも参加したらいい」

　アンドルさんはそう言うと、倒れている兵士達に「ほらっ、いつまで寝ている」と言って訓練を再開させた。

　そんなアンドルさん達から少し離れた場所に移動し、俺は自分の訓練を始めた。

第八章　姫様の実力

　護衛任務を受けて数日が経《た》ち、護衛の仕事もだいぶ慣れてきた。最初の頃は学園というゲームの舞台に、少し緊張していた。だが物語開始の三年前ということもあり、俺が知っているキャラも少なく物語に関係なさそうだったので、安心して護衛に集中することができていた。

「ジュン君って、魔法と剣どっちもできるってフィーちゃんが言っていたけど本当なの？」

「はい。ただどちらも自分で考えたやり方なので、学園で教えているようなやり方ではないんです」

「あ～、そっかジュン君はまだ学園に入学できる歳《とし》じゃないもんね。でも家庭教師とかついてなかったの？」

「幼い頃は習っていましたけど、ここ数年は一人でやっています。その力を姫様にも認めてもらって、今は護衛として付くことになったんです」

「へえ～、ってことはある程度は戦える力があるんだ。いつか、見てみたいな～」

そんな会話をミリアーナとしていると、黙々とノートを書いていた姫様が顔を上げ「おわった～」と背伸びをした。昨日、宿題を出されていたが姫様はその宿題のことを忘れていたみたいで、ミリアーナに頼みノートを借りて写させてもらっていた。

世界が変わっても一緒な部分はあるんだな……。

「フィーちゃん、貸し一つだからね」

「……いつもはミリアの方が忘れているでしょ、そんなことを言うなら今度から貸さないわよ？」

「ごめんなさい、フィーちゃん！　だから今後も貸して！」

姫様の言葉に、すぐさまミリアーナは頭を下げて謝罪をした。

数日間こうして護衛について交友関係を見てきたが、姫様と特に仲がいいのはミリアーナとティアナだということがわかった。

その他の生徒とはある程度の会話はするが、一緒に食事をする者はほとんどいない。

「ミリアーナさんと姫様って本当に仲がいいですよね」

「まあ、再従姉妹《はとこ》だしね。小さい頃はほとんど一緒に暮らしていたから、友達というより家族に近い感じかしら」

「そうなんですか？」

「ええ、ミリアーナのおばあ様が私のおじい様の妹なのよ。だから小さい頃から、ミリアーナとはよく遊んでいたのよ」

そんなキャラがゲームに隠されていたのか……いやでもこのゲームならありえるな。一人一人のキャラ設定が濃いせいか、「えっ、このキャラは出ないの？」という現象が起きていた。

設定資料にしか出てない名前や、ゲーム本編で名前しか出ないキャラもいた。

「そうなんですね。ってことは、姫様が起こした事件も近くで見たりしていたんですか？」

「見ていたというより、ミリアは一緒にやっていた側よ」

「あはは、流石《さすが》にお城の壁を壊した時はやっちゃったな〜って反省したよね」

いやその事件にミリアーナも関係してたんかい！　俺は心の中でツッコミを入れた。

その後、先生がやってきたため、話は終わりにしてミリアーナは自分の席へと戻った。


そうして一日の授業が終わり、俺達《たち》は城に戻る馬車に乗り込んだ。

「それじゃあ、姫様。明日と明後日は学園がお休みなので、護衛はなくても大丈夫なんですよね？」

「ええ、そうね。明日と明後日はお休みだから、ジンさん達の仕事もお休みよ。何か予定でも入れているの？」

「一応、一週間が経過したのでギルドに今の状況を聞いてこようかなと思います。あとは、仕事の状況なんかも報告してくれと言われているので」

城で暮らすことになる前、俺はフィーネさんから一週間経ったら報告に来てほしいとお願いされていた。

「クロエもその報告についていくので、明日はほとんど城にいないと思います」

「そうなのね、わかったわ。馬車を用意させましょうか？」

「あ～、いや大丈夫です。俺もクロエもそこそこ隠密《おんみつ》行動は得意なので、こっそりとギルドに行きますよ。王城の馬車なんて使ったら騒ぎになりそうなので」

姫様からの申し出をやんわりと断り、城に着いたので馬車から降りて本日の仕事は終わった。

明日、ギルドに行くため、今日の訓練は短時間で終わらせた俺は早めにシャワーを浴びて夕食まで自室で時間を潰すことにした。自室で瞑想《めいそう》をしていると、部屋の扉をノックする音とともにクロエの「ジン君、いる？」という声が聞こえた。

「ああ、いるよ。入ってもいいよ」

そう言うと、部屋の扉が開いてクロエが部屋に入ってきた。

「ごめんね。せっかく寛《くつろ》いでいるところに」

「大丈夫。何か用？」

「うん、明日ギルドに行った帰りでいいんだけど、シンシアさんのお店に寄ってもいいかな？」

「別にいいけど、何か必要な物でもあるのか？　もしかしたら、俺の収納スキルの中に入っているかもしれないぞ？」

「あっ、いやその訓練用の道具を買いたいの。前にお店に行った時に良さそうな物があったなって思いだして」

そう言ったクロエに俺もちょうど訓練で必要な物があると言って、シンシアの店に行くことが決まった。


翌朝、予定どおりに俺とクロエはギルドへとやってきていた。

久しぶりの冒険者ギルドに、なんとなく帰ってきた感を覚えつつ、俺達はフィーネさん達に連れられて相談室へと移動した。

「ジンさん、クロエさん、どうですか。お仕事の方は順調でしょうか？」

「はい、特に問題なくできています」

フィーネさんの言葉に俺はそう返し、現状の報告を行った。王家が協力的で変装や偽名の手配、その他のことも色々としてくれていることについても報告をした。

「流石、王家ですね。普通の護衛では、そこまでのことはしてくれません」

「色々よくしてもらっているというのは感じています。最初は警戒しましたが、受けて正解だったと今は思っています。クロエはどうだ？」

「衣食住がついていて、訓練の時間もあって意外と楽しく仕事もできていて私も受けてよかったと思うよ」

俺とクロエがそう言うと、フィーネさんは「それはよかったです」と言って笑みを浮かべた。

それから少し近況報告をしていると、資料の準備をしていたリコラさんが部屋に入ってきた。

「ジンさん、クロエさん。お久しぶりです」

そうリコラさんから挨拶をされた俺達は挨拶を返し、リコラさんが持ってきた資料に目を通した。

そこにはここ最近の冒険者ギルドのトピックが書かれていて、数日前までは俺とクロエの話題が多かったことがその資料でわかった。

「一週間、ジンさん達は姿をほぼ消していたのでその間にだいぶ収まりましたけど、まだ一部では話題にされています」

「……やっぱり、ダンジョンの記録更新が話題として大きかった感じですかね？」

「そうですね。それと、昇格速度に関しても噂《うわさ》の種になっていました。クロエさんはまだ半年という期間があったのでそこまでではないですが、ジンさんはたった一ヶ月ですからね」

クロエと俺とではまた違った噂の広がり方をしているとフィーネさん達は教えてくれた。

クロエは半年間冒険者として活動をしているから、まあそこそこ優秀な冒険者だろうという噂の広まり方をしている。しかし俺の場合、たった一ヶ月という期間しかなく、ヤバい奴《やつ》という認識で噂が広まっているらしい。

「一部ではクロエさんの力で上がったと言う者もいますが、そこに関しては銅級以上の冒険者が、それで上がれるわけがないだろと反論して喧嘩《けんか》が起きたりしていました」

「普通の銅級冒険者は、そこそこの苦難を乗り越えて上がってきた人達ですからね。それを侮辱されるのが許せなかったんでしょうね」

「そうですね。さらに上の銀級冒険者達も、文句を言う銅級以下の冒険者達にそれだから昇格しないんだよと言って大騒ぎになっていました」

あの時は色々と酷《ひど》かったですと、フィーネさんは俺達がいない間に起きた事件のことを疲れた顔をしながら教えてくれた。

「ねえ、ジン君。もうだいぶ噂が収まっているなら、お仕事がお休みの日はダンジョンに行ってもいいんじゃないかな？　たまには外に出ないと、姫様に話す冒険話も底が尽きそうだし」

「話の種もなくなってきたし、確かにもう少し噂が落ち着いたらダンジョンに行くのもいいかもな」

「それでしたら、出現する魔物が少し強いダンジョンに行くのはどうでしょうか？　ジンさん達ならそこでも普通に戦えると思いますし、すでに最初に紹介したダンジョンは攻略していますから」

　確かにその案はいいかもな。一度攻略したところを何度も攻略する冒険者もいるが俺達が攻略したところは人気のある場所だ。

　そこを避けて難易度は少し上がるが、人が少ない場所の方が俺達にとっては都合がいい。

「仕事が終わるのが夕方なので、最大二泊三日で帰ってこられる場所を探しておいてもらえますか？」

「わかりました。難易度は以前より少し上がる程度に収めようと思いますが、それで大丈夫でしょうか？」

「「はい」」

　フィーネさんの確認に対し、俺とクロエはそう返事をした。

　それからそれぞれの報告を終え、少しだけ雑談をすることになった。

「先日、王城から使いの方が来ましてジンさん達の仕事ぶりについて報告を聞いたのですが、ジンさん、あの剣聖に師事をされているんですか？」

「あ〜、ただイチ剣士としてアドバイスをもらっているだけです。俺もいまさら師匠とかいらないですし、ユリウスさんも弟子扱いはしないと仰《おっしゃ》っていたので」

「そうなんですか？　兵士の間では、あの剣聖が人に教えていると驚いている者が多いと言っていましたけど」

それについて、俺は一応誤解を解こうと兵士達に言ったのだが、普段どおり剣についてユリウスに色々と話を聞いていたりしたせいか、俺が弟子ということを隠そうとしているようになっている。

フィーネさんにそう言うと、「ジンさんって噂にされやすいですね」と言われてしまった。

「ジン君って話題性に尽きないから、噂にしやすいんだと思う」

「……それについては自覚している。一応は、色々と気を付けて動いているんだけど」

「最近だと、騎士団団長のアンドルさんとも仲がいいよね？　メイドさんが言っていたよ。剣聖様と守護神様が同じ子を育てているって」

「それは本当になぜか気に入られたんだよ」

ユリウスに関しては自分の課題を見てくれると思って、最後は俺から近づいた。

だがアンドルに関しては、なぜか向こうから俺のことを気に入ったみたいでよく訓練に付き合わされている。

そのせいか、最近は攻撃よりも防御の訓練ばかりしていてそっちの方が得意になりつつある。

「凄《すご》い方達から訓練を受けているんですね……」

「それで納得がいきました。強くなったと感じるわけですよ」

フィーネさん達はそう言い、今のステータスはどうなっているのか気になると言ってきた。

「そういえば、最近は見てなかったな……クロエは確認していたか？」

「う～ん、私も最近は訓練に集中していたからステータスまでは見てなかった気がする」

「なら一緒に確認してみるか、パーティー組んだばかりの頃はまだ互いに信頼できていなかったから見せてなかったけど、今なら俺は見せてもいいと思っている」

「うん、私もジン君ならいいよ」

　クロエはステータスを確認し合うことに了承して、俺達は同時にそれぞれのステータスを出した。

◆
名　前：ジン
年　齢：12
種　族：ヒューマン
身　分：平民
性　別：男
属　性：火・水・風・土・光
レベル：33
筋　力：614
魔　力：2051
運　：76

スキル：【鑑定：3】【状態異常耐性：3】【剣術：4】
【魔力強化：4】【火属性魔法：3】【水属性魔法：3】
【風属性魔法：3】【土属性魔法：3】【光属性魔法：4】
【魔力探知：4】【身体強化：3】【瞑想：3】
【体術：2】

固有：【成長促進】【異空間ボックス】

能力

称号：神童　加護持ち　銅級冒険者

加護：魔法神の加護　武神の加護　剣神の加護

◆

◆

名前：クロエ・フィストル

年齢：13

種族：獣人

身分：平民

性別：女

属性：風　水

レベル：22
筋　力：478
魔　力：698
　運　：81
スキル：【剣術：3】【体術：2】【身体強化：3】
【夜目：5】【魔力探知：4】【気配察知：5】
【罠《わな》解除：3】【警戒心：4】【風属性魔法：2】
【水属性魔法：1】
固　有：【獣化】【覇気】
能　力
称　号：英雄の子　加護持ち　銅級冒険者
加　護：獣神の加護

◆

「ジン君、凄いね……」

「いやいや、クロエの方が凄いだろ」

俺達は互いのステータスを確認して、そう言い合った。

いや、クロエというキャラの凄さは知っていたけど、まさかこの歳でここまでの強さとは思わなかった。

「能力値とスキルの数だとジン君に負けちゃったね」

「いやまあそこはそうだけど、スキルレベルを二つも最大の五にしているだろ……俺は最高で四だから、完全に負けているぞ」

互いに自分の負けているところを言い合っていると、フィーネさん達が固まっているのが見えた。

「あの、大丈夫ですか？」

「……すみません。あまりにもお二方のステータスが異常すぎて固まってしまいました」

フィーネさんはそう言うと、隣で固まっているリコラさんの肩を揺らして起こし、話し合いを再開した。

「ジンさん、以前ステータスを見せてもらった時にはないスキルがいくつかありますが、これはここ数週間で取得したものですか？　隠していたとかではないですよね？」

「はい、俺に偽装系スキルはないので元々は持っていなくてここ数週間で取得しましたけど、何かおかしいスキルでもありますか？」

「おかしなスキルもありますけど、スキルレベルがおかしいんですよ……」

「そこはアレですよ。固有能力の【成長促進】のお陰です」

俺がそう言うと、フィーネさんに改めて「その能力はおかしいです」と言われてしまった。

まあ、確かに普通の人が長い時間をかけてスキルレベルを上げているのに対し、俺はたった一ヶ月程度でここまで成長させたのだから、おかしいと言われても、仕方ないだろう。

「でもそれを言うなら、クロエのスキルも色々とヤバいと思いますけど？　スキルレベル五ってことは最大値ですよね？」

「確かにそうですけど、明らかにおかしいのはジンさんの方ですよ。スキルレベルに関しては、その人の素質で特定のスキルが早く上がる場合もあります。ですがジンさんの場合、素質関係なしに全てのスキルが一定以上の早さで成長しているのがおかしいんです」

フィーネさんはそう反論してリコラさんもウンウンと頷《うなず》いていた。

「クロエはどう思う？」

「ジン君の凄さは一緒に冒険していてある程度知っていたから、そこまで動揺することはないけど……【成長促進】の固有能力には驚いたよ」

クロエからそう言われた俺は、やはり俺のステータスはある程度隠しておく方がいいなと再認識した。

それから今後について色々と話し合いをした後、来週またダンジョンのことで聞きに来ますと言って俺達はギルドを出た。

ギルドを出た後、俺達はなるべく人目を避けてシンシアの店へと向かった。

そしてシンシアと少しだけ話をして、目的の訓練用の道具を買った俺達はそれぞれの宿に戻った。

第九章　元婚約者

ギルドでの報告会の翌日、仕事が休みの俺は昨日買った訓練用の道具を試すために訓練場へとやってきていた。

「お〜、今日も訓練するのか？　せっかくの休みなのにいいのか？」

訓練場に行くと、よく顔を合わせている兵士にそう声を掛けられた。

「習慣になっているんでよ。下手にやめたら、ズルズルといきそうなんで」

「あ〜、なるほどな。兵士の中にもたまにいるよ。訓練を一日休んだら次の日もって、そんでいつの間にか同僚と差が開いていたりしてな」

「そういうわけなんで、一応訓練しているんです」

俺がそう言うと兵士は、「そうか、まあ頑張れよ」と言って去っていった。

兵士と別れた俺はいつもの場所に行き、訓練用の道具を取り出して訓練を始めた。

昨日購入した訓練用の道具、それは魔力を込めることで重さが変わる棒状の魔道具。

なんのためにこんな物があるのか最初見た時は微妙に思ったが、訓練用と考えるとまあまあ使える魔道具だ。

「ジンさんそれ何ですか？」

だいぶ重く設定した棒を剣のように振って訓練をしていると、ユリウスがやってきてそう尋ねた。

「訓練用の魔道具です。魔力を込めると重さが変わって、普通の剣で素振りするより訓練になるなと思って買ってきたんです」

「そんな魔道具があるんですね……」

ユリウスは俺の魔道具を興味津々といった様子で、ジーッと見つめてきた。

俺は「振ってみますか？」と尋ねると、眼《め》をキラキラとさせて「はい！」と大きく返事をした。

「まず普通に棒を持って魔力を手に集中させると、棒がその魔力を吸ってくれます。そして好きな重さで魔力を止めると、その重さで固定されます」

「おお、こんな感じなんですね！　これ、やめる時はどうすればいいんですか？」

「やめる時は棒の先にある印に魔力を流すと、中に入れた魔力が消えて重さも元に戻ります」

「なるほど、凄《すご》くよくできた魔道具ですね。訓練用の重りはありますが、これは一つで色んな重さに変えることができて凄く便利だ」

ユリウスは魔道具の説明を聞き終えると、そんな感想を言った。

それからユリウスは魔道具を少し使うと、満足した様子で「ありがとう」と言って魔道具を返してくれた。

「これはいい魔道具ですね。訓練用として兵士達に支給するのもありかもしれませんね」

「数が用意できるかわかりませんが、一応購入したお店の人に今度言っておきましょうか？　兵士の分を用意できなくても、ユリウスさんは個人的にも欲しい感じですよね？」

「はい！　私の分だけでも用意してもらえたら、ありがたいです」

そう言ったユリウスは用事を思いだしたとこの場から去り、俺は訓練を再開させた。

「ジンさん、ちょっといいですか？」

「んっ？　はい、何ですか？」

訓練を再開させて二時間ほど、集中して訓練をしているとメイドに声を掛けられた。

う～ん、良い感じに集中していたんだけどな……。

そう思いつつ、タオルで汗を拭いてメイドの方へと顔を向けた。

「フィアリス姫がジン様をお呼びです。ジン様に御用のある客人がいらしていると仰《おっしゃ》っていました」

「俺に客ですか？　……はい、わかりました。すぐに向かいます」

俺は急いでシャワー室で汗を流して姫様の部屋に向かった。

流石《さすが》に汗臭いままで行くのはと思ってシャワー浴びたけど、急ぎならそのまま行った方がよかったかな？

向かう途中、そんなことを思いながら部屋の前に着いた俺はノックをして部屋の扉を開けた。

「すみません、遅れました」

「急に呼んだから仕方ないわ」

急いできた俺に対し姫様はそう言い、俺は部屋の中にいたもう一人の顔を見て固まってしまった。

……マジか、なんでこの人がここにいるんだ。

「初めまして、ではないな。久しぶりだな、ジン君」

「……はい、お久しぶりです。ノヴェル様」

ノヴェル・フォン・ルフィオス。

俺の元婚約者フローラ・フォン・ルフィオスの父であり、ルフィオス公爵家の現当主。

「まさか、君がここで過ごしているとは思わなかったよ。ラージニア家からは、ジン君が病で倒れ日常生活もできないほどになったから婚約を破棄してほしいと言われたんだがな」

「あ〜、いやその……」

この人、作中でもかなりの怖いキャラだったけど、本物はさらに怖い。

身長が百九十㎝とガタイもよく、アンドルとほとんど変わらない体格をしている。

また容姿も優れていて、銀色に輝く髪色、ゲームキャラの中でも屈指の整った顔。

そんなノヴェルは〝魔法剣士〟という作中でも数少ない、魔法と剣術を得意とするキャラだ。

「ノヴェルさん、ジンさんが怖がっていますからそのオーラを収めてください。ジンさんは被害者なんですから」

ノヴェルに怖がっていると、姫様が助け舟を出してくれた。

その姫様の言葉で、俺を威圧していたオーラがすっと消えた。

「すみません、姫様。つい、ジン君から強者のオーラを感じて試してみたくなりまして」

「試すならまた別の機会にしてください。ジンさんにはお休みのなか、ここに来ていただいているんですから」

「そうでしたね。すまないねジン君」

ノヴェルは姫様の言葉を聞くと、そう俺に謝罪をしてきた。

いや、マジでなぜここにこの人がいるのか、それを早く聞きたいんだけど!?

そう思いながら俺は姫様の方を見て、眼で訴えかけた。

「色々と混乱していると思いますので最初から話しますね。最初に言っておくと、今回のことは私が事前に準備したことではないとだけお伝えします。前回のことがあるので、だまし討ちみたいなことはしないと決めたので」

「まあ、約束してくれましたからね……」

姫様は自分がこの場をセッティングしたわけではないと、最初に弁明のようなことを言い、最初から事の顚末《てんまつ》を話してくれた。

今回のこの話し合いの発端は、先日の俺の家を調べることになったのがそもそもの原因らしい。

ラージニア家はジンの体が弱いと設定付け、生まれてからほとんど家から出さなかった。

ただ家柄的にはラージニア家の長男、婚約相手として当時は色んな家から打診もあった。

そのなかに後の婚約者となるルフィオス家もあり、結果的にジンはルフィオス家のフローラと婚約することになる。だが、婚約後もジンは家から連れ出されることはなく、家同士の集まりの時でさえジンはその場に出されなかった。

「その状態が、数年間も続き、結果的に病が治らないから婚約の破棄をしてくれと数ヶ月前に申し出があり、確かに一度も外に出られないほどだったらと思い婚約破棄の手続きをした」

「……そしてその俺が、元気に冒険者をしているから真相を聞くために王城まで出向いたと」

俺がそう言うとノヴェルは頷《うなず》き、真剣な眼差《まなざ》しで見つめてきた。

まさかゲームで最初から最後まで敵対していた相手と、こんな風に落ち着いて喋《しゃべ》るとは思わなかったな……。

「ジン君、君の生きたこの十二年間、何が起きていたのか真実を話してくれないか？」

「……いいですけど、信じるか信じないかはノヴェル様に任せます」

そう言って俺はジンの生きた十二年間と、俺の知るジンの設定をこの場で話した。

その話を姫様とノヴェルは静かに聞き、全てを聞いたノヴェルはため息をつきつつ天井を見上げた。

「古くからある由緒正しいラージニア家でそんなことが起こっていたなんて、私は近くにいながら全く知らなかった……ジン君、すまない。娘と婚約させていながら、何もできなくて」

「ッ！　ノ、ノヴェル様のせいじゃないですから！　ですので、顔を上げてください！」

ノヴェルは俺の話を聞き、気付けなかったことを悔いたのか頭を下げてきた。

そんなノヴェルに俺は驚き、顔を上げるようにお願いした。

「いや、私にも落ち度はあった。婚約者となった相手の家を信じすぎて、ジン君の見舞いに一度も行けていなかった。一度でも顔を会わせていれば、彼らの言い分が間違っていることにすぐに気付けたはずだ」

「いや、だからそこは俺の家族の問題で、ノヴェル様に悪いところはありませんよ！」

ああ、そうだった！　ノヴェルは貴族としての考えを持つ人間で、貴族道に反する行いをする者に対しては嫌悪を抱くキャラだ。それで侯爵のラージニア家が自身の子を捨てるような真似《まね》を、身近にいながら守れなかったことに自分も悪いと考えているんだ。

くそ、面倒だぞこの状態のノヴェルは……。

「ノヴェルさん、今後について話し合いをしたいと申し出たからこの場を設けたのですから、話し合いが進まないのでしたらこれで終わりますよ？」

ノヴェル相手に姫様は、全く動じずにそう言った。

そんな姫様の言葉を聞いたノヴェルはハッとして、顔を上げて深呼吸をした。

マジか、あの状態のノヴェルをたった一言で元に戻すとは姫様凄いな。

「す、すみません。少し、取り乱してしまいました……」

「気持ちはわかります。私もジンさんの過去を知った時は驚きました。ですが、今は驚く時ではないです。これからどう動くのか、それを考えるためにこうして話し合いの場を設けたんですから」

「そうですね。ジン君もすまないね。せっかく来てもらったのに元婚約者の父親が取り乱してしまって……」

「まあ、その落ち着いたならいいですけど……」

なんとか正常に戻ったノヴェルは、俺にも謝罪の言葉を口にしたので俺はそう返した。

「それでノヴェルさん、ジンさんの話を聞いてこれからどうするおつもりですか？」

「ひとまずは、国王と共にラージニア家の調査をしようと思います。これはジン君のためというより、自分の気持ちとしても貴族道に反する者達《たち》を許せないですから」

「貴方《あなた》ならそうするでしょうね。でもそれはわざわざジンさんと話さなくても、決めていたことじゃないのですか？」

「悩んでいた段階でした。ですが、直接話を聞いて私の予想以上でしたので動くことを決めました」

ノヴェルは、真剣な眼差しで姫様を見ながらそう言った。

そして今度は俺の方へと視線を向けてくる。俺はなにやら真剣そうな雰囲気を感じた。

な～んか、嫌な予感がするぞ……。

「ジン君、予定が開いている日でいい。フローラと会ってくれないだろうか？」

「フ、フローラさんとですか……」

「今日話したことは娘にも話す予定だ。おそらく、私の予想ではフローラはジン君と会いたいと言うはずだ。今日も娘はジン君と話したいと言って、ついていくと言っていたのを止めて一人で来たんだ。お願いできないだろうか、ジン君？」

ノヴェルから真剣な表情でそう言われた俺は考え、思考を巡らせた結果、一度だけ会おうと決め、ノヴェルに「わかりました。会います」と言った。

決心した気持ちとして、このまま有耶無耶《うやむや》にしておくと、後に修正力が入ってノヴェルとも敵対するかもしれない。それを防ぐ道として、ここでフローラと会っておいた方がいいという考えに至った。

その後、フローラと会う日を来週の休日とし、場所はルフィオス家と決まった。


そして一週間が経《た》ち、俺は王城から借りた馬車でルフィオス家を訪れた。

ゲームでは一度も来ることがなかった婚約者であるフローラの家に、こんなかたちで来ることになるとは思わなかったな……。

そう思いながら、ルフィオス家の敷地内に入れてもらって客人用の部屋に通された。

フローラは後ほど来ると従者に言われ部屋で待つこと数分、部屋の扉が開きフローラが現れた。

「……こうして会うのは初めてですね」

「そう、ですね。元々婚約関係だったのに、不思議ですね」

フローラの言葉に俺はそう言うと、フローラはコクリと頷き真剣な眼差しで見つめてきた。

ちょっ、待てこの感じノヴェルさんの時と同じだぞ！

「ジン君、ごめんなさい！」

「ッ！」

予想どおり、フローラは俺に頭を下げて謝罪してきた。

「フローラさん、頭を上げてください。今日来たのは、謝罪を受けに来たんじゃなくて話をしに来たんですから」

俺はフローラにそう言い、ひとまず向かい合うようにそれぞれソファーに座った。

十二歳のフローラはゲームで見ることはなかったが、この歳《とし》からここまで整った顔をしていたのか。母譲りの青い瞳に、父譲りの銀色の髪を持つフローラは、ゲームでトップに入るほどの人気キャラだ。外見だけでなくフローラは能力も高く、序盤から仲間になって最終局面まで使えるため多くのゲーマーから人気を集めた。

「それでフローラさん、どうして俺と話がしたいとノヴェルさんに頼んだんですか？」

「……手を差し伸べることもできず、ジン君を見捨ててしまったこと、婚約者なのに寄り添えなかったことを、お父様からジン君のことを聞いて、謝りたかったんです」

「別に、フローラさんが謝ることじゃないですよ。全部、俺の家の問題ですし、逆にフローラさんに迷惑が掛かってなかったか俺はそれが心配でした。あんな境遇の俺との婚約だったんですから」

「特に嫌な思いはしていませんでした。ただ寂しい時はありました」

フローラは少し恥ずかしそうに言い、そんなフローラに俺は心の中で「可愛《かわい》いッ！」と叫んだ。

正直、フローラと会うことを拒もうとしたのは、俺も前世ではフローラ推しの一人だったからだ。

そんな奴《やつ》が現実世界で、目の前にフローラが現れたらどうなると思う？　興奮で思考がおかしくなるに決まっている。

俺は今、なんとか転生してから鍛えてきた精神力で持《も》ち堪《こた》えているが、いつ決壊するか自分でもわからない。

「その、それはすみませんでした……」

「あっ、いえ！　ジン君が謝ることじゃないですよ。ジン君は、家から出たくても出られない状況だったとお父様から聞いていますから」

「それでも、婚約者としての行動ができていなかったのは事実ですから」

フローラはあたふたとして「か、顔を上げてください」と先ほどの俺と同じ言葉を言った。フローラは言った後にそれに気付き、俺と視線が合うと笑い合った。

「フローラさん、これで過去のことはいったん終わりにしましょう。過去は過去ですから、これからについて話をしましょう」

「……そうですね。こうして今、ジン君と楽しく会話もできていることは神様に感謝しないといけません」

フローラはそう言うと、手を合わせて感謝の言葉を口にした。

それから俺とフローラは、俺が冒険者になってからのことを話したり、フローラの趣味の話をしたりして楽しい時間を過ごした。

そしてフローラは習い事の時間になったらしく、フローラと交代するかたちでノヴェルさんが部屋に入ってきた。

「ジン君、フローラと会ってくれてありがとう。あの子の笑顔、久しぶりに見ることができたよ」

「えっ、ずっと話している間笑っていましたよ？」

「ジン君との婚約を破棄してから、フローラはずっと笑っていなかったんだ。最初は病に臥《ふ》せていた婚約者であるジン君の見舞いに、一度も行けなかったことに落ち込んでいたんだが、ジン君の話を聞いてからは自分の行動をずっと責めていてね……」

最近は眠ることさえままならなくて、睡眠不足が続いていたとノヴェルは言った。

「今日、ジン君と話せたことであの子の中に溜《た》まっていた悩みが消えたんだろう……ありがとうジン君、あの子と会うと決断してくれて」

そうノヴェルからお礼の言葉をもらった。

フローラとの仲直りから数日が経った。

あれから時折、ノヴェルはフローラを城に連れてくるようになった。

最初はあまり関わらないでおこうと思ったのだが、そんな俺の態度にフローラが「迷惑でしたか？」と悲しそうに言ってきた。

推しキャラでもあるフローラにそんなことを言われた俺は、物語に関わりたくない気持ちと天秤《てんびん》にかけた結果、フローラと交流する道を選んでしまった。

「……物語から逃げようとしているのに、なんだかんだ本編に絡んだ人物達と絡みまくっているのはなんでだ」

序盤の〝家族から虐げられた日々〟を回避して、平民となったまではよかった。

そこからなぜか、主人公のお助けキャラのクロエ、七人の戦女の一人のアスカ、聖女の姫様、元婚約者のフローラと出会ってきた。

逃げようとしているはずなのに、逆にジン以上に物語に関わる人物達と関わっている。

「俺が最初考えていた物語への修正力が起こっているのか……」

時々、〝物語への修正力〟があるのではないかと考えていた。

最初の頃はこんなことを考えていなかったが、姫様に気に入られた頃から考えるようになっていた。ジンは物語で悪役として立ち回るが、序盤では主人公と戦女であるフローラの出会いの引き立て役でもある。そんな俺が消えようとしたところに物語の修正力が働いて、元に戻そうとしているのではないかと考えている。

「今後、もう少し気を付けて行動した方がいいな……アレさえ起らなかったら、ジンはただ能力の高いキャラだからな……」

とあることを心配しながら、俺は今日も護衛の仕事があるためベッドから起きて朝食を食べに食堂へ向かった。

その後、食事と準備を終えた俺は姫様の部屋の前で待機していると、中にいたメイドが一人で外に出てきた。

「あれ、姫様はどうしました？」

「それが、調子が悪そうでして、今日は学園をお休みすることになりました」

「えっ、大丈夫なんですか？」

姫様が病気？　ゲームではそんな病気をするようなキャラじゃなかった気がするんだけどな……。

「……それが昨日、お風呂上がりにベランダで本を読んだまま寝てしまったみたいで」

「あ〜……流石にそれは体調を崩しますよ」

「いつもは平気なのに昨日は寒かったからと、変な言い訳をしていました」

「姫様らしいといえば、らしいですね……」

そんな俺とメイドが話していると、準備が終わったクロエがやってきて「どうしたの？」と聞いてきた。

何も知らないクロエにメイドは俺に話した内容と同じことを伝えると、クロエも呆《あき》れた顔をして「なにしてるの姫様……」とボソッと言った。

「ということは、今日は俺達の仕事も休みってことになるな……護衛ができなきゃ仕事できないし」

「そうだね。どうしよっか？」

急遽《きゅうきょ》休みとなった俺達。ひとまず姫様の容態を確認したいのでメイドに入ってもいいか確認を取ると「大丈夫」と言われたので部屋に入った。

「姫様、大丈夫ですか？」

「だ、大丈夫よ……ちょっと、熱が出ているだけ……」

「声がめっちゃガラガラじゃないですか……」

姫様はガラガラ声で返事をしてきた。

「さっきメイドさんから今日は学園を休むって聞きましたけど」

「ええ、流石にこの体調で学園に行ったら迷惑を掛けそうだし、医者からは大人しく寝ていればすぐによくなるって言われたから、今日は休むことにしたの」

「まあ、そうですよね……ってことは、今日は俺達も休みでいいんですか？」

「そうなるわね。せっかく、準備してくれていたのに」

「そこは別に構いません。とりあえず、今日は安静にしてくださいね」

そう言って、俺達は部屋から出た。

「さてと、クロエどうする？　急に休みになったけど」

「そうだね。特にすることはないし、訓練でもする？」

俺もそれでいいかなと思っていると、ふとあるアイテムのことを思いだした。

そのアイテムというのは、ゲーム世界では状態異常を完治させるというアイテム。

そんな便利なアイテムだが、物語序盤から比較的簡単に手に入れることができて俺もよくそのアイテムに助けられた。もし明日以降も姫様の風邪が続くようであれば、それを使うのもいいし、もしもの時のために一つくらい持っておいてもいいな……。

「クロエ、姫様のために治療に使えるアイテムを取りに行かないか？　そこまで酷《ひど》い容態じゃないけど、もしもの時のために準備しておくのはいいと思うんだ」

「治療に使えるアイテム？　ジン君って、本当に何でも知っているんだね」

「冒険に役立つことは大体調べたりしているからな。それでどうかな？」

「うん、私もいいよ。姫様のことが心配で、訓練しようにも集中できないと思うし」

クロエはそう言って、俺達は治療薬を手に入れるために城を出て目的地へと向かった。

治療のアイテムを手に入れると決めた俺達は、城を出てから王都の外までやってきていた。

そしてそのまま王都から一番近い森の中へと入っていった。

「あれ、ジン君。治療薬ってダンジョンとかで手に入れるんじゃないの？」

「まあ、ダンジョンにもあるにはあるけど、王都からだとこっちで手に入れる方が早いんだ」

「そうなの？　でもここにそんな治療薬になるようなアイテムとかあるの？」

そう言うクロエの気持ちは、俺もよくわかる。

今俺達が訪れている森、通称は若葉の森。

そこまで強い魔物は出なくて、新米冒険者が慣れるために使うような場所。

ゲームでも序盤に解放される場所で、ここでレベル上げなんかもしていた。

「ちょっと見つけるのが難しいけど、ちゃんとあるんだな、それが」

俺はクロエにそう言い、目的地までクロエを案内した。

それから数分後、俺達は目的地の森の中、少し開けている場所に着いた。

「ジン君、ここにあるの？」

「あるというか、持ってきてもらうと言った方が正しいな」

俺は【異空間ボックス】から用意していた果実を取り出し、そのまま地面に置いた。

「えっ、さっき買った果物って姫様のお見舞い用じゃないの？」

「違うよ。これは取引用の果物なんだ」

「取引？」

クロエが俺の言葉に不思議そうにしていると、果物の匂いにつられて〝商人〟がやってきた。

「魔物だよジン君！」

「魔物じゃない。彼は〝魔人〟だよ」

「魔人!?」

その商人の見た目はゴブリンそのものだが、他のゴブリンとは違って知性のあるゴブリンだ。

知性のある魔物は、この世界では〝魔人〟と呼ばれている。

魔人は魔物と近い種族のため、迫害を受けたり、差別の対象として見られたりすることが多い。

しかし、この国では一応差別の対象とされてはいないが、それでも魔人達は表立って行動することは少ない。

そして、目の前にいる魔人はゲームには度々登場していて、有能なアイテムを取引してくれるこの魔人をゲーマー達はよく利用していた。

基本的にこの魔人は物々交換で取引を行う。

そのため、俺は王都を出る際に少し高めの果物をいくつか購入していた。

「コノナカカラ、スキナモノヲエラベ」

ゴブリン商人は俺の出していた果実を受け取ると、俺と同じように異空間から商品となるアイテムを並べた。

そこには欲しかったアイテムがあり、俺はそれを受け取ることにした。

ゴブリン商人は俺がアイテムを選び終えると、再び森の奥へと消えていった。

「私、初めて見たよ……」

「普通に生活していたら会わないからな。俺も初めて彼と会った時は驚いたよ」

「ジン君、いつさっきの魔人さんと会ったの？　いつも一緒にいたのに、そんなこと言ってなかったよね？」

俺が知っているように話していたため、クロエは俺が彼のことをいつ知ったのか聞いてきた。

「言うタイミングを失っていたんだ。すまん、随分前に一度会っていてその時に色々と聞いたんだよ。魔人は普通の生活圏では生きるのが厳しいから、さっき渡したような食料とかを取引材料として、アイテムと交換してくれるってその時に聞いたんだ」

「そうだったんだ……それにしても、さっきの魔人さん凄く手慣れていたよね」

「会った時に軽く聞いたけど、商人を始めて長いらしいから、普通の商人と変わんないんだと思う」

正直、彼がいつから商人になっているか俺も知らない。

だが少し前に彼と出会ったのは本当で、定期的にこの森の奥に来ているとその時に確認をとって今日ここに来た。

設定では一族で商売をしているみたいなことが載っていたが、詳しくは書かれてなかったのでその設定が本当かもわからない。

その後、俺達は城に戻ることにした。

「ジンさん達、朝から出掛けていたから依頼でも受けにいったのかと思っていましたけれど、もう帰ってきたんですか？」

「ユリウスさん、別に依頼を受けにはいってないですよ。姫様のために、治療に使えそうなアイテムを取りに行っていたんです」

「治療に使えるアイテム？」

ユリウスは俺の言葉に首を傾《かし》げ、それが何かを聞いてきたので俺は【異空間ボックス】から商人と取引して手に入れたアイテムを見せた。

俺が商人と交換したアイテムの名は、〝森の神秘薬〟。

森の中で生活をしているエルフが作る薬で、巷《ちまた》には滅多《めった》に出回らないアイテム。

商人がこれを出した時、心の中で「マジか」と叫ぶほど、俺も驚いた品だ。

本来の目的の物は、この薬の下位互換の薬だった。

しかし、ゲームでも稀《まれ》にしか出ない商品を目にした俺は真っ先にこのアイテムを選んだ。

「ッ！　一体どこで手に入れたんですか!?」

そのアイテムの凄さを理解しているユリウスは、アイテムを見ると驚いた顔をしてそう叫んだ。

叫んだ本人のユリウスは、ハッと気がつき周りを確認して人がいないことに安心していた。

「とある方と交換して手に入れてきました」

「……本物なんですか？」

「鑑定魔法で確認しています。本物ですよ」

俺は真顔でそう返した。

それからユリウスは姫様の容態はそこまで悪くないから、この薬はジンさんが保管していてくださいと言って返してくれた。

「くれぐれも、その薬は人には見せない方がいいですよ。その薬を手に入れるためだけに、エルフと敵対した国さえありますから」

「えっ、これってそんな凄い薬なんですか？」

「……凄いですよ。失った腕さえも再生させる薬ですからね」

クロエには病気を治す薬としか言ってなかったため、ユリウスの言葉を聞くと「えっ」と驚いた声を出して完全に固まってしまった。

「ジンさんが色々と規格外の存在だとは認識していましたけれど、これは流石に予想外ですよ……」

ユリウスは若干疲れた顔をしながらそう言うと、外で空気を吸って落ち着いてきますと言って去っていった。

その後、俺は固まっているクロエをなんとか起こし、そこでクロエと別れ、借りている部屋に向かった。


部屋に戻った俺は〝森の神秘薬〟の価値がゲームの時よりも高いことをユリウスの反応から知り、姫様に見せる前でよかったと安堵《あんど》した。

「まさか、あんなに驚かれるほど、価値が変わっているとは思わなかった……設定では〝あまり巷には出回らない〟としか書かれていなかったから、ちょっと珍しい程度かと思っていたけど……」

見せた相手がユリウスで本当によかった。

もしこれをユリウス以外の王城で働く人に見せていたりしたら、それこそまたいらぬ注目を集めていただろう。

だけどユリウスは俺が注目を浴びたりするのを嫌っていることを理解してくれているから、このことはたぶん黙っていてくれるはずだ。

まあ、それでも姫様には伝えられるとは思うが、それでもまだ軽症で済むだろう。

「……ゲームの時と、この世界での価値が違うアイテムが他にもありそうだな」

調べられる機会があったら、調べておかないと後々またやらかしかねないな。

そう俺は一人反省会をして、昼食のために食堂へと向かった。

「ジン様、この後は予定などありますでしょうか？」

「えっ？　特にないですけど」

食事を終え、訓練場に行こうかと立ち上がるとそこにゼフが現れた。

「でしたら、この後少しお話できないでしょうか？　ラージニア家の件についてお話したいことがありますので」

俺はわかりましたと言い、ゼフに会議室のような場所へと連れていかれた。

ギルドみたいな相談室を想像していたが、その倍以上の広さの部屋だ。

「ジン様、先日より私どもはラージニア家について探りを入れており、そちらの経過報告をしようと思いましてお時間をいただきました」

「経過報告って、俺に聞かせてもいいんですか？　すでに俺は普通の平民ですよ？」

「ジン様は被害者ですからね。知る権利があります」

ゼフはそう言うと、これまで調べたことを報告してくれた。

その内容は大体、前世で知っている内容なのだが、そのなかには俺が知らないことがあった。

あれかな、三年前にもみ消せなかったこととか？

「以上が現在調べてわかったことです。まだ何か隠していそうなので、引き続き調査は続けようと思います。それと毒の入手経路もある方がこちらに協力していただき、特定することができましたので、そちらについても調査を続けていこうと思います」

ある方ね……この世界でも、あのキャラはラージニア家を嫌っているのか。

「そうですか、わかりました。何かお手伝いできることがありましたら、仰ってください。俺ができることなら、協力しますので」

「はい、その時はよろしくお願いします」

ゼフはそう言うと、資料を渡して去っていき、俺は受け取った資料をもっとじっくり読みたいと思って部屋に向かった。

部屋に戻った俺は、ゲームでのラージニア家の問題と、資料に書かれている内容を照らし合わせることにした。

「ゲームの方は設定資料だから細かく書かれていたけど、この報告資料もだいぶ細かく書かれているな……ということは、完全にあのキャラが王家の調査員に情報を流しているのだろう」

そうなると疑問になることが一つだけある。

あのキャラがラージニア家の情報を渡したのは、ジンが悪役に堕《お》ちて自分にも責任を感じたからだったはずだ。

だが今のこの世界で、俺は悪には堕ちていない。なのになぜ、あのキャラは動いたんだ?

「作中でも謎を残して、最後は消息不明になったキャラだったからな……何を考えているのか、全くわからん」

ゲーム発売から一年後に発売されたゲームの設定資料の中にすら、そのキャラのことは詳しく書かれていなかった。

「何の目的で動いたかわからんが、必要以上に関わらないのが賢明だな……」

とりあえずゼフや王家から協力の申し出がない限りは今の生活を続けようと決めた。

半日護衛するだけで普通の依頼を受けるより稼げて、衣食住も保証されている。

「こんなに割のいい依頼はそんなにないしな……」

受ける時は色々と悩んだが、受けて正解だったと今は思える。

そんなことを考えながら俺は資料の確認を終え、夕食まで訓練で時間を潰そうと思い訓練場へと向かった。


翌日、姫様は無事に体調が戻り、学園に行けるようになった。

「姫様、これからは湯浴《ゆあ》みした後はベランダに出ないでくださいよ」

「わかっているわよ。散々、皆から言われてもう出ないって決めたわよ」

姫様はすでに色んな人から注意されていたのか、嫌そうな顔をしてそう言った。

と、今は反省した感じの姫様だが、たぶんまた同じことをするだろうな。

「……聞きましたよ。今回のように、今までも湯浴みした後に何回か風邪を引いているんでしょ」

「うっ、誰が言ったのよ……」

姫様は悪事がバレた子供のような顔をして、拗《す》ねた様子で窓の外を見ながらそう口にした。

その後、俺達は拗ねた姫様と共に学園に着いた。そして、昨日風邪で休んだことを心配したティアナがわざわざ姫様の教室まで来ていた。

「ティアナ、わざわざ見に来なくても大丈夫……」

「大切な友達なんですから、心配ぐらいさせてください……それと、聞きましたよ。風邪を引いた理由」

　心配していた様子のティアナだが、姫様を前にすると徐々に悪戯《いたずら》をした子供を叱る母のような顔つきへと変貌した。そして、そこから淡々と姫様に説教を始めた。

「あらら、やっぱりティアナちゃんの説教が始まったわね～」

「ミリアーナさん、あれは」

「フィーちゃんって昔からやらかすことが多いんだけど、その度にああしてティアナちゃんに怒られているのよ。ティアナちゃんに怒られるのが姫様に一番効くって王家の人達も知っているし、風邪を引いたことがいち早くノルフェン家に伝達されるほどにね」

「……でもあんなに怒られるのに、またやらかすんですよね」

「そこがフィーちゃんの可愛いところでもあるのよ」

　ニコニコとミリアーナは、姫様がティアナに説教されているのを楽しそうに見てそう言った。

　その後、先生が来るまでティアナの説教は続き、聞き終えた姫様はグッタリとした様子で机に突っ伏した。

「王族がそんな風に机に突っ伏してもいいんですか？」

「今回くらい許してよ……ティアナ、歳を重ねるごとに説教がきつくなってきているのよ。お母様にもあんなに怒られないのに……」

姫様はそう愚痴を言うとため息をつき、その後の授業はやる気がなさそうに聞き流していた。

そうして昼食の時間になり、俺達は食堂に向かうと先に待っていたティアナと合流して一緒に食事をすることになった。

「食事の席では説教はしません。ですからそんな嫌そうな顔をしないでください」

「さっき説教された相手と、数時間後に仲良くご飯なんて食べられないわよ……」

姫様はティアナと食事することに少し抵抗をするが、他の面々、主にミリアーナとティアナが姫様を逃がそうとしなかった。

その後、結局一緒に食事をすることになった姫様だが、食事の途中から普通に楽しそうにしていた。なんだかんだティアナとミリアーナのこと、友達として好きなんだろうな。

そんなことを俺は、姫様達を見ながら思った。


「ジンさん、最近剣の動きが良くなってきていますね」

「本当ですか？　自分ではまだイマイチ、コツを摑《つか》めてないんですけど……」

学園での護衛仕事が終わり、城に戻ってユリウスに剣捌《さば》きを見てもらっていた俺はユリウスから褒められて、そう言葉を返した。

「剣の動きが以前よりも定まってきているように感じます。あと、対人戦の経験も積み重ねたことで人間の弱点を突く動作もよくなってきていますね」

対人戦の経験、それは俺が以前まで一番なかった経験だ。

護衛任務に就くにあたって一番懸念していた点だったが、それは城での訓練を始めて改善された。

ユリウス、アンドル、そして城の兵士達と模擬戦闘とはいえ戦いを続けて経験を積み重ねてきた。

「ユリウスさんやアンドルさん、それと城の兵士さん達のお陰ですね」

「努力したのはジンさんですし、私達も自分がジンさんと戦いたいからやっていただけですからね。ジンさんは剣術も魔法も両方できるので、魔法剣士タイプとの戦いの経験が積めて兵士達も喜んでいました」

魔法剣士タイプは、この国では少数。

この国で魔法剣士として能力が高い人物は、ノヴェルさんくらいだろう。

そのノヴェルさんは公務で忙しいため、訓練相手になれる魔法剣士が見つからなかった。

そんな時に俺が現れ、訓練相手として選ばれたのだろう。

「俺に戦う相手として価値があってよかったです。そのお陰で、たくさんの経験が積めましたから」

ユリウスにそう言うと、互いに共益関係だったことがわかり、俺達は笑い合った。

それから俺とユリウスは模擬戦闘を行い、その後一緒に汗を流しにシャワー室へと向かった。

「……ジンさんって、本当に十二歳ですか？」

「えっ？　どうしてですか？」

シャワーを浴び終え、タオルで体を拭いていると不意にユリウスからそんなことを言われた。

「精神的にも成熟しているところはあるのですが、それよりも肉体が普通の十二歳のそれとは全く別物なので……単純に筋肉だけの体ではなく、戦うための体つきをしているんですよ」

「そ、そんなジロジロ見ないでくださいよッ」

ジロジロとユリウスから見られ、俺は咄嗟《とっさ》にタオルで全身を隠した。

ユリウスが俺に気があるとは思えんが、ジロジロ見られるのは抵抗がある。

「あっ、すみません」

ユリウスはすぐに気付き、バッと俺から数歩離れた。

まあ、でもユリウスの気持ちもわからんでもない。

俺の体つきは普通の十二歳の子供とは違い、しっかりとしている。

このいい体格を手に入れられたのは、ジンというキャラの能力のお陰だと知っている。

「筋トレとか戦いの中で鍛えていましたけど、なんとなくこの体格のよさは生まれ持ったものだと思っています」

「そうですね。ジンさんのように幼い頃から鍛えている子供もいますけど、ジンさんのような体つきはしていませんからね……ジンさんって本当に才能の塊ですね」

ユリウスはしみじみとそう言った。

その後、シャワー室の前でユリウスと別れ、部屋に戻ってきた。

俺は夕食までのちょっとした時間も無駄にしないため、ベッドの上に座り【瞑想《めいそう》】を始めた。

「んっ、誰か来たか？」

瞑想によって集中力が上がっていた俺は、部屋に近づく音が聞こえ、瞑想を止めた。

すると思っていたとおり、その数秒後に部屋の扉をノックする音が聞こえた。

そしてノックした人物がクロエだと、その後の声ですぐにわかった。

「ジン君、今大丈夫？」

「ああ、大丈夫だぞ」

そう言うと扉がガチャッと開いて、クロエが部屋の中に入ってきた。

「それで、どうしたんだ？」

「明日の仕事が終わったらギルドに行く予定だよね？」

先週、新しいダンジョンに挑戦するため、フィーネさん達にダンジョンの情報を集めておいてほしいとお願いしていた。そのため、明日の仕事が終わったタイミングで俺達はギルドに行き、よさそうなダンジョンがあるなら向かう予定でいた。

「その予定がどうした？　何か別の予定が入って無理そうなのか？」

「その、家族から手紙で、近いうちに顔を見せに帰ってきてほしいって書かれていて、ダンジョン探索が終わった後でいいんだけど家に寄る時間つくれるかな？」

　クロエは自分の予定でダンジョンからの帰宅時間を早めてしまうことに、申し訳なさそうに縮こまってそう言った。別にそこまで遠慮しなくてもいいんだけどな……。

「そのくらいなら、大丈夫だぞ」

「いいの？　帰ってくる時間が少し早まっちゃうけど」

「構わん。せっかく家族から手紙が届くくらい仲がいいのなら、そっちの方が大切だからな。ちょうど、訓練で飴《あめ》を舐《な》めすぎて在庫が切れそうだったし、俺はその時間にシンシアの店にでも行ってくるから気にするな」

　そう言うと、クロエは「ありがとう、ジン君」と嬉《うれ》しそうな顔を浮かべて言った。

家族から手紙か……ジンには一生来ることのない物だな。

クロエの家族エピソードは、ゲームではあまり流れてなかったけど、意外と家族仲は良さそうだな。

そう思いながら俺は、瞑想の訓練の続きを再開させて夕食まで時間を潰すことにした。

夕食後は風呂に入り、部屋に戻った俺はベッドに横になるとすぐに眠りについた。


そして翌日、いつもどおり学園での護衛仕事を終えた俺とクロエは城に到着後、挨拶をするために姫様のもとへと向かった。

「姫様、本日から三日間冒険者の方の仕事をしてきます」

「ええ、いってらっしゃい。楽しいお話が聞けることを楽しみにしているわ」

「任せてください。お土産《みやげ》も期待していてくださいね」

今朝方、ダンジョンについてギルドから手紙が来た。

その手紙には、俺達に合うダンジョンを見つけることができたからギルドに寄ってほしいという内容が書かれていた。

そうして姫様に挨拶を済ませた俺達は、城を出てギルドへと向かった。

一週間振りに来たギルドはいつもどおりの様子で、バレないように受付へと行きフィーネさんを呼んでもらった。

そして、奥から出てきたフィーネさんと共に相談室へと移動した。

「ジンさん、クロエさん、こちらが用意させていただきましたダンジョンの資料です。ご確認ください」

部屋に通された俺達に、フィーネさんは頼んでいたダンジョンの資料をテーブルに置き、俺とクロエはそれを確認した。

ダンジョンの名前は、岩石山ダンジョン。

そのダンジョンの資料に目を通した俺は、心の中でガッツポーズをした。

よっしゃあ、当たりのダンジョンが一発で来た！　レベル上げ、金策、探索効率、全てにおいて序盤に出るダンジョンのなかで最高のダンジョンだ！

「へ～、ダンジョンに名前って付いているんだ」

「すでに一度攻略されている場所は、そのダンジョンの調査を行い、特徴を名前に付けております。こちらのダンジョンですと、岩山の途中にダンジョンの入り口があり、中も基本的に洞窟のような感じになっているので、このような名前が付けられています」

「そんな感じで付けられているんですね……あれ、ってことは私達が最初に攻略したダンジョンにも名前があるんですか？」

「あちらは、出てくる魔物がダンジョンの中ではそこまで強くない魔物達ばかりなのと、ダンジョン初心者でも行けるということで〝初級のダンジョン〟という名前が付けられています」

俺はそんな二人の会話に入り、ダンジョンに行くとフィーネさんに伝えた。

「ジンさんならそう言うと思っていました。ですので、そちらのダンジョンに向かう馬車もご用意しております」

「それ、俺が断っていたらどうするんですか……」

「私の勘でジンさんなら必ず行くと信じていました」

ニコリと笑みを浮かべてそう言うフィーネさんに、俺は少し呆れた顔を浮かべてしまった。

「クロエもいいよな、このダンジョンで」

「うん、訓練の成果が試せそうだし、少し手強《てごわ》い相手とも戦ってみたいから」

クロエもこのダンジョンに行くことに同意してくれたので、正式に俺達はそのダンジョンの攻略に向かうことが決まった。

それから俺達はフィーネさんと、事務作業で話し合いに遅れたリコラさんに「いってきます」と言ってギルドから馬車乗り場へと向かった。

「すみません、こちら〝岩石山ダンジョン〟行きの馬車ですか？　冒険者ギルド経由で予約していた冒険者のジンです」

「あなた達の噂《うわさ》は聞いています。すぐにダンジョンに出発できますが、ご用意は大丈夫ですか？」

御者の男性は俺の言葉にそう返したので、準備ができていると言うと馬車の扉を開けてくれた。

馬車の中は普段、護衛で学園に向かう時に乗っている王家の馬車より少し見劣りはするが、それでもいい馬車だとすぐにわかった。

フィーネさん達、いい馬車を押さえてくれていたんだな……ありがたい。

俺はフィーネさん達に感謝をしつつ、馬車に乗り込むとすぐに馬車が動き始めた。

「王都の外に出る馬車に乗ったの、前回のダンジョンの時以来だから久しぶりだね。なんだか、もうワクワクしてきちゃった」

クロエは久しぶりのダンジョンに興奮が抑えきれないのか、いつもはそこまで動かさないように気を張っている尻尾《しっぽ》がブゥンブゥンと振られていた。

相当、楽しみにしていたんだな……まあ、俺もクロエと同じようにワクワクしていた。

フフッ、あのダンジョンではアレが手に入るぞ……。心の中でとあるアイテムのことを考える俺は、早くダンジョン攻略がしたい気持ちが高まっていた。

第十章　岩石山ダンジョン

王都から馬車に揺られ約三時間、目的地のダンジョン付近に到着した。

この先は馬車が通れないため、ここで降りることになった。

「お迎え時もここで待っております」

「わかりました、ここまで送ってくださりありがとうございます」

御者に対して俺がお礼を言うと、クロエも続いてお礼を言って御者は去っていった。

それから俺達《たち》はダンジョンを目指して歩き、数分でダンジョンの入り口に到着した。

ここにも王国の兵士が配属されていて、入る時に冒険者カードを見せて中に入った。

「クロエ、さっきの資料は頭の中に入っているか？」

「……えっと、一応頑張って覚えたけど、その全部は覚えきれなかった」

フィーネさん達が作ってくれた資料には、このダンジョンに出る魔物や採れる素材が細かく書かれていた。まあ、俺の場合は前世の時に周回しまくって、ダンジョンについての情報は頭の中に完全に記憶されている。

「了解。とりあえず、俺はほとんど記憶しているから危ない時は注意するよ」

「ありがとうジン君！　流石《さすが》、このパーティーの頭脳だね！」

「頭脳って、二人しかいないけどな……」

そんな会話をしながら俺達は進み、このダンジョン初の魔物と遭遇した。

遭遇した魔物はこのダンジョンで最も多く出現する魔物、ゴーレム。

そのなかでも、低層からよく出現するノーマルタイプのゴーレムが現れた。

「ゴーレム、初めて見たよ。あんなに大きいんだね」

「見た目は大きくて手強《てごわ》そうだが、案外楽に勝てるんだよ。クロエはそこで見ていてくれ、ゴーレムの倒し方を見せるから」

そう言って俺は前に出て、ゴーレムに向かって走り出した。

ノーマルゴーレムは、魔物の中で一番動きが鈍い。

そんなゴーレムの弱点となるのが、ゴツゴツとした岩の体の中に隠れている〝核〟への直接攻撃。

ある程度の力を持つキャラか、特攻属性の魔法であればそこを攻撃して一発で倒すことができる。

「わっ、凄《すご》い！　一撃でゴーレム倒れちゃった！」

「クロエの場合、最近は魔法の訓練もしていたし、いい的当ての練習台になると思うぞ、クロエは眼《め》もいいからな」

「次、出てきたら私も一人でやってみるね！」

クロエは俺の戦い方を見て、自分も早く戦いたいといった様子でそう言った。

それから少しして、再びノーマルゴーレムが現れた。

先ほど言ったとおり、クロエは俺を残して前に出てゴーレムへと戦いを挑んだ。

身体能力、視力、どちらもいいクロエはすぐにゴーレムの弱点を発見すると、その箇所に水の魔法を放った。

水、それはゴーレムの弱点属性でもあるため、核にその魔法が直撃したゴーレムは一瞬で倒れた。

「わ〜い、ジン君倒せたよ！」

「おめでとう、クロエ。魔法の威力も前よりだいぶ上がっていたし、訓練の成果が出ているな」

「うん！」

褒められたクロエは、嬉《うれ》しそうに笑顔を浮かべそう返事をした。

しかし、ゲームでのクロエはここまで魔法を練習したりしていなかったけど、やっぱり俺が影響しているのかな？

ゲームだと、魔法系を使ってはいたが、ここまで高いレベルじゃなかった。

逆に接近戦を得意とするタイプだったから、今のクロエを見ていると少し違和感を覚えてしまう。

「あれ、ジン君どうしたの？　難しい顔して」

「あっ、いや。何でもないよ」

クロエについて考えていると、表情に出ていたようでクロエに注意された俺はそう誤魔化《ごまか》して先に進もうと言った。

クロエについてはもうそうなってしまったと考えるしかないかな。俺の影響で少なからずキャラの設定が変化してしまったのだろう。

あのフローラとだって、今は友人関係のようになってしまっているからな……。

「さてと、お互いに訓練の成果も確認できたし、次は連携して戦ってみるか」

「そうだね。最近、個人で訓練していたから連携技の方が鈍っているかも。だから、勘を取り戻さないとね」

ゴーレムをワンパンできたクロエは、楽しそうにそう言った。

その後、俺達は遭遇した魔物を一匹も残さず、狩り続けていった。

基本的に一撃で倒していき、数匹出たとしても慌てることなく確実に一匹ずつ仕留めてダンジョンの奥へと進んでいった。

「あれ、ジン君。あのゴーレム、色が違うよ？」

「ッ！　出たな、金塊ゴーレム……クロエ、あいつは絶対に倒すぞ」

「えっ、う、うん。そのつもりだけど、どうしたのジン君？」

色の違うゴーレムを見つけた俺は、のんびりとしていた雰囲気から一気に集中モードへと切り替えた。クロエはそんな俺に戸惑っていた。

金塊ゴーレム、その名のとおり体内に〝金塊〟を生成するゴーレム。

出る金塊の量はバラバラだが、最低でもそこらの依頼の報酬よりも高値で買い取ってもらえる。

ただし、あいつを狩るのは少し難しい。

あのゴーレムは戦闘中、自分が負けそうになると逃げてしまう。

逃げ足はノーマルのゴーレムより速く、今の俺達では追い付けないだろう。

「クロエ、ここまでゴーレムを一撃で倒してきたのは、あいつを一撃で倒せるようにゴーレムの狩り方を身に付けるためだったんだ」

「ジン君、さっきと雰囲気変わったけど、あのゴーレムって他のゴーレムと何が違うの？」

金塊ゴーレムについて、貰《もら》った資料にちゃんと載っていたけどクロエはそれを見落としていたのか、忘れているようだ。

俺はそんなクロエに、金塊ゴーレムについて簡単な説明をした。

「絶対に、逃がさない！」

とまあ、金塊ゴーレムのお得さに気付いたクロエは俺と同じくやる気に満ちた顔をした。

そこから俺とクロエは念入りに作戦会議を行って、金塊ゴーレムとの戦闘を始めた。

俺達の作戦は、まず初めに眼のいいクロエが遠くからゴーレムを観察して、弱点の核を見つける。

その核の場所をクロエから聞いた俺が、最大火力の魔法でぶち抜く。

単純そうだが金塊ゴーレムはノーマルゴーレムより核の発見が難しく、さらに核の位置が接近して攻撃するには難しい位置にあることが多い。

「クロエ、核がどこにあるかわかったか？」

「首の後ろにあったけど、かなり小さかったよ。大丈夫？」

「首の後ろか、了解。任せてくれ」

クロエから核の場所を聞いた俺は金塊ゴーレムの背後へと回り、教えられた箇所を確認した。

すると、確かにそこには核があり、クロエの言葉どおりものすごく小さい的だった。

でも大丈夫だ！　俺の魔法センスなら、あんな小さな的でも打ち抜ける！

「オラッ、崩れちまえ！」

弱点属性の魔法を、俺は核を目掛けて放った。

金塊ゴーレムは俺の魔法にすぐに反応したがもう遅く、その瞬間魔法が金塊ゴーレムへと直撃した。

よっしゃあ！　一発で倒したぞ！

「ッ！　すげぇ、こんな金の塊初めて見た……」

「凄い！　キラキラしている！」

金塊ゴーレムは核を攻撃され体がボロボロに砕けると、その中から大きな金塊が現れた。

「これだけの大きさがあれば、しばらくは金に困らず暮らせそうだ」

「そうだね！　でも、金って貨幣以外に何かに使われてるのかな？」

「結構、色んなところに使われているぞ。俺達の身近な物で言えば魔道具なんかは基本金がどこかに使われている。それに金塊ゴーレムの金は、純金だから普通の鉱山で採れる金よりも価値が高いんだ」

「そうなんだ。そんな魔物と出会えたのって、私達運がいいね！」

ピョンピョンと体で嬉しさを表現するクロエに、俺は「そうだな」と同じように体で嬉しさを表現したいのを我慢してそう言った。

いや、マジで嬉しいぞ……金塊ゴーレムが落とす金塊の中でも、最重量クラスの金塊が出てきやがった。

これは俺とクロエの運の値が大きいからか？　ゲームでも運の能力値は、運要素に絡んだ場面で効果が出ていた。会心の一撃、採取時のボーナス、レア魔物との遭遇率、そしてドロップ率にも運の能力値が絡んでいた。

この世界でも、そんな感じなのだろうか？　だとしたら、俺とクロエの運は高い方だから、これからも期待できそうだな。

「さてと、クロエ。金塊ゴーレムの余韻に浸りたいところだが、今日の目的の階層までまだだいぶあるから、先に進もうか」

「了解、ジン君！」

その後、俺達はダンジョン探索を再開して、目的の階層まで集中して進んでいった。

岩石山ダンジョンには、いくつか〝安全地帯〟という魔物が入れない場所がある。

全三十階層のこのダンジョンは、十階層と二十階層、そしてボス部屋の少し手前の三箇所に安全地帯が存在する。

そして現在俺達は、ダンジョン探索開始から三時間ほどで今日の目的地の十階層へとたどり着いた。

「人はいないか。フィーネさん達の情報どおり最近はここに来る冒険者はいないみたいだな」

俺は安全地帯に人がいないことを確認して、【異空間ボックス】から〝小部屋〟を取り出した。

それを安全地帯の中へポイッと投げると、魔道具が起動してその場所に小屋が現れた。

「見るの二回目だけど、この魔道具本当に凄いよね……」

「ああ、どんなところでも小屋を一瞬で建てられるって、冒険者にとってありがたい魔道具だよ。本当に」

それから俺達は安全地帯で、人の気配もしないからとりあえず一緒に小屋の中へと入った。

そして、セットで購入したキッチンも設置して、ひとまず夕食を作って食事にすることにした。

「わ～、凄く美味《おい》しそう！　ジン君、料理もできるんだね！」

「まあ、貴族だった頃は母親と二人で暮らしていたもんで、俺が基本的に料理を作っていたんだ」

これはゲームどおりで、【調理】のスキルこそジンは獲得してないがジンは料理をしていた。

それと、俺自身も前世では自炊できるくらいの料理の腕があるので、そこまで不味《まず》い物を作ることはない。

それから俺達は食事を終えた後、どちらが先に見張り番をするか話し合って、先に俺が見張りをすることになった。

見張り番中、特にこれといって問題は起きず、交代の時間になって中からクロエが出てきた。

そしてクロエと見張り番を交代した俺は建物の中に入り、ベッドに横になるとすぐに眠りについた。

それから数時間後、俺達はダンジョン探索を再開させて奥へと向かっていた。

そんな俺達の現在の探索場所である十一階層から、現れる魔物の種類が少し変化している。

「あれって、ゴーレムだよね？　でも昨日倒したゴーレムとは少し違う？」

「よく気付いたな。あれはこの階層から出る火石のゴーレムだな、あれとは別個体として〝水石のゴーレム〟〝風石のゴーレム〟の二種類もこの階層から出てくるようになるんだ」

「属性の名前が付いているってことは、それぞれの属性の魔法とか使ってくるの？」

「正解。奴《やつ》らはその名前についている属性魔法を操ってくるから、ノーマルゴーレムよりも厄介な存在だ。ただ倒し方はノーマルゴーレムと変わらないから、落ち着いて対処すれば大丈夫」

俺はクロエにそう言って、自分の戦いを見せることにした。

今回相手にするのは、火石のゴーレム。

放つ魔法は火炎系で、戦闘が長引くと丸焼きにされてしまう。

「――！」

最初に俺はゴーレムの前に立ち、どんな魔法を使うのか見るために挑発すると、その挑発にまんまと乗っかりゴーレムは魔法を放ってきた。

ゲームどおりの威力だな。これだったらそこまで警戒しなくてもいいな。

魔法を見てそう判断した俺は、核を探してその位置に魔法を放ち、火石のゴーレムとの初戦闘を終えた。

「とまあ、こんな感じで魔法の威力は大体あんな感じだから、そこまで気にせずノーマルゴーレムで摑《つか》んだゴーレムの倒し方をやれば、楽に倒せると思うよ」

「ちょっとだけ魔法に驚いたけど、私でもなんとかなりそう」

クロエは俺の戦いを見て、自信あり気にそう言った。

それから、クロエも一度一人で属性ゴーレムと戦って相手の強さを確認し、俺達はさらに奥へと探索を進めた。

「そういえば、ジン君。ここって、鉱石が採れるらしいけどそっちは採らなくていいの？」

「あ～、別に採ってもよかったんだけど、俺の中では最初から金塊ゴーレムを倒す予定だったから、今は余計な出費を抑えようと採掘道具を買ってないんだよ」

「前に買いたいお店がやってないって言っていたよね。まだ開いてなかったの？」

「もうしばらくだと思うけど、現状そこまで必要としてないからな。鉱石掘りって金になりそうだけど、ここのダンジョンとかだと魔物狩りをしている方が稼げたりするからね。それこそ、人数がいれば手分けしてできるけど」

ゲームでは、鉱石金策と魔物狩り金策どちらが効率がいいか、論争が色んなダンジョンで行われていた。

場所によって効率が変わって、この岩石山ダンジョンだと鉱石掘りよりも魔物狩りの方が効率がいいと俺は知っている。

「それに今回は攻略を視野に入れた探索だから、道中で鉱石を掘っている暇はないからね」

「それもそうだね」

その後、俺達は採掘可能な場所をいくつも発見するが、全て無視して探索を進めた。

基本出てくる魔物はゴーレムばかりだが、ゴブリンやウルフ系などの魔物も出てくる。

その時はゴーレム相手に魔法ばかり使っているので、そいつらは剣術で倒したり気分を変えたりしながら探索を行った。

「現在の時刻が二日目の夕方辺りで、今いる階層が十五階層。今日の夜までに二十階層には着く予定だが、今回の探索でダンジョン攻略は厳しそうだな」

ダンジョンに入る際、俺はダンジョン内でも時間がわかるようにと時計を買っておいた。

少し高かったが時間は大事な情報の一つなので、欲しいと思って購入しておいた。

「そうだね。やっぱり、ゴーレムとの戦闘は早く終わっても、魔物の数がかなり出てきてそこに時間が取られちゃったね」

「ああ、あんな頻繁に魔物に出くわすとは思わなかった」

ゲームではそこまでゴーレムの出現率が高い感じではなかったが、今回の探索ではかなりゴーレムに足止めを食らってしまった。

まあ、その中には金塊ゴーレムもいたり、ゴーレムの素材もたくさん手に入ったから、探索として考えると悪くはなかった。

「まあ、最初から今回の探索でダンジョン攻略は厳しいと思っていたし、いい感じに訓練の成果も確認できたな」

「そうだね。私もあそこまで自分の魔法が成長していたなんて、戦いで使って初めてわかったもん」

「俺も剣術が前より良くなっていると、戦っていてわかったな」

そんな反省をしつつ、俺達は歩みを止めずに先へと進んでいった。

そうして結局、予定よりも少し遅めの時間に二十階層の安全地帯に入り、交代でそれぞれ休んだ。


「おはよう。クロエ、どうだった見張りで何かあった？」

翌日、小部屋の外で見張りをしているクロエに起きた俺はそう声を掛けた。

「おはようジン君、なにもなかったよ～」

「そうか、なにもないならそれに越したことはないな……朝食の準備はもう済んでいるから、早く食べて少しでも探索の時間を増やすか」

「は～い」

その後、俺達は朝食を終えて魔道具を回収後、二十階層付近で魔物狩りを行うことにした。

そして昼過ぎくらいまで狩りを続けた俺達は、満足して二十階層の安全地帯へと戻り、〝転移床〟に乗ってダンジョンの入り口まで戻ってきた。

「ジン君、あの床って前のダンジョンだとボス部屋の奥にしかなかったのに、なんでこのダンジョンには複数の場所にあったの？」

「ダンジョンの難易度が違うからだろうな。俺達が今回探索したダンジョンは前回よりも難易度が高い場所。一定の階層ごとに〝安全地帯〟があっただろ？」

「うん、あそこも不思議だったよ。魔物が一切現れなかったから」

「あれは、ダンジョンが俺達のために用意した場所だと言われている。俺もそこまで詳しくないから、気になるならダンジョンについての本とか読んでみるといいよ」

実際はゲーマー達が快適にプレイするために作られているが、そんなことをこの世界で説明したところで信じてもらえないのは目に見えている。

それから俺達はダンジョンを出て、すでに待機していた御者に声を掛けて王都へと戻ることにした。


予定していた時間ピッタリで王都に戻ってきた俺達は、そのままギルドへと向かった。

そして受付でフィーネさん達を呼んでもらい、いつもの相談室へ移動した。

「ジンさん、クロエさん、無事に帰還されたようで安心しました。ダンジョンに送り出したものの、二人だけで行かせてよかったのか不安に思っていましたので」

「お二人の強さは知っていますが、それでも不安でした。こうして無事に再会できて、本当によかったです」

フィーネさんとリコラさんは、本当によかったと安堵《あんど》した様子でそう言った。

岩石山ダンジョンは、そこそこ難易度がある場所。

そんなところに、たった二人の冒険者を送り出すのは相当考えさせられたと思う。

俺達が望んだとはいえ、送り出してもし死んだと報告されたら、精神的にもきていただろうしな。

「ご心配をかけてすみません。ですけど、無事にこうして戻ってこられました」

俺は二人にそう言うと、クロエも同じようなことを言い、その後、俺達はダンジョンでどんな戦いをしたかなどの報告を始めた。

「……金塊ゴーレムを数体倒したんですか？」

「何日も潜って、やっと一体を目にするかしないかの魔物ですよ？　それをたった一度の探索で何体も遭遇したんですか!?」

「ええ、証拠の金塊もありますよ」

驚くフィーネさん達に俺は【異空間ボックス】から金塊を取り出し、テーブルの上に置いた。

一つ一つ大きさにバラつきはあるが、一番小さくても金貨数十枚の価値はある。

そんな金塊を目の前に出されたフィーネさん達は、驚いて固まってしまった。

「ジン君、やりすぎだよ。フィーネさん達固まったよ？」

「……ちょっと、調子に乗ってしまった。でもさ、クロエも金塊ゴーレムをこれだけ倒したのをフィーネさん達に見せたかっただろ？」

「まあ、うん。否定はしないかな」

俺がやったことを注意したクロエだが、自慢したかった気持ちが多少はあったみたいだ。

その後、気を取り戻したフィーネさん達に報告の続きをした。

「なるほど、二十階層までは潜ったんですね。流石と言いますか、私どもの予想を遥《はる》かに超えた成果ですね」

「ゴーレムの戦い方を事前に知っていたので、そのやり方を実践して効率よく進めたんです」

「……ゴーレムの狩り方って、もしかして核を狙うやり方ですか？」

「はい。俺とクロエは眼がいいので、最初にゴーレムを観察してどこに核があるかを調べ、その核に魔法を放って討伐していました」

俺がそう言うと、フィーネさんとリコラさんは同時にため息をついた。

「あれって、ゴーレムの正しい戦い方じゃなかったの？　ジン君、簡単にやってみてって言ってたけど……」

「……ジンさんが言ったゴーレムの倒し方ですが、本来の倒し方ではありません。ジンさんが今言った戦い方は、上位の冒険者でもごく僅かの人ができるやり方です。高い動体視力と、核に大きなダメージを与える力のある者だけができるやり方なんです」

「そうだったんだ……でも、意外と簡単にできたよね？」

リコラさんの言葉を聞いたクロエは、首を傾《かし》げながら俺にそう聞いてきた。

「簡単にできたのは、クロエがそれだけ才能があるからだよ。リコラさんが言ったとおり、あのやり方は二つの大きな力が必要なんだ」

「お二人が才能のある方だとは理解しているつもりでしたが、まだ認識が甘かったみたいです」

フィーネさんがそう言うと、リコラさんも頷《うなず》いて「認識が甘かったです」と続けて言った。

まあ、こう言われても仕方ないだろうな、ゴーレムの核狙い戦法は本当に難しいやり方で、ゲームでは慣れるまで俺も時間がかかった。

その時の経験のお陰で、ある程度の予想ができていた俺はクロエの眼だけに頼らず、核狙いの戦い方ができた。

「それでこちらの金塊ですが、どうしますか？　お売りになりますか？」

「一番大きい金塊以外は売ろうと思います。あと、他のゴーレムの素材もたくさんあるんですがそれは地下の作業場で出した方がいいですよね？」

「そうしていただけると助かります。ちなみに、どれほどの量がありますか？」

「数は数えていませんが、ノーマルゴーレムは数百体倒したと思います。他に属性ゴーレムもノーマルゴーレムほどではないですが、かなりの数を倒しています」

俺がそう言うと、フィーネさんとリコラさんは遠い目をして「わかりました」と返事をした。

その後、報告を終えて地下の作業場へと移動した。

そして、作業場で俺はゴーレムの素材を出した。

その量に作業場の者達は沈黙して、フィーネさん達は覚悟していたように「多いですね……」と静かにそう言った。

「流石にこの量は今日明日では無理そうなので、来週に報酬の受け渡しでも構いませんか？」

「最初からそうしてもらうつもりでしたので、それでいいですよ。流石にこの量をすぐにやれって言ったら、せっかくギルドと良好な関係ができているのに自ら崩すことになりますからね」

それから俺達はギルドでの用事を終えたので、来週また来ますと言ってギルドを出て建物の前でクロエと解散した。


クロエと別れた後、俺はシンシアの店に向かった。

ダンジョンでだいぶ飴《あめ》も消費したからな。ちょうど買い出しのタイミングができてよかった。

そう思いながら俺はシンシアの店に着くと、店の前で顔が見えない感じでローブを着た人がシンシアと楽しげに喋《しゃべ》っていた。

「あら、ジン君。いらっしゃい」

珍しく店の前に出ているシンシアは、近づいてきた俺に気付いてそう声を掛けてきた。

そしてシンシアと喋っていた相手は俺を確認するために振り返り、目が合った。

……なんか、見覚えがあるな。

俺がそう感じていると、その人は目を見開き、「ヤバッ！」と叫ぶと、俺の横を通り過ぎていった。

「あの、あの人なんで急に走り出したんですか？」

「ジン君の顔を見て用事を思いだしたそうよ。せっかく久しぶりに店に顔を出したから、もう少し喋りたかったのに残念だわ」

シンシアはそう言いながら、俺と共に店の中に入った。

「それでジン君、今日はどういった物を探しに来たの？」

「飴の補充に来たんだ。訓練やダンジョン探索で舐《な》めまくっていたら、いつの間にかほとんどなくなっていてな」

「そうなのね。ほんと、ジン君って飴好きね。他の人はほとんど買わないのに」

シンシアはそう言いながら、奥から箱詰めされた飴を持ってきてくれた。

飴の代金を支払った俺は箱を【異空間ボックス】の中に入れて、他に何か良い物がないか店内を見て回ることにした。

「そういえば、最近ジン君ってお姫様のところで仕事しているんでしょ？　どんな感じなの？」

「まあ、普通だな。特に今のところ問題もない。強いて言うなら、剣聖や守護神と知り合って稽古をつけてもらっているから、報酬よりも価値のあるものをもらっているな」

「剣聖と守護神に稽古をつけてもらっているの？」

シンシアは嘘《うそ》でしょ？　といった様子で、そんな反応をした。

「えっ、二人の弟子になったの？」

「弟子とかそういう感じじゃないけど、剣の使い方とか体の鍛え方を教わっているんだ。剣に関しては我流で相当酷《ひど》かったけど、剣聖に見てもらってだいぶよくなったんだ」

「剣聖に教えてもらうなんて凄いわね……最初、ジン君を見た時になにか凄いオーラを感じて店に入れたけど、正解だったわね」

そして他に買う物が見つからなかった俺が店を出ようとしたら、シンシアに呼び止められた。

「ジン君、ちょっと頼み事してもいいかしら？」

「頼み？　まあ、いつも世話になっているし、すぐに終わるんなら別にいいが？」

「ほら、さっき店の前で会った人いたでしょ？　彼に渡す物、一つ渡し忘れていたみたいなのよ。それで、彼のお家《うち》に届けてくれないかしら？」

シンシアからそう言われた俺は色々と世話になっているので、その配達依頼を受けることにした。

そうしてシンシアから届ける相手の家の地図を描いてもらい、その場所へと俺は向かった。


やってきたのは、何の変哲もない住宅街。

そんな場所の木造の家の前に着いた俺は、呼び鈴を押して中から人が出てくるのを待った。

「は〜い」

「すみません、お届け物って、クロエ？」

「えっ、ジン君？　なんでジン君がここにいるの？」

中から出てきたのは、ついさっき別れたクロエだった。

「いや、届け物をシンシアから頼まれて……えっ、地図が間違っていたのか？」

俺はそう思い、シンシアに描いてもらった地図を見て、クロエにも確認してもらった。

するとクロエは、「この地図の場所、私の家だね」と言った。

「クロエ、どうした。知り合いだったのか？」

俺とクロエがお互いに戸惑っていると、奥から男性の声が聞こえた。

この声、さっきシンシアの店の前で叫んだあの男性と同じだ。

「君はさっきの、やはりクロエの仲間の子だったか」

「えっと、もしかしなくてもクロエのお父さんですか？」

「……誰がお父さんだ！　と、ふざけるべきか一瞬迷ったが、君の言葉どおり私はクロエの父、クロムだ。よろしく」

クロムと名乗ったクロエのお父さんは、そう言いながら俺に手を差し出し、握手を交わした。

それから外は冷えているから中に入りなさいとクロムさんに言われ、家の中へと入れてもらった。

そして家の中にはクロエの母親もいて、せっかくの家族団欒《だんらん》の場を邪魔するかたちとなった。

「はじめまして、クロエの母のエレナです」

「は、初めましてクロエさんと仲良くさせてもらっているジンと申します」

クロエの両親を前に俺は緊張してしまい、いつもとは口調が変わってしまっていた。

そんな俺の様子に、クロエから「いつものジン君と違う～」と笑いながら言われた。

それから俺は、忘れないうちにまずクロムへの届け物を渡した。

クロムは俺が異空間から箱を取り出すと、驚いた眼でその取り出した物を見て「あっ」と声を出した。

「こちら、シンシアから預かってきた物です」

「おお、わざわざありがとな。帰ってきて、これがないことに気付いてどうしようかと困っていたんだ」

クロムはそう言いながら、箱を嬉しそうに受け取った。

そんなクロムをジッと見ていると、俺の視線に気付いたのかクロムが「どうした？」と俺を見てそう言った。

「いえ、その、前にクロエからクロムさんのことを少しお聞きして」

「あ〜、俺が英雄ってことをクロエから聞いたのか？」

「はい、獣人族の英雄として慕われていた方が、なぜ大陸も違うこの王国にいるのか、少し疑問に思いまして……」

「ごめんね。お父さん、ジン君なら話してもいいかなって」

クロエは自分が父の秘密を喋ったことに謝罪をすると、クロムさんは少しだけ間を開けて話し出した。

「英雄扱いされたくない、そうクロエから聞いていると思うが実際のところは違う。獣人は強き者こそ、上に立つべきという考えを持っているんだ」

「聞いたことがあります。多くの試練を乗り越え、強さを証明しないと獣人はついてこないと」

確かこのゲームの獣人の設定は、強者にしか獣人は従わないというものだったはずだ。

本編でも、主人公が訪れた獣人の里で協力してもらうために長《おさ》と一対一で戦い、強さを認めさせるという場面もあった。

「そのとおり。特に獣人族の故郷でもある獣人国はその考えが根強くてな、獣王でさえ対応できなかった国の危機を俺が救ってしまって、俺を国王にしようって考える者達がいたんだ」

「国王ですか……」

「ああ、俺はただ家族を守るために戦っただけだったのに国を導くなんてしたくない、そう思って俺は国を出ることに決めたんだ。それが英雄にまでなった俺が、この国にいる理由だ」

「そうだったんですね。教えてくださり、ありがとうございます」

「娘と仲良くしてくれているからな、ジンにはいつか話しておこうと思っていたんだ」

俺がお礼を言うと、クロムからそう言われた。

それからなぜか、俺はクロエの家で夕食までご馳走《ちそう》になることになった。

「クロエから聞いたが、ジンは魔法と剣術どっちもできるって本当か？」

「はい。ですが剣術に関しては少し前まで我流だったせいで、そこまで強くはないです」

「だとしても両方の才能があるってだけで凄いと思うぞ。俺には全く魔法の才能がないからな。唯一使える魔法は【身体強化】だけで、他の魔法は全然だ」

「そうなんですか、でも獣人って基本魔法は使わないんじゃないですか？　クロエは最近、魔法の練習をしていますけど」

俺がそう言うと、クロムは「基本は使わないな」と言った。

「ただ、使わないと使えないとでは話が別だ。俺は魔法そのものが不得意なんだよ」

「……なるほど、そういうことですか」

「そうなのよね。クロムったら魔法が全くダメで、小さい頃は『なんで、魔法ができないんだ！』って暴れていたのよ。懐かしいわ～」

「ちょっ、エレナ！　昔の話はするなよ……」

昔のことを掘り返されたクロムは、エレナにそう言って恥ずかしそうな顔をした。

そんな二人のやり取りを見ていた俺は、隣に座るクロエに「仲がいいんだな」と言った。

「うん、お父さんとお母さんずっと仲良しだよ。小さい頃からの幼馴染《おさななじみ》らしくて、ず～っと一緒にいるんだって」

「へぇ、幼馴染か。俺にはいない存在だな」

「私もいないから、お揃《そろ》いだね～」

幼馴染か、前世の時もいなかったな。

ラノベとか、ゲームとかで幼馴染キャラが出ると、毎回いいなと羨ましく思っていた。

今世ではそもそも家から出ることすら許されず、友人すらいない状況だったしな。

その後、食事を終えた俺達はそろそろ城に戻らないといけない時間になった。

「また今度、ゆっくりできる時にでも来てくれよ。ジンとは、まだまだ話したいことがたくさんあるからな」

「はい、俺もクロムさんの冒険話でまだ聞きたいことがたくさんありますので、是非また今度お邪魔させていただきます」

そう言ってクロムと約束をした俺は、クロエと共に家を出て城に戻った。

第十一章　金塊の使い道

クロエの家から城に戻ってきた俺は、まずシャワーで汗や汚れを落とした。

そして着替えた後、俺とクロエは姫様のところへと向かった。

部屋に入ると姫様は「おかえりなさい」と言い、俺達《たち》は「ただいま、帰りました」と返した。

「へぇ、こんな大きな金塊をゴーレムが落とすのね。凄《すご》いのね、魔物って」

「まあ、この大きさはだいぶ珍しいですけどね。俺達もこんな大きさの物が出るとは思っていなくて、出た時は驚きましたよ」

狙って大きな金塊を出すことは不可能だ。

ゲームでも色々試されていたが、結局金塊の大きさを狙うことはできなかった。

「金塊ゴーレム以外は、何か珍しい魔物とかは出なかったの？」

「出ませんでしたね。出たら、姫様にいいお土産話《みやげばなし》もできたんですけどね」

「そうね〜、それはまた今度の楽しみに取っておくことにするわ」

姫様はそう言うと、テーブルの上に置かれた金塊に視線をやった。

「ところで、その金塊は私に見せるために売らなかったの？」

「それもありますけど、ちょっと使い道があるんです」

「金塊の使い道？　魔道具でも作るの？」

「いえ、魔道具ではありません。まあ物といえば物ですけど……姫様、今ここで知りたいですか？」

これだけ大きな金塊の使い道があると知った姫様はすごく興味を示していた。

しかし、そんな姫様に俺は笑みを浮かべ、挑発気味にそう言った。

姫様は、少し驚いた顔をしてすぐに笑みを浮かべた。

「……その顔。相当、自信があるようね。今は教えなくてもいいわよ。ただし、その隠しごとはちゃんと面白いことなのよね？」

「面白いかどうかは約束できませんが、姫様が驚くのは目に見えています」

「へ〜、そこまで言っちゃうんだ。わかったわ、もしジンさんのその金塊の使い道に驚いたら私がジンさんにプレゼントを渡すわ」

姫様はそう言うと、俺は「必ず驚かせますよ」と言ってその日の報告会は終わった。

そして姫様の部屋を出ると、クロエが心配そうな顔をして「あんなこと言ってよかったの？」と聞いてきた。

「大丈夫。姫様は必ず驚くよ」

「凄い自信だね……本当に大丈夫なの？　さっき使い道を聞かれていたけど、あんなので姫様が驚くとは思えないけど……」

「ふふっ、心配しなくて大丈夫だから、クロエも楽しみにしておくといいよ」

心配するクロエに俺はそう言って、部屋に入りベッドに横になった。

そうして俺は明日が楽しみだなと、ワクワクしながら眠りについた。


そして翌日、学園での護衛の仕事が終わり、城に戻った俺は一人で王都の商店街へと訪れていた。

「ここだな、ゲームで何度も通った店だから迷うことがなかったな」

シンシアの店同様、目的の店は路地裏にあり、記憶を頼りに店に到着した。

店の名は、ガフカの工房。

ガフカという家系が代々やっている鍛冶屋で、ゲームでは何度も世話になった。

「誰か、いますか～」

俺はそんな店の扉を叩《たた》き、そう叫んだ。

すると中から一人の女性が現れ、俺を見ると睨《にら》んできた。

「ここはガキが来る場所じゃない。帰りな」

「……そのガキがあんたが欲しがってる物を持っていると言ってもか？」

出てきて早々に喧《けん》嘩《か》腰《ごし》で文句を言われた俺は、彼女の言葉に合わせてそう言い返した。

すると彼女は、さらに目を細め「あたしが欲しい物だって？」と言いながら睨んできた。

「金塊ゴーレムが落とす特大サイズの金塊。あんた欲しがっているだろ？　何年も募集しているが依頼を受ける者が見つからず、困っているんじゃないか？」

そう言いながら俺は【異空間ボックス】から、特大サイズの金塊を取り出した。

そしてその金塊を目にした彼女は、口をパクパクと動かしながら驚き、固まった。

「まさか、こんな子供があのサイズの金塊を持ってくるとはね……まさか、どこかから盗んだ物じゃないよね？」

「安心しろ、あれは昨日俺が仲間と一緒に採ってきた物だ」

「そうかい、それならいいけどよ……」

彼女の名前は、リーザ・ガフカ。

現ガフカの工房の店主であり、世界で五本指に入る鍛冶師。

二十代にしてその功績を持つ彼女は多くの国や鍛冶屋からスカウトされたが全て断り、家業を継いで店をやっている。

そんな彼女だが、少し前からあるアイテムが欲しくて店を休業にすることになった。

そのアイテムこそ、俺がダンジョンで手に入れた〝特大級〟の金塊だ。

もっと後で手に入れる予定だったが、まさかあのダンジョンで出るとは思わなかった。

「それにしても、金塊のことよく知っていたね。依頼書はだいぶ前に取り消していたのに」

「パートナー登録をしていて、そのパートナーの人にどんな依頼があるのか聞いていたんだ。その時、たまたまリーザの依頼書を見つけて持ってきたってわけだ」

「なるほどね」

まあ、半分は嘘《うそ》なんだけどな。

実際はリーザの依頼があると確信していて、フィーネさんに依頼書について質問をしていた。

というのも、リーザの依頼を完全にクリアするのは今から三年後以降の話だ。

本来は三年後までこの依頼は誰も達成することはなく、たまたま主人公が特大サイズの金塊を手にしてその噂《うわさ》を聞きつけたリーザが買い取るという流れだ。

「しかし、まあ特大サイズの金塊を実際に目にすることができるとは思いもしなかったよ……特大サイズの金塊が前に発見されたのは、何十年も前のことだから誰も持ってこないだろうとそんな気持ちもありながら依頼を出していたからね」

「運が良かったんだ。それでどうする、金塊買うか？」

「ああ、求めていた物が目の前にあるのに手を引くなんて考えられないからね……あんたがいいなら、売ってほしい。工房の進化のためにも、是非買わせてはくれないだろうか」

改まって頭を下げ、慣れない言葉遣いでそう言うリーザに、俺は金塊を売ることにした。

そうして金塊の売却後、リーザはすぐに金塊を使ったある物を作り始めた。

そのある物とは重要な道具の一つ、溶鉱炉の作成。

リーザはよりよい物を作るためには、自分の腕の向上もそうだが溶鉱炉の改造が必要だと気付く。

そんな溶鉱炉の改造に、特大サイズの金塊が必要だったリーザはずっとそれを求めていた。

「せっかくだから、ジンも見ていくかい？　もう他の材料である程度は作っていて、あとは金塊を設置するだけで完成なんだ」

「ああ、見ていくよ。まだ時間はあるからな」

そう言って俺はリーザと共に、店の奥の作業場へと移動してきた。

その作業場の奥に、一つだけ作りかけの溶鉱炉があった。

あれが金塊がないと完成しない溶鉱炉か……。

「そこでちょっと待っていてくれな、すぐに終わるから」

確かゲーム雑誌の質問コーナーで、なぜ溶鉱炉に特大サイズの金塊が必要なんですか？　という質問がされていた。

俺もこの依頼を最初にクリアした時、溶鉱炉になんで金塊が必要なんだ？　と思っていた。

開発者の答えは興味深く、その答えを今でも覚えている。

「特大サイズの金塊って、他の金塊とは違ってゴーレムの魔力を多く取り込んでいるんです。その力をリーザは、自分の考えた新しい溶鉱炉に使いたいと考えたんです」

それを聞いて俺は、納得した。

そもそも金塊ゴーレムの金塊は、普通の金塊と別のアイテムとして保管できる。

なぜそこを一緒にしないのか疑問に思ったが、言ってしまえば名前こそ似ているが、別物だとすぐに理解した。

金塊ゴーレムの金塊には魔力が貯蔵されていて、普通の金はただの金。

そこを理解した俺はリーザがなぜ、金塊ゴーレムの金塊を欲しがっていたのかわかった。

「つし、できた！」

頭の中で溶鉱炉について考え込んでいる間、リーザは作業を終え、いつの間にか完成させた。

こんな短時間でできるってことは、この当時からほとんど完成させていたんだな。

そう感心しながら、リーザのもとへと向かった。

「それが金塊を使って作りたかったものか？」

「ああ、あたしが考えた最高の溶鉱炉だよ。早速、何か作りたいね……そうだジン、あんた何か作ってほしい物はあるか？」

「作ってほしい物か……あるぞ、滅《め》茶《ちゃ》苦《く》茶《ちゃ》欲しくてずっと我慢していた物が」

リーザの質問に俺はそう言い、自分が欲しい物を答えた。

しかし、リーザは眉をひそめた。

「せっかくの新しい溶鉱炉なんだよ？　普通、剣とか盾とか防具とか、そういうのじゃないのか？」

「装備に関してはまた今度頼むとして、今はそれが欲しいんだよ」

「……まあ、あんたがそう言うならいいけどさ」

渋々といった様子で、リーザは道具を取ってきて俺が頼んだ物を作り始めた。

俺は椅子に座り、でき上がるのを楽しみに待った。

それから二時間後、リーザは立ち上がり「できた」と言った。

「やっぱりあたしの考えに間違いはなかったよ。こんな短時間で、もうできちまったよ。それに仕上がりも前よりも凄くいいね……凄い溶鉱炉を作っちまったよ」

リーザはそう言いながら、溶鉱炉を見上げて涙を浮かべた。

そして俺がいることを思いだして、すぐに涙を拭いて恥ずかしそうな顔をした。

それからリーザは、最後の仕上げとして手持ち部分を革で持ちやすく加工して、俺が頼んだものが完成した。

「これででき上がりだよ。まさかあの溶鉱炉で初めて作るのが、これとはね……」

「別に良いだろ？　欲しかったんだから」

そう言ってリーザから受け取った物。

それは俺がずっと我慢してクロエにも迷惑をかけた品、ツルハシだ。

なぜここまで俺がリーザのツルハシを欲しがっていたのか、それは他のツルハシとリーザのツルハシとでは性能が全く違うからだ。

「しかし、本当によくできた。今まで何回か採掘道具も作ってきたけど、これはこれまでの物より段違いで出来がいいね……」

「それだけ溶鉱炉が凄いんだろうよ。まっ、リーザの腕があってこそだろうけどな。見ていて感じたよ。あんな溶鉱炉、素人《しろうと》が使ったら素材を全部台無しにしてしまうだろ」

「よく見ているじゃない。どう、あたしのもとで鍛冶の勉強してみる？」

「ありがたい話だけど、俺は作り手より使い手の方が合っているから断らせてもらうよ。ただ今後はこの店を使わせてもらうことにするから、その時はよろしくな」

「あら、振られちまったね。まあ、これからよろしくね」

そう言って俺達は握手を交わし、今度は仲間と一緒に来るからと言って店を出て城に戻った。

それから俺は、姫様のもとに向かう前に汗を流すためにシャワー室に向かった。

そこへ向かう途中、訓練終わりのクロエとばったり会った。

「おかえり、ジン君。意外と早く帰ってきたね」

「ああ、鍛冶師の人も頼んだ物がこんなに早くできるなんてって驚いていたよ。それで、今度また行こうと思っているからその時はクロエも一緒に行かないか？」

「うん、その時は行ってみるよ。ジン君がものすごく楽しみにしていたっていう鍛冶師さんが、どんな人なのか知りたいし」

楽しみだな～、というクロエに「俺も会わせるのが楽しみだよ」と言った。

その後、シャワー室で汗を流し終わった俺とクロエは姫様のところへと向かった。

そうして部屋に入れてもらった俺は、姫様に「用意できたの？」と聞かれた。

「はい、無事に用意できましたよ。これを見たら、姫様は必ず驚くと思いますよ」

「へ～、ここにきてもそんな自信なのね……それじゃ、その私を必ず驚かせるっていう物を見せてくれるかしら？」

姫様からそう言われた俺は「はい」と返事をして、リーザに作ってもらったツルハシを取り出した。

姫様はそのツルハシを見ると眉をひそめ、「何それ」と言った。

「ツルハシです。でも、ただのツルハシじゃないですよ」

そう言って俺は姫様にツルハシをよく見てくださいと言って、じっくり確認してもらった。

そんな姫様は眉をひそめたままツルハシを見つめ、その出来栄えに脳裏にある鍛冶師が浮かんだのか、徐々に表情が変化しだした。

ふふっ、やっぱりこの時代の姫様もリーザのことを知っているな。

だよな、だってあれだけの実績を持つリーザを姫様が放っておくはずがない。

「嘘、でしょ……ねえ、ジンさんこれを作った製作者って……」

「ええ、姫様が考えているとおり〝リーザ・ガフカ〟。ガフカの工房で作ってもらいました」

「ッ！　嘘嘘嘘、あの人は自分が気に入った相手にしか作らないのよ!?　王族相手でさえ、無理って突っぱねる人なのよ！」

姫様はリーザが製作者だと聞くと、驚き焦った顔でそう言った。

姫様のこんな顔、前世も合わせて初めて見たよ。

「姫様、リーザが少し前に出した依頼のこと、覚えていますか？」

「そういえばリーザが金塊を欲しがっているって……でもそれは特別な金塊で……って、ああッ！」

「そうです。昨日見せた金塊、あれはリーザが求めていた〝特大サイズ〟の金塊です。俺はそれをリーザの工房に持っていって、このツルハシを作ってもらったんです」

そう答えると、姫様は驚いて立ち上がっていたが、大きく深呼吸をして座った。

「あれだけ大事なヒントをもらっていて気付かなかったわ……ジンさん、金塊を見せた時から試していたわね」

「姫様なら知っているかなと思っていたんですけど、知らない様子だったので賭けに出たんです。事前にリーザのことを気にしているかどうか、ユリウスさんから教えてもらっていたんで」

「……王族相手にいい性格しているわね」

「でも少し楽しかったですよね？　いつも暇しているから、たまにはいいかなと思いまして。迷惑でしたか？」

　俺がそう聞くと、姫様は「いいえ、楽しかったわ」と満足した様子で言った。

　そんな俺と姫様のやり取りをジッと聞いていたクロエは、俺の服の裾を軽く引っ張った。

「ねえ、ジン君。さっきからリーザ、リーザって姫様と言っているけど、誰のことなの？」

「あ〜、クロエは知らなかったな。まあ簡単に言うと凄い鍛冶師がいて、王族相手でも自分が気に入らないと依頼を受けないんだ。そんな人に俺がツルハシを作ってもらったから、姫様はあんな顔をして驚いたんだよ」

　俺がクロエにそう教えると、クロエは「そんな凄い人がいるんだ」とそんな反応をした。

「それにしても、まんまとしてやられたわね。ジンさんがあまりにも挑発してくるから乗ってみたけど、まさか本当に驚かされるなんて思いもしなかったわ」

「流石《さすが》に王族を挑発するのはどうかなって思ったんですけど、最近俺達の話もネタが底をついてきてしまって。だから、姫様を楽しませられないかなと思って、考えた末にやったことなんですよね。昨日はあんな挑発してしまい、すみません」

「いいわよ。私も乗っかっちゃったしね。でも一つ忠告しておくけど、私以外の王族にはやらない方がいいわよ？　私は楽しさをとって何も言わなかったけど、他の王族は違うから」

「はい、面白いことが好きな姫様にしかやりません」

　俺がニコリと笑みを浮かべながらそう言うと、姫様は「次も、楽しみにしているわね」と嬉《うれ》しそうに言った。

それから姫様は、リーザの作品を見るのが久しぶりだそうで、ツルハシをもっと見せてほしいと言った。

「いいですけど、危ないので手に持ったりしないでくださいね？　姫様を怪我《けが》させたりしたら、流石に俺の命の保証はないんで」

「わかっているわよ。触れないから安心して」

そう言って姫様は、じっくりとツルハシを見始めた。

その後、就寝時間ギリギリまで俺達は帰してもらえず、明日も見せてほしいと姫様に頼まれた。

「あの姫様があんなに食いつくって、本当に凄い鍛冶師さんの作品なんだね」

「まあ、何年も前から作ってほしいって頼んでいるけど、リーザが断っているらしいからな」

俺の言葉にクロエは「凄いねその人」と、リーザの王族相手にも変えない態度にそう感想を言った。

「……ここだけの話、リーザって基本的に気に入った相手にしか作品を作らないと言っているけど、王族相手にはもっと厳しく判断して、今まで王族で作ってもらった人間は片手で足りる数しかいないらしい」

「えっ、それじゃあ姫様がリーザさんに作ってもらうのって……」

「相当難しいと思う」

そう言うとクロエは後ろを振り返り、姫様の部屋の扉を可哀《かわい》そうな眼《め》で見つめた。

それから俺達は「おやすみ」と言って、それぞれの部屋に入った。

「遂《つい》にリーザのツルハシを手に入れた。これで鉱石採取もできるようになったぞ……あと、必要な物を揃《そろ》えたら、そろそろ王都から姿を消す準備を始めないとな」

ゲームの本編開始まで約三年あるとはいえ、悠長に構えていたらまた主要キャラと出会ってしまう。

できるなら国を出たいところだが、たぶんもう色々と関係を作ってしまっているから、あまり遠くには行けないだろう。

「せめて王都から離れるくらいはしておかないとな……」

そう思いながら俺は計画を練りつつ、ベッドに横になり眠りについた。

第十二章　ツルハシの性能

リーザに金塊を渡してツルハシを作ってもらってから数日が経《た》ち、俺とクロエは再びダンジョンへとやってきていた。

前回、二十階層まで攻略している俺達《たち》は転移床で二十階層まで転移し、そこからダンジョン探索を始めた。

そして今回の目的は攻略ではなく、ツルハシの性能の確認。

下へ下へと降りるのではなく、一階層ずつ念入りに探索して採掘エリアを見つけたら採掘をするとクロエと事前に決めている。

「ふぅ〜、採掘って体力使うな……」

「そうだね～、でも鉱石が採れるとなんだか嬉《うれ》しいよね。宝石系だと、綺麗《きれい》で嬉しさも倍増しちゃうから楽しいよね」

「ああ、わかる。俺は綺麗にその鉱石が採れた時は、ちょっとした達成感を感じているよ」

俺達はそれぞれ採掘で好きなところを話しながら、別の採掘ポイントを探していた。

そうして一日目の探索を終えた俺達は、安全地帯へと戻ってきて小部屋を出して夕食にした。

「一日目はずっと採掘をしてみたけど、どうだった？」

「予想以上に体力を使うから、攻略メインで考えるならあまり採掘はしない方がいい気がしたかな？　それこそ、今日みたいに採掘メインならいいと思う。意外と採掘って楽しかったし」

クロエは、一日を振り返ってそう言った。

確かに攻略メインだと、採掘をしている時間は作れそうにないなと感じたな。

まだ採掘に慣れてないこともあるが、どうしても一箇所を掘るのに数分掛ってしまう。

「慣れてないってのもあるけど、慣れてもたぶん早くは掘れないだろうしな……クロエの言ったとおり、ダンジョンごとに採掘をメインとするかしないかを決めた方がいいな」

「でも、珍しい鉱石があったら掘っても良いかもね」

「そうだな、探索メインの時は希少な鉱物以外はスルーして、希少な鉱物があったら採掘する感じでいいかもな」

俺達は今後について話し合いをして、夕食後に見張り番を決めて交代で休むことにした。

翌日、昨日とは違って朝からダンジョンで採掘を始めた俺達は、とある採掘ポイントの前で立ちつくしていた。

「ねえ、ジン君。あの鉱石ってアレだよね……」

「ああ、間違いないだろうな……いや、ここのダンジョン、鉱石系はいい物が出るって聞いていたけど、まさか二日目で出るとは思わないだろ……」

俺達が立ちつくしている採掘ポイントには、希少鉱石が一つ。

魔銀鉱石ミスリルがあった。

「……どうするクロエ。採掘してみるか？」

「わ、私は無理だよ。ジン君、私よりうまいからやってみてよ」

「俺も緊張で手が震えているんだが……」

クロエから採掘を押しつけられた俺は、ツルハシを手に持ち、ミスリルが埋まってる採掘ポイントの前に立った。

ゲームでもこんな序盤で出ないのに、なんですぐ出てくるんだよ。

マジでリーザのところでツルハシを手に入れて正解だった。

「ふぅー、よし行くぞ！」

俺は気合いを入れ直して、ミスリルの採掘を始めた。

ミスリルの採掘で一番気を使うのは、その採掘難易度の高さだ。

一掘りでも間違うと、ミスリルが粉々に砕けて使い物にならなくなってしまう。

だったら、使い道がないんじゃないか？　と思われるかもしれないが、腕の良い鍛冶師ならミスリルを加工するができる。

加工してできた物は魔力との親和性が高く、魔法を付与しやすくなるという性質を持つ武器や道具を作ることができる。

主に魔法剣の材料や防御系の魔法を付与して使うことができて、ゲームでもそういった用途で加工されていた。

「……ふぅ、マジで神経使うな」

下手に傷付けたら粉々になってしまう危険があるため、俺は魔物を狩る時以上に集中して採掘をしている。

ツルハシの性能が高く、少しの力でも掘れて調整がしやすいのは本当に助かっている。

そんな感じで掘り進め、約一時間の採掘の末、俺は無事にミスリルを掘り出した。

「っと、壊さないようにすぐに入れておこう」

落としたりしたら、俺の頑張りが無駄になってしまう。

そう思った俺はすぐに【異空間ボックス】へとミスリルを入れて、ようやく一息ついた。

「ジン君、お疲れ様！　ドワーフ族でも採掘が難しいって言われているミスリルを掘っちゃったね！　凄《すご》いよジン君！」

「ああ、滅茶苦茶《めちゃくちゃ》時間がかかってしまったけどやっと掘り出せたな……自分でも驚いているよ」

クロエは一時間掘り続けていた俺に、労《ねぎら》いの言葉と称賛を送ってくれた。

そして、ずっと緊張していたせいで疲れが一気に押し寄せ、その場に座り込んでしまった。

そんな俺を心配したクロエは「ジン君!?」と驚いた顔をして、焦った様子で駆け寄った。

「大丈夫、ちょっと疲れが出て足に力が入らなくなっただけだから」

そう言って俺はダンジョンの壁に背を預け、飴《あめ》を取り出して舐《な》め始めた。

魔力は別に少なくなっていないけど、少しでも糖分を摂取したいと体が訴えていた。

「ジン君、ここじゃ危険だし安全地帯まで移動する？」

「移動する方が危険だから、動かない方がいいと思う。ゴーレム程度ならここに座った状態でも、援護くらいはできるから」

俺はそう言ったが、クロエは心配した様子で「でも……」と迷ったようだ。

獣人族のクロエなら俺を運ぶことはできるが、もしも魔物が襲ってきた場合に俺を守りながら戦うのは難しい。

ここなら背後が壁で後ろを警戒しなくていいので、クロエも魔物との戦いに集中できる。

「まあ、数分、長くても十数分あれば歩けると思うから、それまでは周りを警戒しながら休もう」

「……わかった」

渋々といった様子でクロエは俺の言葉に返事をして、物凄い集中力で周囲の警戒を始めた。

それから少し経ち、俺の体力も徐々に回復してきた。

ようやく動けるくらいにまで回復した俺は、クロエと共に二十階層の安全地帯へと戻ってきた。

「ありがとうクロエ」

「ううん、ジン君は私ができなかった採掘をしてくれたから、これくらいするのは当然だよ」

そして俺達はこの後も採掘を続行するかどうかを話し合い、流石《さすが》に今の俺の状態では厳しいと判断して今回の探索は二日目の昼で終わることになった。

そしてダンジョンから出た俺とクロエは、たまたま別の冒険者をダンジョンに送りに来た御者と会い、そのまま王都まで乗せてもらうことになった。

「本当に助かりました。ありがとうございます」

「ありがとうございます」

「いえ、運ぶのが私の仕事ですから、また来週も待っていますね」

王都に着いた俺達は御者にお礼を言うと、御者はいい笑顔でそう言い、去っていった。

なんか仕事に誇りを持っている人って感じでかっこいいな……。

去っていく御者の後ろ姿を見つめながら俺はそう思い、ギルドの中へと入った。

建物の中に入った俺達は受付でフィーネさん達を呼んでもらうと、慌てた様子でフィーネさん達がやってきた。

「ジンさん、クロエさん、どうしたんですか？　予定より一日早いですよね？」

「えっと、ちょっと体力を奪うことがありまして……ここでは話せないので部屋に行きませんか？」

普段ならすぐに部屋に通してくれるのだが、今回は俺達が予定より早く帰ってきたことで動揺したフィーネさんはこの場で理由を聞こうとした。

そして俺の言葉に「あっ」と気付いて、俺達はすぐにいつもの相談室へと移動した。

「……それでジンさん、クロエさん。ダンジョンで何があったんですか？」

「実は……」

それから俺はミスリルを発見したこと、そのミスリルを採掘するのに一時間も掘り続けて体力を失い、翌日も体調が万全にならないと判断して、今回は早めに帰ってきたと報告した。

「……もうジンさん達のことで驚くことはないだろうとリコラさんと話していましたが、まだ上がありましたか」

「フィ、フィーネさん。ミスリルって、あのミスリルですか？」

「リコラさん落ち着いてください。ジンさん達が言っているのは、間違いなく魔銀鉱石ミスリルのことですよ」

毎度驚いていたフィーネさんは精神的に強くなったのか、ミスリルと聞いても慌てる様子はなかった。

しかし、リコラさんはまだ理解が追い付いていないのか、若干戸惑った様子でいた。

「リコラちゃん、落ち着いて、ほら深呼吸して」

そんなリコラさんに、クロエは一緒に深呼吸をして落ち着かせようとした。

そんなクロエ達を横目に、フィーネさんから「実物を見せてもらうことってできますか？」と聞かれた。

「いいですよ」

フィーネさんの言葉に俺はそう返し、ミスリルを取り出して、直接テーブルには置かずに下にクッションを敷いて置いた。

ミスリルの輝き、中から出ている微量な魔力。

それらを確認したフィーネさんは、「本物ですね……」と真剣な表情で言った。

「これほど綺麗に採掘されたミスリルは、初めて見ました。ジンさん達は採掘のご経験があったんですか？」

「いえ、今回の探索で初めて採掘をしました。ただ採掘道具はいい物を使いましたけど」

「未経験で、これだけ綺麗に採掘できたんですか？　その採掘道具って一体……」

未経験だったと聞いたフィーネさんは驚き、道具にも興味を示したので俺はツルハシも取り出して見せることにした。

「これは！」

「お察しのとおり、ガフカの工房。リーザ・ガフカに作ってもらったツルハシです。そのツルハシ、マジで性能が良くて素人《しろうと》の俺達でも普通の鉱石なら楽に掘れたんです」

「……先日の金塊、リーザさんに渡したんですね。てっきり、金塊を競売にかけるのかと思っていましたけど」

「金に関しては他の金塊で事足りますからね。クロエとも相談して、リーザに渡すことにしたんです」

クロエの名を出すと、リコラさんの頭をヨシヨシしていたクロエがこちらに顔を向けた。

「だってゴーレムを多く狩っていたのはジン君だし、ジン君の判断が今まで間違ったことはなかったから、ジン君が決めたならその使い道がいいかなって。それにお金にはそこまで困ってなかったしね」

「まあ、クロエが駄目って言っていたら、俺の分の報酬を渡してでもあれをリーザのところに持っていく予定でしたけどね。彼女の依頼書を見た時から、手に入れたら絶対に持っていくと決めていたので」

その後、話し合いが終わると、魔物の素材だけギルドで売った。

鉱石系はすでに使い道を決めているとクロエに話していたので、クロエからの反対もなく魔物の素材の報酬を分けてギルドを出た。

「さて、クロエ。さっきまで大丈夫そうだったけど、今更緊張してきたのか？」

「だ、だってそりゃ緊張するよ。姫様の頼みでも聞かなかった鍛冶師さんのところに、今から行くんでしょ？　私なんか行って、本当に大丈夫なの？」

「大丈夫。仲間と一緒に採ってきたってリーザに伝えているから、クロエのことを追い返したりはしないよ。だから……柱に摑《つか》まってないで早く行くよ！」

ギルドの入り口でそんなやり取りをした俺達は、怯《おび》えるクロエを連れてリーザの工房へと向かった。

そうしてやってきたリーザの工房の前で、クロエは最後まで抵抗を続けていた。

しかし、そんなクロエの前に工房の中からリーザが出てきて、ビクッと反応をすると固まってしまった。

「ジン、久しぶりね。そっちの子は、この間話していた仲間の子かい？」

「ああ、久しぶりだな。仲間のクロエだ。リーザの噂《うわさ》を聞いて、怖がってるところ連れてきたから絶賛緊張と恐怖でガチガチに固まっている」

「……酷《ひど》いことをするね。とりあえず、中に入りな。外に居たら面倒な人達に絡まれるからね」

リーザからそう言われた俺は、ガチガチに固まったクロエを引っ張って店の中に入った。

「それで今日はどういった用で来たんだ？　仲間の紹介だけってわけじゃなさそうだけど」

「本当はそのつもりだったんだけどな……ちょっと、ヤバい物を手に入れたから急いで持ってきたんだ」

「ヤバい物？」

俺の言葉にそう反応したリーザに、俺は【異空間ボックス】からミスリルを取り出した。

「それはッ！　おま、なんでジンが持っているんだ！」

「今日、見つけて採掘してきたんだよ。採るのに苦労したぞ。一時間の激闘の末に手に入れた」

「……聞いていた話だと、あたしのツルハシを手に入れるまでは採掘をしてなかったって言っていたよね。よくそれでミスリルを採れたね」

「ツルハシの性能が良いからな、流石リーザ様のお手製のツルハシだな」

「変な風に茶化すんじゃないよ。……それにしてもこのミスリル、綺麗に採れているね。一切傷が付いてないからこれを使ったらものすごくいい物ができるよ」

リーザはまじまじとミスリルを見つめて、採掘してきたミスリルに評価を下した。

俺はそんなリーザに、このミスリルで作ってほしい物があると言った。

「……あたしにミスリルの加工を頼むのかい？　ミスリルだったら、あたしよりうまく扱う奴《やつ》が王都にいるよ？」

「確かに、その人は腕がいいと思うけど……その人にはアレがないだろ」

俺は作業場の奥にある溶鉱炉を見ながらそう言った。

「アレの凄さはこの間のツルハシでよくわかっている。それなら、腕が良くてあの溶鉱炉を持っているリーザに頼むのが一番いいと判断した……それにリーザもミスリルを扱ってみたいだろ？」

「……触りたいか触りたくないかで言ったら、そりゃ触りたいね。希少鉱石はどれも巷《ちまた》にあまり出回らないせいで、鍛冶師の間でも取り合いをしているほどだからね」

「まあ、気に入った相手じゃないから作りたくないって言うなら他を当たるよ」

そう言って俺はミスリルを【異空間ボックス】に入れようとした。

そんな俺にリーザは「まった！」と声を張って止めた。

「いつ、あたしがジンを気に入らないと言った？　金塊を持ってきた時から、ジンが頼んだ物ならなんでも作るって決めているよ。だからそのミスリル、渡しな」

鋭い目つきで睨《にら》みながらそう言うリーザに、俺は「冗談だから、そんな睨むなよ」と言ってミスリルを渡した。

「俺の聞いた話だと、どんな物を渡してもリーザは気に入った相手にしか作らないって聞いていたんだけど……今の会話の感じだと、希少鉱石を持ってきたら受けるんじゃないのか？」

「知らん奴、気に入らん奴が持ってきても別にどうでもいいよ。ただ気に入った相手が持ってきたなら、他の鍛冶師に取られたくないって気持ちが出ちまうんだよ。まあ、一種の独占欲ってやつよ」

リーザはそう言いながら、ミスリルを手にしてウットリとした表情をした。

それからリーザは俺に何を作るのか尋ねてきて、ここに来るまでに考えていたミスリルで作ってほしい物を頼んだ。

「今度は普通の物を頼むんだね。また変な物を頼まれるかと思っていたよ」

「毎回毎回、変な物を頼むわけないだろ。それにツルハシは変な物じゃなくて、必要な物だったんだよ。アレのお陰で、今その手の中の物があるんだからな？」

「そうだったね。あんまり馬鹿にしちゃいけないね」

そう言ってリーザは店の奥に行き、ミスリルを保管して戻ってきた。

そしていまだガチガチに固まっているクロエに近づくと、頭に手を置いて撫《な》で始めた。

「ふぇ!?」

「あたしの噂を聞いて怖がるのはわかるけど、そこまで怖がらなくてもいいよ。あたしは気に入った相手なら、よほどのことがない限りは怒ったりしないから」

リーザはそう言いながら、クロエの頭を撫で続け、撫でスキルが高いのかクロエは徐々に緊張が解け始めていった。

「あ、あのもう大丈夫です。その、すみません……」

「いいよいいよ。あたしも、自分が怖がらせているってのは自覚しているからね。貴族からも怖がられたこともあるから、クロエが怖がるのも無理ないよ」

リーザが優しくクロエに声を掛け、クロエは少しずつ恐怖心が薄れていった。

それから少しして、ようやく緊張が解けたクロエは改めてリーザと挨拶を交わした。

「そういえばリーザ、さっきの注文した物だけどいつくらいにできそうだ?」

「そうね。この後、作業に取り掛かるとして……まあ、明日には完成するね」

「明日か……なら、明日取りに来るよ。ちょうど、仕事が休みの日だしな」

そう言って本当だったらダンジョン探索の最終日だった日に、俺は頼んだ物を受け取りに来ると言ってリーザの工房を出た。

その後、俺達は城に戻り、早めに帰ってきたことを姫様に報告した。

「その顔、また何かあったの？」

「いい話のネタを持って帰ってきましたよ。なあ、クロエ」

「うん、姫様絶対に喜ぶと思いますよ」

「へぇ、今度はクロエさんまでそんなことを言うのね」

「でも準備に明日までかかるので、今回のダンジョンの話は明日でも構いませんか？」

俺がそう言うと、姫様は「ええ、前回もちゃんと驚かせてもらったから」と前回の約束どおり、驚かせた功績があるのでそう言ってくれた。

ちなみに姫様を驚かせたことで、俺とクロエは報酬アップと魔道具を一つずつ貰《もら》っている。

その後、話は明日することになったので姫様の部屋を出た俺達は、そこで解散した。

第十三章　ミスリルの使い道

翌日、朝早くから俺はクロエを連れてリーザの工房へと向かった。

朝食も食わずに出てきたから腹が減ってきた……そうだ串焼き屋のおっちゃんの店に、久しぶりに行ってみるか。

「クロエ、朝食も食べずに出てきただろ？　少し腹ごしらえに行ってもいいか？」

「うん、いいよ～」

クロエから了承をもらった俺は、いつもやっている出店へ向かった。

……あれ？　ロブじゃなくて、なんで女の子が店をやっているんだ？

看板は同じだから、ロブの店が潰れたとかじゃなさそうだけど……。

「なあ、ロブのおっちゃんは今日はいないのか？」

「すみません。父なら先日階段から落ちて腰を痛めてしまって、今は療養中なんです」

父ってことは、この子はロブの娘なのか？　ゲームでは登場していなかったから、どんな子なのか気になっていたが父親に似ずに結構可愛《かわい》いんだな。

「階段からって、大丈夫なのか？」

「階段といっても、五段ほど上がったところからだったので命に別状はないんですが、歳《とし》のせいもあって腰のダメージが大きかったみたいで」

「あ～、なるほどな」

ロブの娘からそう聞いた俺は、とりあえず数本串焼きを購入してその場を去った。

「さっきの店、ジン君よく行っているの？」

「ああ、俺が家から追い出された時、まだ金がない時に串焼きを貰《もら》ってな。それから、小腹が空《す》いた時に通っているんだ。あの店というか、あの店の店主に恩を感じていてな」

「そんなことがあったんだ」

クロエにロブとの出会いを話しつつ、俺達《たち》は串焼きを食べながらリーザの工房へ向かった。

リーザの工房に着いた俺達が扉を開けて中に入ると、カウンターにリーザが待っていた。

「時間どおりね。もう頼まれていた品はできているよ」

リーザはそう言うと下から木箱を取り出し、カウンターの上に置いた。

そして木箱の蓋を開け、俺とクロエはその中身を確認した。

今回リーザに頼んだ品、それはミスリル鉱石を材料の一部に使った腕輪だ。

「わ〜、凄《すご》く綺麗《きれい》。これ私も着けていいの？」

「ああ、クロエも頑張ってくれたからな。それに腕輪はいくつかあるみたいだからな」

「あの量、全部腕輪にするってなったらこれだけの数になったけどよかったの？　武器とか防具に使わなくて」

「今のところ、そっちに投資しなくても十分な物を装備しているからな。それにこっちの方が俺達には重要だから」

今回作ってもらったミスリル鉱石を使用した腕輪は、ゲームでも登場していた。

ゲームでの効果はシンプルで、魔法の威力が上がるものだった。

この世界でも同じなら、いい強化アイテムの一つになる。

俺とクロエが両手分の一セットずつ着けても、まだ三セット分も残っている。

「あれだけのミスリルでこんなに作れたんだな」

「本来はここまで作れないけど、ジン達の持ってきたミスリルの純度が良くて、一つに使う分を節約できたから五セットも作ることができたのよ」

「なるほどな……なあ、クロエ。この腕輪を着けるとなんか魔力の通りがよくなっていないか？」

「うん、私もそれを感じていたよ。なんだかいつもの感覚じゃないよ」

「確かあたしが聞いた話だと、ミスリルを装飾品として着けていたら魔法の力が上がるそうだね。その時は半信半疑だったけど、その感覚が本当なら実際に魔法の威力が上がっているかもね」

リーザからそう聞いた俺は内心、この腕輪はゲームどおりの性能を発揮していると確信した。

それからリーザの工房で用事を済ませた俺達は、また面白い物が手に入ったら来ると言って店を出た。

そして、クロエがどうしても魔法を使ってみたいと言ってきたので、王都の外に出て実際に魔法を使って検証することになった。

「わ〜、凄い凄い！　本当に魔法の威力が上がっているよ〜ジン君！」

クロエは自分の魔法が一気に成長したような感覚を味わい、嬉《うれ》しそうに尻尾《しっぽ》をぶんぶんと振って喜んでいた。

そんなクロエに「怪我《けが》しないようにな」と注意しながら、俺も魔法を試すことにした。

ゲームでは〝全ての魔法〟の効果や威力が向上していたが、こちらの世界でもそのままなのか検証しておきたい。

クロエが魔法の威力アップで楽しんでいる間、俺は使用可能な魔法で色々と検証を行った。

「……性能は完全に同じだな」

その結果、腕輪の力はゲームのままだとわかり、心の中でガッツポーズをした。

「ジン君、検証終わったの？」

「ああ、終わったよ。この腕輪、本当に凄いな。魔力を使う時に、今まで以上に効果を発揮するようだ。本当に凄い物ができてしまったな」

「うん、そうだね。でも、こんなに凄いのを私達が持っていてもいいのかな……」

「いいに決まっているだろ。俺達が採掘した鉱石なんだから」

クロエは、先ほどまでの喜びから一転して不安そうな顔で腕輪を見つめていた。

俺はそんなクロエを安心させようと、気分を変えるために実戦で試してみようと提案をして、魔物が出る場所へ向かった。


それから俺達は一時間ほど、魔物を相手に腕輪の力を試して城に戻った。

帰宅後、姫様の部屋に行く前に汚れが付いた状態ではいけないので、シャワーで軽く汗と汚れを落とし、着替えて姫様の部屋に向かった。

「朝早くにどこかに出掛けていたみたいだけど、昨日言っていた準備のためだったのかしら？」

「ええ、そのとおりです。その準備が終わって、さっき戻ってきました」

「姫様、今回のも本当に凄いですよ！　前回のよりもさらに凄い物です！」

クロエは興奮気味に姫様にそう言った。

普段と違うクロエの様子に、姫様が少し戸惑っているな……。

「では、早速そのアイテムを見せますね」

そう言って俺は【異空間ボックス】から、ミスリルで作った腕輪を取り出した。

一瞬、姫様はなんで腕輪？　といった様子で見ていたが、徐々にその腕輪の材料に気が付いて「えっえっ？」と混乱しだした。

「こ、これってまさか、いやでもこの辺じゃ採れないし……ジンさん、この腕輪の材料って」

「はい、その腕輪の材料にはミスリルが使われています」

「……」

俺の言葉を聞いた姫様は、腕輪を一度、二度、三度と見て「嘘《うそ》でしょ!?」と叫んだ。

う～ん、ものすごく綺麗な三度見だった。

「これって、本物のミスリルなの？」

「わざわざ偽物を持ってきませんよ。正真正銘、ミスリル鉱石を使った腕輪です。なんなら少しだけ魔力を流してみたらわかりますよ」

俺はそう言って姫様に腕輪を手渡すと、姫様は少しだけ魔力を腕輪に流してその腕輪に本物のミスリル鉱石が使われていると理解したようだ。

そして、姫様は驚いた顔をしたまま「どうやってこれを手に入れたの」と聞いてきた。

「昨日、戻るのが早かったですよね？　あれ実は、ダンジョンでミスリル鉱石を掘るのに長時間集中して、それ以上探索ができないって判断して帰ってきたんですよ」

「……おかしいと思ったわ。どこも怪我とかしてないのに予定より早く帰ってきたもの」

「ミスリル鉱石って、掘るのが滅茶苦茶《めちゃくちゃ》難しいんですよね。少しも気を抜けないですし、一時間集中し続けたら、その後しばらくは歩くことすらできませんでした。それで流石《さすが》にこの状態はヤバいと思って帰還することにしたんです」

そしてダンジョンから戻ってきた俺達は手に入れたミスリルを加工してもらうためにリーザのもとに向かったと続けて説明した。

「えっ、この腕輪もガフカの工房のアイテムなの？　ジンさん、そんなに気に入られたのかしら？」

「まあ、ぼちぼち関係は築けていますね。ですので、姫様の分も作ってもらえました」

リーザには昨日、俺とクロエの分は確実に作ってほしいが、よかったら姫様や今後できるかもしれない仲間の分も作ってほしいと頼んでいた。

本来リーザは自分が気に入った相手のアイテムしか作らないと設定に書かれていた。

俺はそれを知っていたので、自分達以外の分を作る判断はリーザに任せるかたちで頼んだ。

その結果、リーザは三つも余分に作ってくれて、これはあのミスリル鉱石の限界で作れる量だった。

「えっ、ちょっと待って、今私の分って言ったのかしら？」

「はい、その腕輪は姫様への贈呈用です。リーザが作ってくれなかったら渡せませんでしたが、無事に作ってくれたので」

「……いえ、そもそもなんで私に渡す前提での話なの？」

俺達からミスリル鉱石の腕輪を贈られることに疑問を抱く姫様は、意味がわからないといった様子でそう言った。

まあ、姫様からしたらただの雇用関係。

少し親しくなっただけの間柄の相手に、なぜミスリルという貴重な鉱石を使った物を贈るのか理解ができないのだろう。まあ俺だって、そんな相手からこんな貴重な物をあげると言われても同じようなリアクションをするだろう。

「今までのお礼の品です。俺に依頼を出して匿《かくま》ってくれましたから。最初は色々と怪しんでいましたけど、姫様のお陰で俺の噂《うわさ》もだいぶ収まって、また冒険者活動もできるようになりました。それにこの期間のお陰で、俺もクロエも自分達のことを見つめ直してより強くなることができました。それらも含めてのお礼の品です」

「……だとしても、これは貰いすぎよ。いくらなんでも、ミスリルを使った物をお礼として貰えないわよ。貴族でも、ここまでの贈り物はしてこないわよ？」

受け取れないと言う姫様に、俺とクロエは一貫した態度で「受け取ってください」と伝えた。

それから十数分間、姫様と俺達はどちらも折れることなく、最終的には悩みに悩んで「わかったわ、受け取るわ」と言って姫様は腕輪を受け取ってくれた。

……よし、これで姫様の強化も完了だ！　これでもしものことが起きても、ある程度は姫様の力で対処できる。聖女様としての力もこの時代からだいぶ備わっているみたいだし、そこにミスリルの腕輪があればゲームで活躍していた姫様とそう変わらないだろう。

俺は内心ガッツポーズをしながらそう考え、腕輪を見つめる姫様へと視線を戻した。

「見れば見るほど、この腕輪って凄く綺麗ね。流石、ガフカの工房で作られた作品だわ」

姫様はそう言うと、手に持っていた腕輪を腕に嵌《は》めて「どう？　似合っているかしら」と俺達に見せてきた。

「ええ、似合っていますよ。装飾は少なめで作っていますが、姫様に似合っていると思います」

「姫様は普段アクセサリーとか着けないので、腕輪があるだけでもちょっと雰囲気が変わって凄く似合っていると思います」

俺は簡潔に、クロエは姫様の雰囲気の変化を一緒に伝えた。

俺達のそんな言葉を聞いた姫様は、「ありがとう」と嬉しそうに微笑《ほほえ》みながら言った。

それから俺達は昨日のダンジョン探索の出来事、ミスリルがどれだけ採るのが難しいかなどの話を姫様にした。

そして、その日は姫様に久しぶりに満足してもらえるまで楽しい話をして、本来の仕事を全うできたなと満足した。

「ジンさん、ちょっといいかな？」

「ユリウスさん？」

食事も済ませ、二度目のシャワーを浴びた俺が部屋に戻ろうとしていたら、ユリウスに呼び止められた。……ユリウス、魔力でずっとここにいたのはわかっていたけど、もしかして俺を待っていたのか？

「先ほど姫様のところに伺ってきたのですが。あの腕輪、ジンさんが姫様に贈った物って本当ですか？」

「はい、やっぱり平民からの贈り物って駄目でしたか？　その、姫様にはお世話になったので、お礼の品でもと思いまして……」

「いえ、そういうわけではありません。私も遠征に行った時は、姫様にお土産《みやげ》として贈り物を渡しているのでいいのですが……あの腕輪の材料はミスリルですよね？　あれはどうやって手に入れた物なのか聞いてもいいでしょうか？」

姫様に贈り物をしたことで怒られるのかと思っていたが、ユリウスが気にしていたのはミスリルの方か……。

「王都の近くにある岩石山ダンジョンって知っていますよね？」

「ええ、ゴーレムがよく出現するというダンジョンですよね？」

「はい、そこの二十階層付近の採掘場所でミスリルを見つけたんです」

特に隠すつもりもなかったので、ミスリルの発見場所をユリウスに伝えた。

するとユリウスは「岩石山……二十階層……」とブツブツと独り言を言い始めた。

「ユリウスさん？」

「あっ！　すみません、情報ありがとうございます」

ユリウスは綺麗なお辞儀でそう感謝の言葉を述べると、本当にそれだけを聞きに来たようで「おやすみなさい」と言って去っていった。

「……なんだったんだ？　まあ、ミスリルは希少鉱石だし気になっただけか？」

そう思いながら俺は部屋に戻り、ベッドに横になって手を伸ばして腕輪へと視線を向けた。

これがあれば、今の能力でもある程度の強い魔物とは戦闘ができる。

それに噂の沈静化もだいぶ済んだし、俺が冒険者に登録して数ヶ月の期間ができた。

これで今後何かしら起きたとしても、今回よりは騒ぎにはならないだろう。

「一番いいのは騒ぎにならないことだが、たぶん無理だろうな……」

俺のゲーム知識には、いくつか偉業のようなかたちでしか手に入れられないアイテムがある。

そのなかには俺が欲しい物もあって、それを手に入れるとどうしても目立つことになってしまう。

「隠れて取るにも取れないからな……仕方ないといえば仕方ないし、諦めることもできないし」

主人公だけが使える専用アイテムなんかもなかにはあるが、そのなかに俺が欲しい物は特にない。

強いて言うなら、勇者の剣はかなり価値のある物だが、あれは勇者の印がある者じゃないと扱えないという設定があるため、俺が持っていても意味がない。

だがそれ以外の有用なアイテムはできるだけ手に入れて、もしもの時に備えておきたい。

そんなことを考えながら、俺は眠りについた。


翌朝仕事の準備を終えて、いつもならいるユリウスの気配がないことに気付いた俺は、姫様にユリウスがどこかに行ったのか聞いた。

「今朝、私のところに来てしばらくお休みが欲しいって言ってきたのよ。ユリウスが休みたいって言うなんて珍しいし、今は特にユリウスが休んでも問題ないから許可したけど、どこに行くかまでは聞いていないわ」

「そうですか……」

姫様にも行先を伝えずに行くって、ユリウスには珍しい行動だ。

姫様一筋の剣聖のユリウスが、姫様を残して消えるなんて……。

「もしかしてユリウスさん、ミスリルを採りに行ったんじゃ」

「えっ、なんでユリウスがミスリルを採りに行くの？」

「昨日、廊下で俺を待っていてミスリルのことを聞かれたんですよ。それで岩石山ダンジョンで手に入れたって言った時に、雰囲気が少しおかしかった気がして」

俺がそう言うと、姫様は「ユリウスがそんなことを……」と悩みだした。

それから姫様はしばらく悩むと、ユリウスの実力なら岩石山ダンジョン程度一人でも大丈夫、と姫様は自分に言い聞かせるようにそう言った。

ユリウスのことを心配に思いつつも、気にしないような素振りを見せた姫様は、ユリウスが申し出た数日間を過ごした。

そして休暇の最終日、ユリウスが戻ることはなかった。

第十四章　消えた剣聖

ユリウスの休暇最終日の翌日、本来であればユリウスは戻っているはずなのにその姿は王城にはなかった。こんなことは今までなかったらしく、王城の中は慌ただしくなっていた。

本来だったら今頃、俺とクロエは姫様と共に学園にいるのだが、ユリウスがいないという事件が起き、今日は学園を休むことになった。

「ジン君、ユリウスさんはどこに行っちゃったんだろう……」

「あのユリウスさんだから、事件に巻き込まれたとかはないと思うけど……」

そんな慌ただしいなか、一人だけ冷静に動いていた人物がいた。

「……姫様、意外と冷静なんですね」

「あたりまえよ。王族が家臣の一人が消えたからって、慌てていたら駄目でしょ？」

「流石《さすが》姫様ですね」

落ち着いた様子の姫様に俺はそう言い、ユリウスがどこに行ったのか姫様と話し合った。

「……一番妥当なのは、数日前にジンさんが言った岩石山ダンジョンに行った可能性が高いわね」

「そうですね。ミスリルのことを聞いた翌日に姫様に休みたいと言って、その日から姿を消しているので、考える限りで一番可能性があるのは岩石山ダンジョンですね」

でも、だとしたら今ここにユリウスが戻っていないのはおかしい。

岩石山ダンジョンの難易度はそこまで高くない。

剣聖であるユリウスなら一人で行っても危険な場所ではない。

「ジン君、ユリウスさんって採掘に夢中になって時間を忘れている可能性はないかな？」

俺と姫様がユリウスのことで頭を悩ませていると、ふとクロエがそんなことを言った。

「……確かに、その可能性はあるかもしれないな。採掘って、かなり集中力が必要だから時間がわからなくなっているかもしれんな」

「あのユリウスが採掘で時間を忘れるかしら？　時計がないところでも、ユリウスは正確に時間を把握しているのよ？」

「普段のユリウスさんならそうだと思いますけど、明らかにあの時のユリウスさんは様子が変でしたし……」

俺が最後に会った時のユリウスは、ミスリルの話を聞いてすぐに消えた。

今思えば、あれはミスリルを長い間求めていたような感じだった。

そんな設定、ユリウスにあったかな？　勇者の師匠として教えていた時も、そんなことは出てこなかった。

「そうね、わかったわ。後でユリウスの捜索隊には今の話をしておくわ」

姫様はそう言うと俺達《たち》との話し合い後に、ユリウスの捜索隊の一人を部屋に呼び先ほどの話を伝えていた。

それから俺とクロエはこんな時に訓練はできないと、それぞれの部屋に戻ることにした。

「ユリウスさんの捜索は城の優秀な兵士達がやるみたいだから、俺達が動かなくてもいい状況だが……」

少し前の俺なら、自ら動こうとは思わなかった。

相手は剣聖で、国の優秀な人達が捜索隊として動いている。

そんな状況のなか俺が加わったところでと思っていただろうけど、ユリウスには色々と恩がある。

「ということで、ユリウスさんを捜しに行こうと俺は思っているけど、クロエはどうする？」

「うん、私もユリウスさんには悩みごとを聞いてもらったりしてお世話になっているし、なにより姫様のためにもユリウスさんを探してあげたい」

「決まりだな。それじゃ俺達もユリウスさんを捜しに行くか」

そう言って俺達は再び姫様の部屋に訪れ、ユリウスを捜してくると言った。


城を出た俺達は、情報収集も兼ねて冒険者ギルドへと向かった。

ギルドでフィーネさん達にユリウスについて話をすると、数日前にユリウスがギルドに訪れてダンジョンの情報を聞いていたことが判明した。

「ジン君、やっぱり予想どおりユリウスさんは岩石山ダンジョンに行ったみたいだね」

「ああ、だけどあれからすでに何日か経《た》っているから、もしかしたら移動している可能性もある。一応、岩石山ダンジョンに行って確認してみよう」

その後、俺はギルドを出て乗合所で先週から予約していた馬車に乗り、岩石山ダンジョンへと向かった。

いつもなら三時間以上かかるのだが、御者に事情を説明すると「馬達に少し頑張ってもらいます」と言われて二時間ほどで到着した。

この事件が解決したら、御者にお礼の品と馬にはニンジンでも差し入れよう。

そう思いながら馬車から降りて、ダンジョンの入り口で兵士にユリウスについて聞いた。

「ユリウスさんですか？　それなら数日前に入っていきましたけど、あれからユリウスさんが出てきたところは見ていないですね……」

「やっぱり、そうでしたか。ありがとうございます」

情報をくれた兵士にお礼を言うと、兵士は困惑した様子で王都の状況について聞いてきた。

「あの、もしかしてユリウスさんが帰ってきてないことって、王都の方で騒ぎになっていたりするんですか？」

「街の人達はまだ知らないと思います。俺達は王城で仕事をしていた関係でユリウスさんが戻っていないことを知って、いなくなる前にこのダンジョンのことを話していたので、ここにいるのではないかと思い先に来たんです。王城の兵士達にはこのことを伝えているので、もう少ししたら捜索隊が来ると思います」

兵士にそう言った俺は、クロエと共にダンジョンの中に入った。

そして入り口から少し先にある転移床で、俺達は二十階層の安全地帯へと移動した。

二十階層の安全地帯、人間だけが使う場所に誰かがいた形跡があった。

そこには微《かす》かに魔力が残っていて、その魔力がユリウスのだと俺達は【魔力探知】を使ってわかった。

ミスリルのことを話した時に二十階層という言葉を気にしていたから、ここかなと思ってたけど当たっていたみたいだな。

「ダンジョンには、この数日間でユリウスさん以外に誰かが入るところは見ていないって言っていたから、この魔力はユリウスさんので間違いないよね」

「ああ、間違いない。この魔力はユリウスさんのだ」

王都の周りにはいくつかダンジョンがあり、冒険者はその中から選んでダンジョン探索を行う。

しかし、岩石山ダンジョンが冒険者から選ばれることはなかなかない。

その理由は単純で、ゴーレムを倒すのが面倒だから。そのためここには鉱石を採りに来るか、ゴーレムで力試しをする目的以外では基本的に人が来ない。

まあ、だからこそ俺はこのダンジョンで金策をさせてもらってたんだけどな。ゴーレムも倒し方さえ知っていれば簡単に倒せる。

「兵士達はたぶん、ダンジョンの入り口から下るように捜索をすると思うから、俺達は二十階層から下に行こうか」

「了解」

それから俺達は安全地帯から二十一階層へと行き、ユリウスの捜索を始めた。

「至るところに鉱石が落ちているな……基本的に鉄とか、銅だけど……」

「凄《すご》いね。これ全部、ユリウスさんが掘って捨てているのかな？」

「たぶん、そうだろうな……」

二十一階層の採掘ポイントに向かった俺達の前に現れた光景は、鉱石を大事に扱う鍛冶師やドワーフ達が見たら憤るようなものだった。

一箇所に集められているとはいえ、山積みにされて放置されている鉱石。

そしてその鉱石を見る限り、掘った人はそこまで採掘の腕がよくないこともわかった。

「奥に行くにつれて少しずつ鉱石の掘り方がよくなっているな……これ、ミスリルを採掘するために、他の鉱石で試しながら進んでいっている感じだな」

「一応、見た感じ鉄とか銅は放置されているけど、宝石系は残ってないみたいだから、そこは選別しているんじゃないかな？」

「……いや、違うと思う。たぶん、宝石系って意外と掘るのが難しいから砕けるんじゃないか？ほらっ、これを見てよ」

ユリウスは選んで捨てていると推理したクロエに、俺は鉱石の山から粉々になった宝石の欠片《かけら》を取り出した。

それを見たクロエは「あ～……」となんとも言えない顔をした。

その後、俺達は二十二階層、二十三階層と降りていった。

「なんか逆にここまで来ると、この犯人がユリウスさんじゃないことを願いたくなってきたんだけど……」

「私も同じ気持ちかな……ユリウスさんって凄く優しくて、できる人だなって思っていた分、こんなことされたらちょっとね……」

この三階層分全ての採掘ポイントに鉱石の山がたくさん築かれていた。

徐々に採掘の腕は上がっていて、宝石の欠片とかも少なくなってきていたから、採掘の腕が上がっているのだと思う。

それでも鉱石をあんな山積みで放置していることに、俺とクロエは少し幻滅してしまった。

「いくらミスリルが欲しいからって、これは流石に……」

「まあ、とりあえずユリウスさんを発見してからだな。もしかしたら、ユリウスさんは二十階層より上で採掘していて、ここの階層を採掘している人が他にもいるかもしれないし」

「……でもユリウスさん以外は来ていないって、それに少しだけユリウスさんの魔力も感じるから」

クロエはそう返し、俺は返す言葉がなく、沈黙して先を進むことにした。

それからしばらく捜索を続けていると、奇妙なゴーレムを発見した。

「なんだあの変なゴーレムは……」

「見たことないゴーレムだね。新しいゴーレムかな？」

「いや、ここに出るゴーレムとはひととおり戦ったはずだから、新しいゴーレムがいるってことは……」

俺はそこまで言ってハッとあることを思いだし、鑑定魔法をゴーレムに使った。

その結果、そのゴーレムの名前が〝捨てられた鉱石のゴーレム〟だとわかった。

「ッ！　クロエ、下がれ！　あのゴーレムはヤバいッ！」

「えっ？」

急に俺が叫ぶと、クロエは一瞬だけ戦わないの？　という顔をしたが、すぐに俺についてその場から離れた。ヤバかった……ここまで現れなかったから、油断していた。

「ジン君、さっきのゴーレムなんだったの？」

「さっきのあれは、捨てられた鉱石をゴーレムが取り込んだ魔物だ。普通のゴーレムよりさらに硬く、攻撃力も高くなっているからさっきの状態だと俺達はやられていた可能性があった」

別に俺とクロエの力なら倒せなくはないが、あんなに油断していた状況ではこっちが倒されていた可能性があった。

だから俺はひとまず逃げて、態勢を整える選択をした。

「ジン君、あのゴーレム倒せるの？」

「ああ、倒せる。強くなったとはいえ、ちゃんと観察して核を見つければ簡単だからな……ただあのゴーレムの核は、鉱石を取り込んだことで見つけるのが難しい。クロエ、たぶん俺じゃ見つけるのは不可能だから、核を見つける役頼めるか？」

「うん、任せて！」

クロエは俺の頼みに、やる気に満ちた目をしてそう返事をした。

それから俺達は作戦を練り、再び先ほどの場所に戻ってきた。

ゴーレムは先ほどから移動せずに佇《たたず》んでいた。よし、俺達にはまだ気付いていないな。

「クロエ、ここから核の場所はわかるか？」

「……もう少し近くに行かないとわかんない。普通のゴーレムより、ゴツゴツしていてわかりにくいから」

「だよな……ってことは作戦どおりにいくしかないか」

そう言って俺はまず自身に【身体強化】を施し、息を整えてゴーレムへと向かって走った。口の中には飴《あめ》、腕にはミスリルの腕輪をしている。今の状態なら近くから魔法を撃てば、相当な大打撃になる。そう考えた俺はゴーレムの背後に回り、魔法を放った。

「ちッ、硬すぎだろ……」

最大火力ではないが、それでも普通の魔物なら消し去るほどの威力の魔法。

その魔法をゴーレムは頑丈な体で受け止め、少し鉱石が削れただけだった。

「ゴゴゴゴ！」

「ガハッ」

ゴーレムは俺の存在に気付くと、魔力を高めて大きな手で攻撃をしてきた。

普通のゴーレムより早いその動きから逃げ切れず、剣で受け止めるを選択した俺は壁まで吹き飛ばされてしまった。

「ジン君、大丈夫!?」

「大丈夫だ！　クロエは、自分の仕事に集中してくれ！」

俺が吹き飛ばされ、クロエは心配して駆け寄ろうとした。

そんなクロエに俺はそう叫び、再びゴーレムに向かって攻撃を仕掛けた。

この戦い、油断したら負ける。

俺はそう思い、さらに集中してゴーレムとの戦闘を続けた。

「ジン君、見つけたよ！　首の後ろから斜め右下のところに核があるよ！」

数分、戦いに耐えた俺にクロエのその言葉が聞こえた。

首元から斜め右下……あった！　あそこか！　流石クロエだ、戦いながら俺も探していたが全く気付けなかった。

「場所さえわかれば、こっちのもんだ！　貫け！」

核の位置を確認した俺は魔法を放った。

ゴーレムは自分の核が狙われていると気付き、守ろうとした。

しかし、守る前に俺の魔法が核に当たり、〝捨てられた鉱石のゴーレム〟の討伐に成功した。

「ふぅ〜、今回の戦いはハラハラしたな……」

「ジン君が吹き飛ばされた時は驚いたよ……本当に大丈夫なの？」

「ああ、壁に激突する瞬間、背中を魔法で硬くして衝撃に耐えたから、怪我《けが》はしてないよ。ただ、さっきの戦いで剣がな……」

そう言って俺は、クロエに折れた剣を見せた。

冒険者を始めた時からずっと使っていて、結構愛着があったんだけどな……。

物には寿命があるのはわかっているし、剣や防具は大抵いつか壊れる日が来るのもわかっている。

けれど、わかっていても、こうして別れてしまうことになると少し切なく感じる。

「帰ったらリーザに新しい剣でも頼もうかな……」

そう落ち込む気持ちを誤魔化《ごまか》すように、俺はリーザの工房でどんな剣を作ってもらおうかなと思い浮かべながら捜索を再開した。

流石に丸腰だとキツイと思った俺は、城でもう使わないからと貰《もら》った剣を装備して先へと進んだ。

「〝捨てられた鉱石のゴーレム〟があいつ一体だけとは思えないから、警戒して進もう。さっきは偶然気付かれる前に距離を取れたけど、次も同じように距離を取れるとは限らないからな」

「確かに同じようにできるとは限らないもんね……うん、もっと集中して回りを見ながら進むようにするね」

「ああ、俺よりクロエの方が適任だから任せるよ。なにか変な魔物がいたら、すぐに教えてくれ」

そう話しながら先へと進む俺達。それから何体か〝捨てられた鉱石のゴーレム〟と戦い、初戦ほど苦戦はせず、確実に倒して先へと進んでいった。

そうしてやってきたのは、ダンジョンの最奥地から一つ上の二十九階層。

ここにいないとなると、ボス部屋か二十階層より上にいるということになるな……。

「ジン君！　向こうの方に、ユリウスさんの魔力を感じるよ！」

「なに、本当か!?」

ユリウスがいなかったらと考えていた俺に、クロエのそんな言葉が耳に入り、俺達は急いでユリウスの魔力を感じる方へと向かった。

数分後、ユリウスの魔力を感じ取った場所までくると、そこには鉱石の山の上で倒れているユリウスの姿があった。

「ユリウスさん！」

「ユリウスさん、大丈夫ですか!?」

倒れているユリウスを見つけた俺達はそう叫んで駆け寄り、ユリウスの容態を確認した。

近づいた時、微かに息をする音は聞こえていたので生きていることはわかった。

しかし、魔力が底をついた状態のうえ、手足はボロボロの状態で意識がなかった。

「ユリウスさん、どうしてこんなになるまで……」

「……ジン君、もしかしてあれのせいじゃない？」

「えっ？」

ユリウスの体を確認していた俺は、クロエが指をさした方を見た。

するとそこには、先週俺達が奇跡的に見つけたミスリルが壁に埋まっていた。

「嘘《うそ》だろ？　この間、見つけたばかりだぞ？　そんな頻繁に見つかるはずは……」

そこで俺は、ダンジョンの造りについてのある設定を思いだした。

ダンジョンの採掘ポイントは掘れば掘るほど、レア度の高い鉱石が現れる。

「だからなのか、ここに来るまで採掘場所の近くに鉱石が山積みにされていたのは……ユリウスさん、二十階層から三十階層までの区間を何度も周回して、粘り続けていたんだ」

ゲームの設定をこの世界で聞いた噂《うわさ》だとクロエに説明して、俺はそう言った。

それから俺は半分掘られているミスリルを最後まで掘り、気絶しているユリウスを背負って三十階層へと向かった。

そして三十階層にある安全地帯へと入り、そこの転移床で一階層へと転移した。

「ジンさん、クロエさん！」

一階層から外に出ると、そこには大勢の兵士達がいて、そのなかに俺達のことを知ってる兵士が駆け寄ってきた。

そして俺が背負っているユリウスに気付き、「ユリウス様！」と叫ぶと、大勢の兵士達が集まってきた。

その後、ユリウスを発見した俺達は兵士達に感謝され、共に王都へ帰還した。

ユリウス捜索から翌日、王城の医師達の懸命な処置によりユリウスは無事に目を覚ました。

あの時、俺の眼《め》では命に別状はないと思っていたが、数日間睡眠を取らずに採掘していたせいで脳や体に損傷があったらしい。

発見がもっと遅れていたら、それこそ後遺症が残るほどだったと姫様から聞いた。

発見が早く、治療も無事に済み、しばらく安静に過ごしていたら元に戻ると俺達は姫様から伝えられた。

「ジンさん、クロエさん、本当にありがとうございます。あなた達のお陰で、大切な部下を失わずに済みました」

ユリウスの診断を聞いた後、改めて姫様から俺とクロエはお礼を言われた。

平静を装っていた姫様だが心の中では心配していて、メイドの話によるとユリウスが発見されたと聞いて涙を流していたと聞いた。

今もこうして平静を装っているが、化粧で隠している目の腫れが隠し切れていなかった。

「ユリウスさんにはお世話になっていましたから、当然のことをしただけですよ。それと、昨日伝えてもらったとおりユリウスさんが見つけたミスリル。今は俺の収納スキルの中に保管してありますけど、お渡しした方がいいですか？」

「いえ、今はジンさんのスキルの中に保管していてください。万が一、移動させる際に傷が付いたりしたら、ユリウスの努力が水の泡になりますから」

「わかりました。それでは、俺が責任をもって保管しておきます」

その後、姫様は相当疲れている様子だったので、俺とクロエはすぐに部屋を退出した。

姫様って部下を思いやる人だとは知っていたけど、あそこまで心配する人だったんだな……流石、後に聖女となる人だな。

「ジン君、この後どうする？」

「そうだな……早くリーザに新しい武器を頼んでおきたいし、リーザのところに行こうかな」

「それなら、私も一緒に行くよ。私の武器も昨日の捜索で壊れちゃったし」

捨てられた鉱石のゴーレムとの初めての戦いで俺の剣は壊れ、クロエの剣も三十階層を目指す時に現れたゴーレムによって折れてしまっていた。

よかったことといえば、最後に現れたゴーレムだろうな……。

もしも早い段階で壊れていたら、俺達の武器は予備のほとんど使えない剣しかない状況だった。

「ジン、それにクロエもどこかへ行くのか？」

リーザの工房に行くと決めた俺達は、門の前で荷物を下ろしている兵士の集団からアンドルが現れ、そう声を掛けられた。

アンドル達が下ろしている荷物はユリウスがダンジョンで掘り捨てていた鉱石だ。

捨てられた鉱石のゴーレムのことを話して、放置していたら大変なことになるとユリウスを連れて帰る時に伝えていた。

その話を聞いたアンドルは一部の兵士達をダンジョンに送り、二十階層から三十階層にかけてユリウスが放置した鉱石を回収して、城に運び込んでいる。

「ええ、昨日の捜索で俺達の武器が壊れてしまったので、新しい武器を作りに行こうとしていたところです」

「武器が壊れたのか？　なら、回収してきた鉱石を少し渡すぞ？」

「いえ、大丈夫です。俺達も少し前に鉱石を採取していたのでその時の残りもありますし、鍛冶師の方でもいい鉱石を揃《そろ》えていると思うので」

「そうか、それならいい武器を作ってもらったら俺にも見せてくれよ。ガフカの工房に出入りしている奴《やつ》なんて、知っているなかだとジン達ぐらいだからな」

アンドルは笑いながらそう言うと、急に真剣な顔をして俺に頭を下げてきた。

「ユリウスを見つけてくれてありがとう」

「えっ、アンドルさん、頭を上げてくださいよ。皆が見ていますから」

周りに人がいるからと言うと、なぜか周りで作業していた兵士達全員が俺とクロエに「ありがとうございます」と同じように頭を下げてきた。

数百人の兵士達から頭を下げられているこの異様な状況、どうなってんだよ……。

「ダンジョンの変異魔物についてはジン達のお陰ですぐに対処ができた。あれらが放置されていたら、冒険者に多大な迷惑をかけていただろう。本当に感謝している」

その後もずっと頭を下げ続けられた俺達は、工房に行くからという言い訳をして逃げるようにその場から去った。

「マジで心臓に悪い。あんなところを王城関係者以外の人に見られていたら、酷《ひど》い噂が立つぞ……」

「そうだね。あんな数の兵士さん達に頭を下げられている冒険者って、なにやったんだってなるもんね……」

そう俺達は心配しつつ、それから歩いて商業区にあるリーザの工房へとやってきた。

工房の扉は開いていたが、店頭にはリーザの姿がなかった。

「あれ、リーザいないのか？」

「その声はジンかい？　ちょっと、今作業しているから待ってな！」

俺の声に気付いたのか、店の奥からリーザはそう叫んだ。

それから少しして、リーザは作業を終えてタオルで汗を拭きながらやってきた。

「作業中だったのか、忙しい時に来てしまって悪かったな」

「ただ暇潰しで作業していただけだからね。それで、今日はどうしたんだい？」

「新しい武器を頼みにきた。俺達の武器が壊れちまってな」

そう言って俺は自分の剣とクロエの剣を【異空間ボックス】から取り出してリーザに見せた。

シンシアの店で購入した物だから、悪い品じゃないことをリーザはすぐに見抜き、「どうやって壊れた？」と聞いてきた。

「変異したゴーレムと戦って、身を守るために剣で受け止めたらポッキリとな。クロエの方はゴーレムとの連戦で剣に負担をかけすぎて壊れた」

「なるほどね……どっちの剣もまだまだ使えるはずなのに、折れたのはそういう理由ね。酷い扱いをしていたわけでもなさそうだし、主人を守れていい終わり方をしたのね」

リーザは俺達の剣を優しく撫《な》でながらそう言った。

それから新しい武器はどんな物がいいのか、店にある武器を見て参考にしな、と言われ俺達はリーザの工房にある武器を見て回ることにした。

工房の中にある武器は色んな種類があった。

剣タイプの物でも短剣から大剣まで、またここらの地域では珍しい刀もあった。

流石、リーザだな。こんなにたくさんの武器を揃えているなんて、普通の武器屋じゃありえないからな。

「クロエはなにか気に入った物見つけたか？」

「う～ん、私は普通の片手剣がいい気がするかな？　刀ってのも気になったけど、なんだか扱いが難しそうだし」

「そうか、俺は逆に刀に興味が湧いたんだけどな」

実際、俺の記憶にあるゲームやアニメキャラがよく使っていた武器は刀が多い。

そのため、剣を使う時のイメージは、その刀キャラ達の技をイメージしたり、自分なりにアレンジしたりしている。

「ジンは刀に興味があるんだね」

「ああ、なんか片刃ってところも気に入ったな。でも、今までずっと片手剣を使っていたから、すぐに扱えるかわからんからな……」

「新しいことに挑戦してみたら？　それにジンは金には困ってないんだろ。なら刀と片手剣の二つを作ろうか？」

リーザからそう言われた俺はもう一度刀を手に取り、「それで頼む」と言って俺は武器を二つ頼むことにした。

それから俺達は、体に合った武器を作るために採寸をした。

そうして採寸が終わり、武器ができたら城に連絡を入れると言われ、俺達はリーザの工房を出た。

「さてと、用事は済んだな。どうするクロエ？」

「う～ん、そうだね……あっ、昨日のこと、フィーネさん達に一応報告しておく？　それと御者さんにもお礼をしたいから、渡しに行かない？」

クロエのその言葉に、確かにそれはいいなと思い、俺とクロエは商業区で御者へのお礼の品と馬への贈り物としてニンジンを大量に買い、ギルドに向かった。


そうしてギルドにやってきた俺達は受付に行き、フィーネさんを呼んでもらって相談室へとフィーネさん達とともに移動した。

「王城の方から連絡が来て、大体の内容は聞いています。ジンさん、クロエさんお疲れさまでした」

「兵士より先に見つけてしまうなんて、流石ジンさん達ですね。本当に凄いです」

フィーネさん達からそう労《ねぎら》いの言葉を掛けられた。

それから、ダンジョンでの出来事を話すと、フィーネさん達は〝捨てられた鉱石のゴーレム〟に興味を示した。

「捨てられた鉱石を取り込んだゴーレム……それは本当ですか？」

「はい、普通のゴーレムより硬く、能力もかなり高かったですね。そのお陰で俺達の武器が壊れましたから」

そう言いながら、折れた武器を見せた。

ポッキリと折れた剣に、フィーネさんは「綺麗《きれい》に折れていますね」と言った。

「剣が耐えてくれたお陰で俺達は今ここにいます。本当に最後まで、俺達を守ってくれた優秀な剣です」

その後、ギルドでの報告を終えた俺達は、御者が乗合所にいるのか聞いた。

御者の名前はネルスと言うそうで、今日はまだ仕事が入っていないらしく、ギルドが管理している厩舎《きゅうしゃ》へと向かった。


厩舎には多くの馬がいて、他の御者が自分達の馬の手入れや荷台の整備などをしていた。

そんなところを、俺とクロエは教えてもらったネルスが登録しているところまで移動した。

「ネルスさん」

「あれ、ジンさんにクロエさん？　こんなところでどうしたんですか？」

俺達がよく世話になっている御者、ネルスは馬の手入れをしていた。

そんなネルスに声を掛けると、こんなところに俺達がいることに少し驚いた顔をした。

まあ、そうだろうな、普通冒険者が来るようなところじゃないからな、それこそ魔物を従魔として契約している者や、自分で馬を持っている者くらいだろう。

ただ、普通の冒険者は従魔なんて従えていないし、馬も基本的に御者任せで、よっぽどの理由がないと持っていない。

「実は昨日のことでお礼をしたいと思いまして」

「ネルスさんのお陰で、無事にユリウスさんを見つけることができたんです。昨日は、本当にありがとうございました」

俺の言葉に続いてクロエがそう言い、俺も続いて「ありがとうございました」とお礼を口にした。

「それが私の仕事ですから、お礼を言われるようなことは……」

「仕事だとしても俺達が助かったことには変わりません。それに、昨日はそちらの馬に本当に頑張ってもらったのでお礼の品を贈りたいと思いまして」

「お礼の品、ですか？」

「はい、これは採れたての新鮮なニンジンです。馬にはやっぱりこれが一番かと思いまして」

ネルスが手入れをしている馬に視線を向けながらそう言うと、馬は「ヒヒーン」と嬉《うれ》しそうに尻《しっ》尾《ぽ》を振った。

そんな馬の様子に、ネルスは断ったら自分の馬が落ち込むと察して「その、ありがとうございます」と大量のニンジンを受け取ってくれた。

馬への贈り物のニンジンを受け取ってくれたネルス。

そんなネルスに、俺は彼自身へのお礼の品を取り出した。

「そちらは？」

「これは、ネルスさんへの贈り物です。そこまで高価な物でもないので、受け取ってください」

そう言いながら、半ば無理矢理《むりやり》渡した。

　俺達がネルスに贈ったアイテム、それは御者用のクッションだ。

「ネルスさん、クッションがくたびれて買い換えないといけないと聞いたので、これだったら喜んでもらえると思いまして」

「あっ、これは私が欲しかった物だ……」

「たまたま入ったお店がネルスさんがいつも行くお店だったみたいで、ネルスさんへのお礼の品はどれがいいかと相談したら、それをおススメされたんです」

　これは本当に偶然で、たまたま寄った雑貨屋さんがネルスの知り合いのお店だった。

　俺はそこの店主にネルスへの贈り物をどうしようか迷っていると言うと、今渡したクッションを欲しがっていたことを教えてもらってプレゼントすることにした。

「この手触りがいいんですよね。ありがとうございます」

「いえ、こちらも昨日は助かりましたので……ところで、クロエはさっきから馬をずっと見ているけど、どうしたんだ？」

「えっ？　あっ、その、さっきネルスさんがお馬さんに餌をやっていて、私もやってみたいな～って……」

　そんなクロエの言葉にネルスは「それでしたら、食べさせてみますか？」と言い、先ほどやったニンジンをクロエに渡して食べさせ方を教えた。

　その光景を見ていた俺は、ふと前世での職場体験のことを思いだした。

　今は魔法で臭いが軽減されているようだが、前世で訪れた馬の厩舎は馬の糞《ふん》の臭いがきつかった。

　ただそこで初めて乗馬を体験して、馬に乗る楽しさを初めて知った。

せっかく異世界に転生したのなら、俺も馬とか自分で持ってみようかな？　自分用の馬がいれば、遠出もすぐにできるだろう。

「わ～、凄い！　ムシャムシャ食べてる～」

昔のことを思いだしていると、クロエはネルスから教えてもらったやり方で馬に餌をやり、馬の食いっぷりに楽しそうに笑っていた。

「ジンさんもどうですか？　この子、かなり大食いなんでまだ食べられると思いますよ」

そうネルスから言われた俺は「じゃあ、やらせてください」と言い、クロエと同じように馬にニンジンを食べさせ、その食いっぷりに俺も笑ってしまった。

その後、厩舎を出た俺達は用事を全て済ませたので城に戻った。

魔法で臭いが軽減されていたとはいえ、このままでは城を歩き回れないと思った俺はシャワーを浴び、服を着替えた。

「ふぅ、なんだかスッキリした感じだ」

それから俺は部屋に戻ろうとして廊下を歩いていると、姫様付きの従者から姫様が呼んでいたと聞いて、姫様の部屋に向かった。

部屋の扉をノックして開けると、すでにクロエは来ていて「すみません、遅くなりました」と謝りながら中へ入った。

「それで、どうしたんですか、急に呼び出しなんて」

「ジンさん達への褒美が決まったので、それを渡すためにお呼びしたんです」

姫様はそう言うと、壁際に待機させていた従者を呼び、テーブルに資料と箱を置かせた。

先に箱の方を開けて中を確認させてもらうと、そこには大量の金貨が入った袋と高価な回復薬が入っていた。これらは先日渡したミスリルのお礼と、ユリウス捜索のお礼を合わせた物だと最初に説明された。

「今回ご用意させてもらったのは、まず金貨六百枚と高級回復薬です」

「き、金貨六百枚？」

「えっ、金貨六百枚って、ええ!?」

俺とクロエは姫様が口にしたお金の量に理解が追い付かず、驚いた顔をしてそう言った。

「さ、流石にそれは貰いすぎじゃないですか？」

「いえ、これでも少ない方だと思っています。ユリウスをジンさん達は誰よりも早く発見してくださいました。朝お話ししたとおり、発見が遅れていたらユリウスは後遺症が残っていた可能性もあったんです」

「確かにそうですけど……流石に、貰いすぎじゃないですか？」

「……彼は、この国の最高戦力の一人です。そんな彼に後遺症が残り、剣聖の役目ができなくなったと他国に知れた時、どのような事態が待っているか聡明《そうめい》なジンさんならわかりますよね」

そう言われた俺は、ユリウスがいなくなった時のこと考え、その結果の未来を予想して「戦争」という言葉を口にした。

この世界は、魔王が現れて勇者と七人の戦女が打倒魔王のために戦う物語だか、敵対してる国があると設定資料でも書かれていた。

流石に魔王という共通の敵が現れ、表面上は協力してる国もあったが、中にはそんな状況でも戦争を起こそうとしていた国もあった。

「ユリウスがいなくなったこと、なぜかすでにとある国は知っていました。どうやって情報を手に入れたかわかりませんが、国が危ない状況だったのは変わりません」

「そんなことが裏で起きていたんですか……あの、一つ思ったのですが、今回の事件を起こしたユリウスさんって、なにか処罰とか受けるんですか？」

「ユリウスは私の部下なので、国からの罰は一定期間の自由行動の禁止くらいです。ただ国を危険に晒《さら》したということには変わりないので、体調が戻り次第ユリウスには罰を与えるつもりです」

姫様はかなり疲れた様子で言い、だいぶユリウスのために動いたんだなとわかった。

それから俺達は、もう一つの褒美としてテーブルに置かれた資料の方の説明をしてもらった。

「こちらは私からというより、国からのお礼の品です。デュルド王国には国が許可を出さないと入れない場所がいくつかあるのはご存じですか？」

「はい、王都の近くにもいつくかありますね。なかにはダンジョンとかもあって、それこそ国が認めた冒険者しか入れない場所とかもありますけど……」

俺はそこまで言って、もしかしてと思い資料の方に目をやっていた視線を姫様へと向けた。

すると姫様は、ニッコリと笑みを浮かべた。

「その場所への自由な入場権利をジンさんとクロエさん、そして今後ジンさん達の仲間になる方への贈呈とすることとしました」

「ッ！」

姫様のその言葉に俺は驚きすぎて立ち上がり、クロエもその報酬のヤバさに言葉を失っていた。

「貴族の人でも許可をもらえない人が大半なのに、冒険者の俺達が貰ってもいいんですか？」

「もちろんです。それだけの功績をジンさん達は挙げたんです。お父様も今回の件はジンさん達がいなかったら危なかったと言っていました。なにせ私達は、ユリウスが向かった場所すら最初は見当てできていませんでしたから」

姫様にそう言われた俺は顔を俯《うつむ》かせ、ここ数日思っていたことを口にした。

「……いや、でも元をたどれば俺がユリウスさんにミスリルの話をしたことが原因ですよ。なのに、こんな報酬を……」

俺がユリウスにミスリルのことを話さなかったら、今回の事件が起きることはなかった。

俺はそのことをここ数日、ずっと考えていた。

「確かにユリウスはジンさんの話を聞き、ミスリルを求めてダンジョンに向かったのは事実です。ですが、事件が起きたのはジンさんのせいではないと、私達は考えています。ユリウスがきちんと報告をして、ダンジョンに行っていれば、今回の事件は起きなかったのです。ですので、ジンさんが責任を感じることはなにもありません」

それから俺はクロエからも慰められ、ここ数日溜《た》まっていた色んな感情が溢《あふ》れて涙を流した。

その後、話し合いが終わると俺は部屋に戻ってベッドにすぐに横になった。

第十五章　新たな装備

ユリウス捜索という大事件から数日、特にこれといって事件や事故が起きることはなく、平和な日々を過ごした。

無事にユリウスが見つかり、元気を取り戻した姫様の様子に学園での友人達《たち》も気付いて、ホッとしたようだった。

姫様、自分ではそんなに変わらないって言っていたけど、俺でもわかるくらいに元気になったからな……。

と、そんなことを思いながら、俺は今日も仕事をしていた。

「なあ、ジンよ。冒険者辞めて、兵士にはならないのか？」

「えっ、なんでですか？」

仕事終わり、いつものように訓練をしていると、訓練に付き合ってくれていたアンドルからそんなことを聞かれた。

兵士？　なんで俺が兵士に？

「いや、お前ほどの腕がある奴《やつ》なら、この国の兵士試験をクリアできると思うんだよ。冒険者ほど自由ではないが、収入は安定してそこそこいいぞ？」

「まあ、確かに兵士試験は突破して兵士になることはできますけど、俺自身がそれを望んでいません。俺は生まれてからずっと拘束されていた世界からせっかく自由になったので、自由な冒険者で居続けるつもりです」

アンドルは俺が元貴族でどういった生活をしていたのか知っている。

そんなアンドルは俺の言葉を聞いて、ハッとした様子で「そうだったな……」と少しシュンッとしてそう言った。

「別に兵士が嫌とかではないので、今回の依頼が終わった後も、王城側が俺達を拒否しないのであればまた訓練を一緒にさせてください。一応、こんなのを持っているので」

「それはッ！　……なるほどな、ジン達にそれをやったんだな、王様達は」

アンドルは俺が見せた王国からの許可証を見て一瞬驚き、それから笑みを浮かべた。

それは、貴族の中でも数名、そして貴族以外では本当に数人しか持っていない最高級の許可証だ。

「ええ、ですから、俺がいなくなってもアンドルさんの訓練相手がいなくなるということはないので、ご安心ください」

「そうかそうか、それならよかった。柄にもなく勧誘なんてしちまったけど、そこが心配だったんだよな～」

俺は数十名の倒れた兵士達をチラリと見ながらアンドルにそう言うと、アンドルは嬉《うれ》しそうに俺の背中を叩《たた》いていた。

そんなアンドルと同じく、倒れ伏している兵士達も「ありがとう。本当に、ありがとう」と泣きそうな顔をしてそう言った。

その後、俺はアンドルとの訓練を日が落ちるまで続けた。

「ジン君、訓練お疲れ～」

「ああ、お疲れクロエ」

訓練が終わり、シャワーを浴びて食堂に行くと、先に来ていたクロエに声を掛けられ、今日は一緒に食事をすることにした。

「クロエの訓練はどう？」

「うん、凄《すご》く楽しいよ。魔法騎士団の人達も優しくて、うまくできない魔法も丁寧に教えてくれるんだ」

先日、クロエが魔法の訓練をしていると、魔法騎士団の団長であるリオンに声を掛けられ、それからクロエは魔法騎士団と一緒に訓練をすることになった。

魔法騎士団は王国の実力派集団で、貴族出が多い兵士とは違い、なかには平民出の者も多い。

それは魔法騎士団の考え方の一つで、血筋よりも魔法の適性を大事にしているからだ。

そのため、魔法騎士団に入れる魔法使いはごく僅かで、学園の卒業生で魔法騎士団に入団した者は少ない。

「ジン君も来たらよかったのに」

「今はちょっと剣の方に集中したいんだよ。それにリオン様も、剣が満足したら来たらいいって言ってくれたし」

本当は俺も魔法騎士団との訓練をどうだ？　と誘われていた。

しかし、俺の中で剣を中途半端で辞めたくはないという思いから訓練を断った。

すると意外にもリオンは俺の訓練話をなかったことにはせず、俺が剣で満足したらいつでも来ていいと言った。

「それでジン君の剣の方はどうなの？」

「まあ、ボチボチだな……いい感じに対人でも使えるようにはなってきたけど、まだまだ上に行けそうな感覚がある」

　俺はジッと手を見つめながら、クロエの質問にそう答えた。

「訓練の休憩時間にジン君の剣の扱い方を見ているけど、訓練を始めた時からだいぶ動きもよくなっているよね。それでも、まだ駄目なの？」

「ああ、俺の中でこれだ！　って感覚になってないんだよ。今の動きも、もっとこうできたらなって反省点がまだ多いんだ」

「ジン君って意外と凝り性なんだね」

　クロエはフフッと笑いながらそう言い、俺は「今のうちに自分の剣術を見つけておきたいんだよ」とクロエに言った。


　その後、俺はユリウスのもとへと向かった。

　この数日の間で、ユリウスは目を覚ました。

　しかし、まだ体調が完全に戻っていないため、療養を続けている。

「ユリウスさん、体調どうですか？」

「うん、だいぶ良くなってきましたよ。手の感覚もようやく戻ってきて、一人で食事もできるようになりました」

　ユリウスは手を握って開いてを繰り返し、笑顔を浮かべながらそう言った。

目を覚ましたばかりのユリウスは、手も思うように動かせないほど体に負担が溜《た》まっていた。一時は剣聖としての力を失ったのかと城で騒がれていたが、医師の診断によれば数日もすれば徐々に回復すると言われ、騒ぎは落ち着いた。

医師の診断どおり徐々に回復しているんだな。それはよかった。

「それはいい傾向ですね。……でも、いいんですか？　あの薬だったら、一瞬で体調が戻りますよ」

「この体は私の馬鹿な行動によって起こしてしまったことですから、そんなのに貴重な薬は使えませんよ。それに、ずっとこのままというわけでもないですからね。体が動かせないのは罰だと思い、真剣に向き合うつもりです」

「……そうですか。もし体調が戻り切らなかった時のことを考えて、薬は残しておきますからいつでも言ってくださいね」

俺がそう言うと、ユリウスは「ありがとうございます」とお礼を口にした。

その後、俺はユリウスの容態もいい方向に向かっていることを確認できたので部屋を出た。

ユリウスは今回自分がしでかしたことの重大さに後になって理解して、今は随分と反省している。姫様にも動かない体を無理に動かして謝罪をしたり、いかに自分が愚かな行動をしたのか悔いていた。

「ジン君、ユリウスさんの容態どうだった？」

部屋を出て廊下を歩いていると、前からクロエが来てそう聞いた。

「だいぶ回復してきているみたいだよ。鑑定で確認した感じ、手足の感覚も戻ってきているみたいだから、数日もすれば普通に体を動かすことはできるようになるんじゃないかな」

「よかった〜、姫様も心配してて最近は元気ないもんね」

「まあな……というか、俺としては早くミスリルを受け取ってほしいんだけどな」

目を覚ましたユリウスに、俺はユリウスが見つけたミスリルを回収して保管してると伝えている。だから早く引き取ってほしいと言ったのだが、ユリウスからは自分の罪を償うまでは預かっていてほしいと頼まれた。

別に預かる分にはいいのだが、期間を決めてないからもし護衛の仕事が終わっても預かることになったら、遠くに移動はできないだろう。

「あっ、そうそう。さっきメイドさんに貰《もら》ったんだけど、私達の武器ができたってリーザさんから手紙が届いていたよ」

クロエは思いだしたようにそう言うと手紙を取り出し、それを受け取った俺は中を確認した。

そこには武器ができたから取りに来いと、短い文が書かれていた。

「おお、武器ができたのか。明日はちょうど休みだし、取りに行くか」

「うん、そうだね。早く新しい武器使いたいもん」

それから俺達はそれぞれの部屋に戻り、寝る準備をしてベッドに横になった。


そして翌日、朝早くから城を出た俺達は、リーザの工房へとやってきた。

「リーザ、武器を受け取りに来た」

「ジン達だね。そこで待っていな、今持っていく」

奥の作業場にいたリーザは俺の声にそう反応すると、少しして三本の剣を持ってやってきた。

そしてそのなかの一本をカウンターの上に置いて「これがクロエの剣」と言って、クロエに渡した。

「わ〜、凄く綺麗《きれい》です。ありがとうございます！」

クロエは剣を受け取ると、嬉しそうに尻尾《しっぽ》をぶんぶんと振りながらお礼を言った。

そして次にリーザは残った二本の剣を置いて、「こっちがジンの剣」と渡してくれた。

「注文どおり、一本は刀という剣よ。どう握った感じは？」

「……ああ、凄くいいよ。ありがとう」

片手剣は置いたまま、俺は刀を手に取りそうお礼を口にした。

普通の片手剣より軽く、握りやすい。

最近、段々とよくなってきている俺の剣術に凄く合いそうだなと感じた。

それにもう一つの片手剣の方も作りが凄くよく、流石《さすが》リーザが作った剣だなと俺は感心した。

「リーザ、本当にありがとな、凄くいい武器を作ってくれて」

「ありがとうございます。リーザさん」

「あたしも気に入った相手の武器を作れてよかったよ。またなにか必要な物があったら来な」

リーザからそう言われた俺達は、「はい！」と返事をして店を出た。

その後、俺達は新しい武器を早く試したいと思い、王都の外に出て魔物を探すことにした。

王都の外に移動してきた俺達は、早速魔物と遭遇して戦闘態勢をとった。

ゴブリンか。流石に二人で戦ったらどっちも不完全燃焼で終わっちゃうな。

「クロエ、先に戦っていいよ。次見つけた魔物は俺が戦うから」

「いいの!?　ありがとうジン君！」

ずっと我慢していたクロエは、嬉しそうにそう言うと素早い動きでゴブリンへと斬りかかった。

ここ最近、クロエは特に剣術の訓練をしている様子はなかったが、武器が変わったことで戦いやすくなったのか、凄く軽やかに魔物を倒してしまった。

……あれ、剣術しか訓練してない俺より剣での戦いがうまくなっていないか？

「ジン君、凄いよこの剣！　もうなんだか色々と凄いよ！」

戦闘が終わると、クロエは興奮気味に剣を持ちあげながらそう言った。

それから俺達は再び魔物を探し、数分経《た》ってようやく三匹の魔物の集団を発見した。

「んじゃ、次は俺が戦うよ」

そう言って俺はまず片手剣の方で戦うために、刀は鞘《さや》に入れたまま魔物の前で構えた。

うん、この時点で前の剣との違いがわかる。

刀の方も軽いと感じたけど、この剣もだいぶ軽く感じる。

「――！　っと、もうちょっと待ってくれよ。今、剣の握りを確かめているんだから」

目の前で剣を掲げたり剣の作りを見たりしていた俺に魔物はイラついたのか、襲い掛かってきた。

しかし、この辺の魔物の動きは遅いのでサッと横に回避した。

そして回避したと同時に、力を入れて剣を振るうと、ちょうど魔物の頭部に直撃して一発で絶命した。

「……ちょっとしか力を入れていないけど、一発で仕留めちまった。流石、リーザの武器だな」

そう感想を言いながら、俺は武器を刀へと変えた。

刀は先ほど使っていた剣よりさらに軽くちょうどいい長さで、数回振り回してもその動きのよさに刀の方が使いやすいと感じた。

「今度はいつもの訓練でやっている感じで、この刀を使ってみよう」

さっきは偶然倒してしまったので俺はちゃんと刀を構え、魔物へと攻撃を仕掛けた。

魔物は一瞬で近づいた俺に反応すらできず、一瞬にして首を斬り飛ばされ絶命した。

続いて三匹目の魔物は、他の二匹がやられてビビったのか、この場から逃げてしまった。

「あっ、こら待てよ！」

俺は軽く刀に魔力を流して振ると剣先から斬撃が放たれ、逃げた魔物の頭部を斬り落とした。

「……この刀、ヤバすぎるだろ」

まさか魔力を少し流しただけで、アニメとかでよく見る〝飛ぶ斬撃〟を出せたことに俺は自分でやっておきながら驚いて固まってしまった。いつかは、飛ぶ斬撃とか出してみたいな～とか思ってたけど、こんなかたちで出せるとは思いもしなかった。

「ジン君！　最後のあれなに!?　魔法を使ったの？」

「いや、魔法ではないとは思う……少しだけ刀に魔力を流したけど、魔法を使ったわけじゃないんだ。この刀が色々とおかしいんだと思う」

驚くクロエに、俺は刀を見ながらそう説明した。

この刀、対人戦闘でもし使ったら、手を抜いたとしても殺してしまうな。

捕虜や生け捕りっていう依頼もたまにあるし、そういう時はなるべく片手剣の方を使うようにしておこう。まあでも魔物相手ならこの剣は本当に凄くいい性能をもっているから、今までよりさらに狩りが楽になるだろう。

「正直、リーザの腕を舐《な》めていた。まさかここまでの武器を作ってもらえるとはな……」

「そうだね。こんなにいい物ができるんなら、貴族の人が欲しがるわけだよね」

リーザには多くの貴族から武器を作ってくれ、防具を作ってくれ、という依頼が来ている。

しかしリーザは気に入った相手にしか作らないと決めているので、自分が見極めた相手以外は全て断っている。

「今、使ってみた感覚だけど、無理に作らせたところでリーザの武器は性能が良すぎるから、素人《しろうと》が手に入れたとしてもうまく振るうことすらできないと思う」

「私もそう思う。私とジン君は剣術スキルもそこそこ高いから、受け取ったばかりでも多少使いこなせているけど、武器の扱いに慣れてない人がこれを振ろうとしても、たぶんすっぽ抜けてうまく扱えないと思うな～」

クロエも俺と同じ考えのようで、自分の剣を見ながら「もっと訓練しないとね」と笑みを浮かべながらそう言った。

それから俺達は武器の性能の確認を終えたので、城に戻って早速新しい武器で訓練をすることにした。

「んっ、それがジンの新しい武器なのか？　変な形をしているな」

刀を持って訓練をしていると、休憩中のアンドルからそう声を掛けられた。

「刀という武器の種類らしく、片方の刃でしか攻撃を与えられない武器みたいです」

「ほ〜、珍しい武器だな、それがガフカの工房で作ってもらった武器なのか？」

「はい、凄くいい武器ですよ。持ってみますか？」

俺はそう言って、アンドルに刀を持たせてやった。

アンドルは刀を持ってみると、その軽さに驚いた。

「ん〜、俺にはこの形は少し合わないな。細い刃が折れそうな気がする。やっぱり俺は、大剣の方が性に合っている」

「まあ、アンドルさんは長い間大剣を使っていますからね。俺の場合、本格的に剣を持ったのはここ数ヶ月の間なので、そこまで違和感はないんですよ。それに俺の剣術とも凄く相性がいいんですよね」

「そうなのか、それはよかったな。自分の戦闘スタイルに合った武器を探すのは、本当に苦労するからな……まあ、訓練頑張れよ」

アンドルはそう言うと、倒れて休憩している兵士達のところに戻り、「ほらっ、起きろ！　ジンは休まず頑張っているぞ」と発破をかけて、訓練を再開させた。

そんなアンドル達の訓練の声を聞きながら、その後も俺は刀での訓練を続けた。

第十六章　とある悪魔の独白

「はあ～、退屈だわ」

暗い世界の中、一人の女性は退屈そうにそう呟《つぶや》いた。

「全く、せっかくいい人間を見つけたと思ったのに全然面白くないわ～」

彼女の視線の先には、クロエと楽しそうに喋《しゃべ》っているジンの姿が映し出されている鏡がある。

彼女が今いる世界は現世とは違う世界、悪魔達《たち》が住む悪魔界。

そして、彼女が見ている鏡は現世を映し出す鏡。

その鏡で彼女はジンを見つけて、観察を楽しんでいた。

「訓練ばっかりしてないで、もっと戦ってよね～」

彼女はジンの行動に愚痴をこぼしつつも、ジンから目が離せない。

その理由は、ジンの持つ魔力が彼女の興味を惹《ひ》いているからだ。

他の悪魔に見つからないように、彼女はジンの魔力を隠すほどに気に入っている。

「あまり手を出せないけど、憂さ晴らしにちょっかいでも掛けようかしら？」

そう彼女は呟くが、実際に行動には移さない。

なぜなら、悪魔である彼女でさえ怖がる存在が現世にはおり、むやみに力を使えば己が見つかってしまうからだ。

「早く面白いことしてよね」

彼女はそう言って、再びジンの姿を見続けた。

最低キャラに
転生した俺は生き残りたい

MFブックス

最低キャラに転生した俺は生き残りたい 1

2023年3月25日　初版第一刷発行

著者　霜月雹花
発行者　山下直久
発行　株式会社KADOKAWA
〒102-8177　東京都千代田区富士見2-13-3
0570-002-301（ナビダイヤル）
印刷・製本　株式会社広済堂ネクスト

ISBN 978-4-04-682101-0 C0093

●定価はカバーに表示してあります。

●お問い合わせ
https://www.kadokawa.co.jp/（「お問い合わせ」へお進みください）
※内容によっては、お答えできない場合があります。
※サポートは日本国内のみとさせていただきます。
※ Japanese text only

企画　株式会社フロンティアワークス
担当編集　吉田響介（株式会社フロンティアワークス）
ブックデザイン　鈴木 勉（BELL'S GRAPHICS）
デザインフォーマット　ragtime
イラスト　キッカイキ

本書は、2021年から2022年にカクヨムで実施された「第7回カクヨムWeb小説コンテスト」で特別賞（異世界ファンタジー部門）を受賞した「最低キャラに転生した俺は生き残りたい」を加筆修正したものです。

この作品はフィクションです。実在の人物・団体・事件・地名・名称等とは一切関係ありません。

ファンレター、作品のご感想をお待ちしています

宛先
〒102-0071　東京都千代田区富士見2-13-12
株式会社KADOKAWA　MFブックス編集部気付
「霜月雹花先生」係　「キッカイキ先生」係

二次元コードまたはURLをご利用の上
右記のパスワードを入力してアンケートにご協力ください。

https://kdq.jp/mfb

パスワード
hbuss

● PC・スマートフォンにも対応しております（一部対応していない機種もございます）。
●アンケートにご協力頂きますと、作者書き下ろしの「こぼれ話」がWEBで読めます。
●サイトにアクセスする際や、登録・メール送信時にかかる通信費はご負担ください。
● 2023年3月時点の情報です。やむを得ない事情により公開を中断・終了する場合があります。